KB045083

욕망의 늪

욕망의 늪

안 원 근 장편소설

문이당

작가의 말

대학 신입생 시절 흰 고무신을 신고 다니는 철학과 친구가 있었다. 국문과였던 나는 친구와 곧잘 어울려 막걸리나 소주를 마셨다. 취기가 좀 오르면 친구의 흰 고무신은 술잔을 대신했다. 그러면 친구는 나에게 오른쪽 흰 신발을 건네곤 했는데, 좌로 가지 말고 우로 가라는 뜻으로 이해하라고 했다. 여기서 우란 정도를 가라는 의미였다. 전두환이 군사 쿠데타를 일으킨 다음 해였다.

술안주는 늘 '인생이란 무엇인가?' 또는 '문학이란 무엇인가?' 였다. 호기인지 객기인지 치기인지 중언부언 막걸리나 소주의 기운을 빌어 철학과 문학을 거창하게 아는 것처럼 떠들었다. 그러다가 술좌석 말미쯤이면 인간의 가장 저열한 행위 중의 하나로 추악한 정치적 폭력을 비틀거리는 몸을 추스르면서 꼭꼭 씹었다. 친구와 내가 권력의 폭력에 공통된 의견을 내면서 주목한 부분은 권력의 최정점보다 그 최정점의 권력을 이용하든지 최정점의 권력에 빌붙으려는 저급한 하류 인생들의 작태였다.

친구와 나는 정치 권력의 폭력성은 일개 집단 권력의 부류 중 하나일 뿐이라고 보았다. 좀 더 인식의 지평을 넓혀서 인간의 내면세계에서 꿈틀거리는 근원적인 야만의 폭력성에 집중하면서 막걸릿잔을 부딪쳤다. 그러나 친구와 나는 몇 걸음 나아가지 못하고 주저앉아야만 했다. 먼저 지적 수준의 한계였고 다음으로 삶의 경험 부족도 한몫했음을 부인할 수 없었다.

어느 시대건 비열한 저류 인생들은 시대를 읽어가는 기술자답게 자신의 탐욕을 채워 나갔다. 우리나라 근·현대사의 아픈 역사 속에서 이들은 기민한 촉수를 세워서 자신의 영달을 위한 절호의 기회로 삼고 타인에게 고통을 주는 것을 예사로 알았다. 어쩌면 자신의 능력을 발현시키는 계기가 왔다고 판단했을지도 모를 일이다.

대학 시절부터 우리의 상처 난 근현대사 속에서 살아가는 인간 군상을 꽤 길게 써 보려는 야심을 가졌다. 그런데 취업이라는 공간으로 들어가 버린 나는 꼼짝없이 업무에 갇혀 버렸다. 홑벌이인 나로서는 업무 공간을 박차고 나올 용기가 대학 신입생 시절의 매운 결기만큼 생기질 않았고 거기에 안주할 수밖에 없었다. 아쉬움을 쌓아 가면서 문학적 열정만 나이가 들수록 톡 쏘는 작은 고추처럼 익혀가는 것으로 대체했다.

변명이 분명할 텐데 내가 가졌던 과업을 성취하기 위해서 빨리 명예퇴직을 했다. 몇 년간의 휴식과 자료 준비로 시간이 지났다. 글쓰기를 시작하려는데 허리에 문제가 생겼다. 앉아서 일하는 글쓰기의 특성상 고역이었다. 그래서 고육지책으로 한 권이라도 써 보자고 치료를 병행하며 허리를 두드렸다. 길게 쓰기로 구상했던 처음과는 달리 소설이라고 보기에는 어설픈 이야기나열이 된 듯했다.

    몇 해 전 연세가 지긋하신 할머니 한 분이 폐지를 욕심이 많다 싶을 만큼 작은 손수레에 꽁꽁 묶어 끌면서 가고 있었다. 위태위태해 보였다. 이내 우려하던 일이 일어났다. 할머니의 손수레 폐지 더미가 무너졌다. 참으로 난감해 보였다. 그때 손수레 할머니보다 더 연세가 드셔 보이는 지나가시던 구부정한 할머니가 다가가시더니 어지럽게 무너진 폐지를 한 장 한 장 손수레에 얹기 시작했다. 눈물이 핑 돌았다. 나는 그저 쳐다보는 구경꾼인 채 멍하니 서서 감동으로만 동참하고 있었다.

    인간의 역사가 얼마나 더 계속 이어질지 모른다. 그러나 이만큼 인간의 역사가 진행되어왔다면 무너진 폐지 더미를 지나가시던 할머니 정도의 연륜 정도는 축적되어 있으리라는 믿음은 있다. 욕망은 인간을 성자로 만드는 원천이며, 인간을 탕자로 만드는 본원이다. 이 또한 나의 믿음이다. 욕망은 꽃밭과 가시밭의 경계라는 믿음도 갖고 있다. 자신의 욕망을 충족시키고자 할 때 나만 꽃밭으로 들어가고 타인은 가시밭길로 밀어내려는 탐욕이 작용하지 않았으면 좋겠다는 바람이다. 이제는 타인을 배려하는 성숙한 자세에서 자신의 욕망을 성취하는 그런 세상이 되었으면 좋겠다는 생각도 덧붙인다.

2023년 7월

안 원 근

차례

작가의 말

짜식이

하늘은 온통 먹빛 구름으로 가득 덮여서 곧 소나기가 쏟아질 듯 거칠고 사나운 모양을 하고 있었다. 조금 전까지만 해도 햇볕은 사방을 자글자글 볶아대며 쩡쩡해 있었던 탓에 금세 변한 기상 상황은 사람들을 당황스럽게 만들었다. 갑작스레 변한 한여름 날씨는 대장간 화덕을 방불케 달아올랐던 열기와 비를 잔뜩 담고 있는 먹구름의 습기가 모여 마른 흙냄새가 코끝을 간지럽히며 싸한 느낌으로 다가왔다. 갑자기 일어난 억센 바람은 천변을 따라서 뻗어가는 승암산 수풀을 흔들어댔고, 중바우 아래 군락을 이루고 있는 검은 대나무는 휘어지며 비틀리고 있었다.

산골짜기에서 불어오는 억센 골바람은 산등성이마다 무리를 지어 걸려 있는 두텁고 검은 구름에 직접 영향을 주는지, 지금이라도 소나기를 퍼부을 듯 느리게 흘러가고 있었다. 비행을 재촉하며 제집을 찾아서 날아가던 제비 한 마리가 어느 사이 잠자리 허리를 잡아채어 바쁜 날갯짓으로 동편 구름 속 깊이 날아들었다.

기린봉에서 빗줄기가 듣기 시작하면 중바우를 적신 다음 고추산으로 확산할 것이다. 서쪽 아중 저수지 쪽은 이미 비가 시작되었는지 천둥소리가 날카롭고 심했다. 곧 소나기는 한벽루에도 거세게 퍼부을 기세였다.

"찌빨, 오늘 똥냥은 뜰려 묵는갑다."

한벽루 오모가리집 주변을 어슬렁거리던 짜식이는 이마에 불만이 잔뜩 섞인 굵은 주름살을 여러 줄 잡으며 크게 뭉쳐진 침을 오모가리집 평상에 퉤엑 깔겼다.

그늘이라곤 한 조각도 없는 한벽루 앞 시냇가에서 땡볕에 절어 풀기가 없이 시들하던 사내아이들이나 계집아이들은 오늘같이 거칠고 험한 소나기구름이 느닷없이 드리워지면 저절로 신바람이 났다.

사내아이들은 우선 저희들 옷가지와 계집아이들의 옷붙이부터 비설거지를 해냈다. 조무래기들이 비가 그을 때까지 하는 비설거지 방법은 너무나 손쉽고 간단했다. 시냇가에 지천으로 널려 있는 여뀌와 자갈돌을 이용하면 되었기 때문이었다. 여뀌는 매운 맛이 있는 풀이어서 여느 때는 돌로 꽉꽉 찧어서 바위 밑이나 느린 물살에 풀면 잔챙이 고기들을 수월하게 거둬들일 수 있었는데, 비설거지를 할 때면 여뀌를 여러 움큼 뜯어서 조무래기들 옷 위에 수북이 얹은 후에 냇가의 납죽한 자갈돌들을 가지런하게 몇 겹 올려놓으면 그만이었다.

비설거지가 끝나면 사내아이들은 곧바로 땡볕에 달구어져 있던 자갈밭에서 주저 없이 마구 뒹굴었다. 그러면 뜨끈히 데워진 열기를 넉넉하게 담고 있는 자갈밭 기운이 저릿저릿 은근하게 온몸을 감싸고 돌며 생리적 반응을 일으키면서 쾌감을 주었다. 돋우어진 상쾌한 느낌은 점심을 거른 조무래기들의 허기진 배 속을 채워 주었고, 가셔진 허기는 제가 점찍은 여자아이 앞에서 개구리헤엄으로 거드름을 부리기에 좋았다. 사내아이들은 자갈돌이 온기를 잃어 갈 짬이면 꺼풀이 벗겨지지 않은 주름 없이 매끄러운 작은 꼬추를 알붕알과 함께 딸랑거리며 우악스럽게 물속으로 뛰어들었다.

계집아이들이 수선을 떠는 것도 매일반이었다. 저희끼리 남자아이들에게 눈길을 주며 사내아이들의 뭔가를 가리키면서 쿡쿡쿡 웃다가 까르르 방정맞다 싶을 만큼 떠들며 손뼉을 마주치는 손뼉놀이나, 가위바위보 손 모양에 따라서 둘 또는 셋이나 넷이 되는 시끄럽고 어지러운 짝짓기 놀이를 재미있어했다. 계집아이들이 가장 즐거워하는 놀이는 당연 두껍이 집 짓기였다. 자갈밭에 듬성듬성 놓여 있는 모래에서 "두껍아, 두껍아, 헌 집 줄게 새집 다오"를 네 어절로 야무지게 끊어서 모래가 얹힌 제 손바닥을 다독다독 했고, 어느 계집아이는 "두껍아, 두껍아, 시집가게 머리를 내놓아라"라고 가사를 달리해서 부르면서 열적인 얼굴을 붉혔다. 그러고는 깻잎, 고춧잎, 고구마 순, 어린 열무, 고사리 따위들을 조약돌로 찧거나 동강을 내어 넓죽한 잔돌에 담아 놓는 소꿉놀이를 하다가 물속으로 첨벙첨벙 뛰어들어 사내아이들과 한바탕 어우러져 몀 감기와 물 싸움질로 시간을 보냈다.

서방바위와 각시바위의 살결을 어루만지며 애기바위까지 재지 않게 발을 뗀 물줄기는 느리지만 쉬지 않고 한벽루 쪽으로 걸음을 옮겼다. 다리쉼을 하지 않았는데도 지친 기색이 없는 물결은 가늘고 부드러웠다. 오랫동안 흘러 내려온 물살을 받아들인 한벽루는 남부시장 쪽 전주천과 전주역 쪽 노송천으로 고르게 나누어서 물길을 내려보냈다. 한벽루는 언제나 듬직한 모습으로 갈림목 언저리를 그윽한 눈빛으로 어루만지듯 가늠하며 자태를 의연하게 드러내 보였다.

짜식이는 여름철이면 한벽루에 자주 와서 아이들의 물놀이 구경을 했다.

"짜찍들 째미 쪼오껐다. 째끼들 찌언허고 깨운 히삐리겄다."

몰골이 엉망이고 밝은 낯빛을 전혀 볼 수 없는 짜식이는 아이들을 향해서 혼잣말을 되뇔 적이면 두드러지게 흐뭇한 표정을 지었다.

"끈디 쩌그 써노동송에 싸는 쩡가 놈은 땀찌 말그라 말다."

서노송동에 사는 정교술을 이르는 말이었다.

짜식이가 예사소리 발음을 잘하지 못 하는 것인지 아니면 입버릇인지 아는 사람은 없었다. 짜식이는 잘고 굵은 주름을 얽어 검은 듯한 회색빛이 나는 입술로 더듬거리는 된소리를 마디마디 꾹꾹 다져 누르며 뱉어내곤 했다.

짜식이는 한벽루를 좋아했다. 한벽루에서 갈라진 노송천 물길이 제가 사는 집 앞을 지나는 데다, 한벽루 옆길을 따라서 더덕더덕 붙어 있는 오모가리 집들 때문이었다. 가끔 손님들이 먹다가 남기고 간 음식물 부스러기가 남아 있을 때 가게 주인에게 들키지만 않으면 그날은 포식할 수 있었기 때문이었다.

"허어따, 짜식이 저놈으 새끼 땀세 장시 못 히 먹겄네에."

그런 날이면 가게 주인들은 낚싯바늘처럼 굽어진 눈총으로 짜식이를 후려쳤고, 힘이 잔뜩 들어간 빈주먹으로 짜식이를 겨냥하여 서너 번 거푸 내뻗곤 했다. 가게 주인들은 한사코 짜식이가 가게 주위를 맴도는 것을 주의 깊게 경계하곤 했지만 놓치기가 일쑤였다.

짜식이가 사는 집은 노송천을 끼고 달리는 철길 다리 밑에 있었다. 남노송동 삼거리에서 미원탑 방향으로 죽 내려가다 보면 왼쪽에 동일연탄 공장이 있고, 동일연탄 공장 길 건너가 철길 다리였다. 그러니까 남노송동 삼거리에서 내려오는 비포장도로가 노송천을 건너기 위해서는 철길 건널목을 넘어야 하는데, 그 철길 건널목을 지탱해 주는 시멘트 구조물을 기대며 짜식이의 집이 있었다. 집이라고 해 보아야 구멍이 숭숭 뚫린 낡은 양철판이 지붕 역할을 하고 있었고, 가마니를 잇대어서 디 긋자 모양으로 출입문과 담 모양새를 만들어 놓고 있었다.

짜식이의 자존심은 유별나서 우리가 보통 때 말하는 '저놈은 자존심이 아주 강하다'라는 관용적 표현의 수준을 한참 뛰어넘었다. 짜식이의 마르고 갈라져서 도도록해야 할 입술이 심하게 뭉개진 흉한 모습의 입으로 함부로 뱉어내는 '찌빨놈들, 쫓껄은 째끼들, 찝어 짬낄놈들, 찢어 쭉일놈들'을 되풀이해서 말할 적이면 자존심을 넘어서 방자한 오기가 온몸에서 뚝뚝 묻어 나왔다.

특히 오목하게 파인 양쪽 볼때기에는 고약한 칼자국 흉터가 섬뜩하게 박혀 있는데, 두껍게 아문 상처 자국과 뭉뚝하게 오므라져 뒤엉킨 코는 매우 볼썽사납게 보였다. 짜식이가 입언저리를 씰룩거리며 괴상하고 망측한 쉰 목소리로 사정없이 던지는 '쩡가 놈 목때기를 칼로 빡 짤라삐리고, 빼애때지를 짝씬짝씬 푹푹 쑤씨 삐리야 헌다'는 욕지거리를 연신 토해낼 때면 무시무시한 독기가 스며 나왔다.

그런 짜식이는 한 마디밖에 남지 않은 검지손가락으로 뒤틀린 한쪽 콧구멍을 번갈아 막아가며 장소를 개의치 않고 누런 콧물을 탱탱 튕겨 내는데 '아나, 요거나 쩌 먹그라 찌발 놈들아. 온냐, 요거나 쩌 빨라삐리라 쭉일 놈들아'를 꽁꽁 힘을 써 가며 이빨 사이로 흘려 내곤 했다.

짜식이가 동일연탄 공장 앞 철길 다리 밑 공간에 언제 들어왔는지는 알 수 없지만, 노송동에 대한 정보도 없었을 짜식으로서는 마음 씀이 선한 박 씨 집에서 보리밥이라도 빌어먹는 날이 더러 있었는데, 그날 박 씨 집에서 벌어졌던 사건은 짜식이를 남노송동에 사는 말이나 좀 할 줄 아는 사람들에 의해서 이러쿵저러쿵 입살에 오르내리는 계기가 되었다.

동식이 집 점방 옆으로 좁게 나 있는 골목을 쭉 따라 올라가다 보면 판자가 많이 들뜨고 틈이 크게 벌어진 구질구질한 대문에 개 조심이라고 쓰여있는 초가집이 있다. 울타리는 탱자나무로 둘러쳐져 있는데, 그 집은 딸만 다섯이라서 딸 부잣집으로 불리고 있었다. 박 씨 집이었다.

어젯밤 홍 씨 집 이부자리 속에서 끈적끈적한 콧소리가 문틈으로 새어 나와 세 들어 사는 홀아비 강 씨가 탱글탱글 부풀어 오른 불알을 달래서 가라앉히려고 된 신음을 깨물었다며, 쑤군쑤군 입소문을 만들어 사방으로 돌림질 하기 좋아하는 동네 이웃 아낙들은 박 씨 부부가 내리 딸만 다섯을 강보에 쌀 수밖에 없었던 까닭은 박 씨 집을 에워싸고 있는 탱자나무가 문제라는 것이었다. 아낙들의 단정적인 근거는 확신에 차 있었다.

그것은 박 씨 집 아랫목에 좌정하고 있는 삼신 할매가 따분하고 갑갑할 때면 마실을 다니는데, 삼신 할매가 나고 들 때마다 굵고 억세고 뾰쪽한 탱자나무 가시가 삼신 할매를 따끔따끔 찔러 대니까 박 씨 부부가 밉살맞기도 하거니와 노여워서 아들을 점지 안 한다는 것이었다. 그렇지 않다면 삼신 할매가 박 씨의 빨딱빨딱한 물건에다 아들 씨앗을 묻혀서 박씨 부인의 하체 깊은 곳에 들여보내지 않을 이유가 없다고 분명히 단정지었다.

짜식이는 박 씨 집 대문 앞에서 머뭇머뭇 망설였다. 늘상 하는 동냥질인데도 몸에 익질 않은 탓도 있겠지만, 박 씨 집의 황구는 만만찮은 성깔을 부리며 카아앙카아앙 게거품을 흘리며 짜식이를 막아대곤 하는 것이었다. 짜식이는 가급적 황구와 정면으로 마주 닿지 않으려고 마음을 써 왔다.

짜식이는 황구가 있는 초가마당 구석으로 고개를 쭉 뽑아 황구 쪽으로 가느다란 눈길을 날려 녀석의 움직임을 살펴보았다. 황구는 그런 짜식이를 이미 탐지했을 터인데도, 박 씨가 삼거리 고깃집에서 얻어 왔을 살점이 전혀 붙어 있지 않은 제법 통통한 뼈다귀를 씩씩거리며 업어치기를 하다가 뒤집으며 깨물어 대며 핥다가 몹시 까불거리며 조급증을 내고 있었다. 마른 뼈다귀에 정신이 없을 것이라고 단정한 짜식이는 황구에 대한 두 가지 확인 과정을 빠뜨렸다.

먼저 황구란 놈의 목을 빙 두르고 있는 목줄에 언제나 황구를 묶고 있는 누리끼리한 개 줄이 황구의 목줄에 매어져 있는지를 확인했어야 맞았다. 다음으로 마당에 박혀 있는 굽은 쇠붙이에 황구의 개 줄이 단단히 매어져 있는지도 분간하여 살폈어야 옳았다. 그렇지 않으면 언제라도 황구는 제 구역을 벗어날 수도 있었기 때문이었다.

황구는 시시껄렁한 짜식이가 박 씨 집에 올 때마다 못마땅하고 꼴사나워 불만스러움이 많았다. 그렇지 않아도 주인이 주는 밥이라는 게 간에 기별도 가지 않을 만큼 제 밥그릇 바닥에 시래기 국물에 말아진 보리밥 한두 수저와 무 두어 조각이 겨우 깔려 홀짝거리는 날이 많아서 언짢기도 했었고 성도 차지 않았다. 그런데 어찌 된 까닭인지 모를 일이지만 주인 박씨 부인이 짜식에게 식은 보리밥일망정 동냥이라도 퍼 주는 날이면 그날 황구의 밥그릇에 담기는 양은 표나게 줄어들었다.

황구는 그런 짜식이가 아까 동냥 바가지를 들고 집안 이곳저곳 기웃거리는 것을 감지해 오고 있었던 터라, 솟기는 짜증으로 물기 마른 뼈다귀를 한쪽으로 슬며시 밀어 놓았다. 기분도 싹 잡쳤고 마음도 몹시 상했다.

오늘따라 주인 박 씨가 제 목줄에 줄을 매지 않아 넉넉한 기분이었는데, 짜식이 때문에 비위가 팍 상한지라 짜식에게 갑작스러운 일격을 가해야만 단번에 쫓을 수 있으리라고 생각했다. 황구는 알사탕만 한 방울눈을 실눈으로 바꾸고 짜식이의 동태를 살폈다. 기회였다.

짜식이는 긴장만 잔뜩 했을 따름이었지 특별한 방비 태세는 아니었다. 황구는 순간 으르릉 캉캉 천둥소리보다 크게 내지르면서 껑충대며 짜식이의 깡마르고 어설픈 다리에 눈총을 박으며 내달았다. 짜식이도 방심하지는 않았지만 예상치 못했던 사태였다. 매우 험악한 황구의 기세에 얼떨떨하던 짜식이는 박 씨 초가집 판자 대문 옆 탱자나무 울타리로 넉장거리를 쳤다. 짜식이가 나자빠지는 바람에 안고 있던 동냥 바가지가 박살 나고 몸통 여러 곳이 탱자나무 가시에 찔리고 긁혔다. 그와 동시에 짜식이는 개똥이라도 씹은 듯한 고약한 부아가 치밀어 올랐다. 저놈 황구란 놈은 그렇다손 치더라도 딸 부잣집 박 씨 부부는 벌어지고 있는 광경을 뻔히 쳐다보면서 재미있어하며 웃음을 한입 가득 담고 손바닥을 치며 좋아하고 있었다.

동냥아치에게 동냥 바가지는 우물에서 물을 길어 올리는 두레박보다 더 중했고, 여름철 천렵을 즐기며 피라미 떼를 단박에 넉넉히 잡아 올리는 그물보다 더 값진 것이었다.

나동그라진 짜식이의 코와 닿을 만한 한 뼘도 안 되는 거리에 동냥 바가지가 바스러져 널브러져 있는 참혹한 장면이 짜식이의 눈에 박히는 순간 푸들거리는 짜식이의 눈알에 굵은 핏발이 섰다. 그와 동시에 짜식이의 머리통 바로 앞에 제법 커다란 돌멩이 서너 개가 눈에 잡혔다. 앞뒤 따지거나 분간할 사이 없이 돌멩이를 잡아 들었다. 아예 물기 없는 뼈다귀를 주둥이에서 떼쳐 놓고 덤벼들었던 황구 따위는 염두에 둘 새도 없었다. 돌멩이를 던져서 맞춰야 할 대상은 분명했다.

"야이, 찌빨연놈들아 이 짱똘 맛쫌 빠보거라아아."

짜식이의 노기가 살벌한 악다구니 치는 외침과 둔탁한 소리는 동시에 일어났다.

"아이쿠 옴매나."

심한 고통에 앓는 소리를 양 입술에 끼운 박씨 부인의 울부짖음도 함께 들려왔다. 짜식이가 맘껏 던진 짱돌은 박씨 부인의 머리통을 맞추고 방향을 틀어서 부엌 앞에 놓여 있는 장독 축대에 부딪고는 핑그르르 서너 바퀴 돌다가 멈춰 섰다. 선홍빛 피가 주르륵 흘러내려 낭자한 얼굴을 두 손으로 감싼 박씨 부인은 섬돌에 얼굴을 떨어뜨렸다. 심한 통증뿐만 아니라 어지럼증을 느끼는 듯 왼쪽으로 갸웃하며 몸을 부르르 떨었다.

짜식이가 짱돌을 던졌을 때만 해도 이런 정도의 결과를 헤아린 것은 아니었다. 짜식이는 제 자존감을 보여주려고 일시적인 흥분 상태에서 일으킨 사건이었기 때문에 짜식이의 감각은 차갑게 굳어졌다. 제가 처한 형편이나 상황을 분노로 위장한 것이었다. 짜식이의 돌멩이질 속에는 거짓으로 꾸민 과장된 행동을 박씨 부부에게 보여줌으로써 동냥아치에 대한 열등의식을 다소나마 감소시켜 보려는 과시적이며 시위의 성격도 포함되어 있었다.

사실 짜식이가 "야이, 찌빨연놈들아. 이 짱똘 맛쫌 빠보거라아아."를 부르짖은 다음 손에 쥔 짱돌을 던져서 맞출 목표물은 박

씨 집 마당 귀퉁이의 제 눈에 뚜렷이 꽂혀오는 요강단지였다.

평소 박씨 부인은 짜식이가 동냥을 올 때마다 매번 먹거리를
주는 것은 아니었지만, 많은 양은 아닐지라도 이따금 보리밥을
주곤 했었다. 지난번 이른 봄비가 오는 날 보리밥을 동냥 바가지
에 한 주먹쯤 주고는 잠깐 기다리라면서 뒷간 구석의 헐고 너절
한 가마니 한 장도 주었다. 그런 박씨 부인이 이마를 싸안고 있는
형편을 바라보고 있는 실성한 꼴인 짜식은 차마 못 할 짓을 저질
렀다는 낭패감에 빠졌다.

황구는 사태의 심각성을 눈치챘는지 꼬리를 사리고 제집 옆에
놓여 있는 평상 밑으로 기어들어 갔다. 황구 저놈을 요절을 내고
싶은 마음이 굴뚝같았다.

"어머니, 무슨 일이예요."

흐트러짐 없는 몸가짐에 머리카락 한 올 한 올을 가지런히 고
른 단아하고 고운 연화는 두 손으로 붉은 피로 흥건하게 젖은 어
머니의 이마를 살짝 눌러 짚었다.

"암것도 아니다. 황구 쩌거시…… 문 밖같에 있는 지놈헌티 왈
기대끼 대든게로 돌팔매질을 힜는갑는디…… 어찌게 히서 나가
맞었는갑다."

떠듬떠듬 사이를 두고 목이 메마른 박씨 부인의 고통스러운
목소리는 숨쉬기조차 어려워하며 풀기라곤 전혀 없었다.

연화의 주르륵 흐른 눈물이 콧볼 끝에서 방울방울 떨어져 내
렸다.

"어허 그 자석 행악질이 따른 놈 비렁뱅이 허고는 영판 달븐

디."

그 자석은 어느결에 짜식이로 바뀌어 불리고 있었다.

한벽루에도 섬뜩한 벼락이 동쪽 하늘을 번쩍번쩍 여러 줄기로 갈라놓고 있었다. 이어지는 쿠르릉쿠르릉 음산한 굉음은 심한 무서움증을 가져왔고, 잔뜩 움츠러들게 했다. 요란하던 기운이 반복되는가 싶더니 이내 굵은 빗줄기가 시작되었다. 사위에 세차게 들이붓는 묵직한 빗소리의 음색이 제각각이어서 소름이 돋게 하였다. 서방바위 위에서부터 합류하여 내려오는 물줄기는 한벽루 앞에서 기운차게 불어나며 금세 넘쳐날 기세였다.

강렬하게 퍼부은 소나기로 남부시장 팥죽집을 넘나드는 돌다리를 건너던 교동에 사는 부부가 급류에 밀려서 실종되었다는 소문은 날이 저물기 전에 한벽루 주위의 천변 근처를 떠돌아다녔다.

국내외에서 죽음으로 몸을 던져 가열하게 전개되는 독립운동과 조선 민중들의 피를 뿌리는 항일 투쟁의식으로 일본의 조선 지배의 기세는 가득 부풀었던 고무풍선에 구멍이 뚫린 격으로 쭈글쭈글해져 가고 있었다. 일본의 기세는 우그러진 냄비보다 흉측하게 보였고 길바닥에 내동댕이쳐진 쪼그라진 오뉴월 개구리 꼴로 변해 가고 있었다.

일본의 상상을 초월하는 경제적 수탈과 잔인하고 억압적인 신체적 폭력, 참을 수 없는 정신적 고통뿐만 아니라, 총과 칼을 이용한 잔인한 학살은 인간을 인간이라고 말할 수 없는 비통함에 젖어 들게 했다. 수단과 방법을 가리지 않는 일본의 미개하고 원시적인 도륙으로 도끼, 작두, 낫, 곡괭이, 쇠스랑 등의 농기구를 이용하여 사람들을 찌르거나 죽이고 있다는 세간의 풍문들은 인간에 대한 환멸과 절망감을 느끼게 했다.

또한, 일본은 패색이 짙은데도 침략 전선을 점차 확대해 나가면서 조선인을 강제 노동과 강제 징집, 더욱이 젊은 여성들 수십만 명을 거짓 정보를 제공하거나 강제로 끌어가서 일본의 침략 전쟁 전선으로 동원시켜 일본군들의 성적 노예 생활을 하게 만들고 있었다.

조선 독립에 대한 확실한 소식은 가까운 듯 멀게, 먼 듯 가깝게 들려오고 있음에도 불구하고, 일본의 조선에 대한 강압적 식민 지배가 백 년을 넘어 이 백 년은 될 거라는 말들이 한 치 앞을 분간하기 어려운 안개 퍼지듯 장바닥에 떠다니고 있었다. 사람들의 입에서 나오는 작은 소문들은 사람들의 귀로 더 큰 살점을 붙여서 들어가고, 교묘하게 조작한 정보는 사람들에게 최면을 거는 듯하였다.

일본의 강제적 지배가 오랫동안 지속되기를 바라는 자들이거나 조선 땅을 일본에 아예 헌납하여 영세토록 다스려 주기를 바라는 자들이었다. 일본의 민족독립통일운동전선의 분열정책에 드러내 놓고 박수를 보내는 자들과 일본의 침략 전쟁에 내선일체의 조선 사람은 기쁜 마음으로 반드시 출정하여 신명을 바쳐야 한다고 입이나 글로 떠벌리는 자들이었다. 그들에게 빌붙어 단꿀을 빨아들이는 사람들이 인위적으로 꾸며 만든 허위 사실은 참된 사실처럼 둔갑하여 어지럽게 떠돌아다녔다. 아니, 꼭 그렇게 되어야만 그들은 대대손손 광영을 누리며 살아갈 수 있을 것이기 때문이었다.

"어이, 나 조깨 봐 보소."

"잉, 자네가 말 허기 폴시 전부텀 보고 있네."

"이잉, 그렸능가? 근디 자네 눈깔은 쩌짝 쩌그 채소 장시 아지매 가심 젖통에 꽂혀 있던디."

"허따, 그 사람 선무당 점쟁이보다 쪼까 나슬랑가. 그려, 쩌 아짐 저구리 안으로 까무잡잡헌 젖꽃이 살짝 내 비쳐서 고것 쪼게 보고 있었네. 영판 기분이 달보드름허든 챔인디 어찌 긍가?"

"나 말이 딱 맞어부렀구마. 근디 일본놈들이 조선을 백 년이고 이 백 년이고 해 쳐먹는다는 말이 참말이까?"

"헤엥, 입소문만 요리조리 뜀박질 험서 댕기제, 어림 택도 없을 거이네."

"근디, 자네는 심도 안 주고 방구 뀌대끼 어찌게 쉽게 말을 히 버리고 긍가."

"잉, 자네도 알대기 일자 무식인 나가 뭐슬 알 거인가. 근디 쩌그 남문 옆에 사는 보통핵교 남 머신가 허는 선상님 안 있능가. 생각이 쪼깐 삐뚜름허고 구부정한 선상님 말이시. 그 선상님 짐 보따리를 엊그지께 싸전 어귀에서 나가 남 선상님 집에까정 안 지어다 드렸능갑네. 싸드락싸드락 감시로 나가 남 선상님헌티 자네가 알고 잡대기 나도 알고 잡어서 씨월댄게로 이짝저짝 눈치를 슬금슬금 보덜 않드라고. 금서 살째기 말을 허드란 말이시. 긍게 그거이 일본놈들이 저 짚은 바다 건너서 미국이 사는 섬 그 어디라더냐. 진주만인가 어딘가에 일본놈들이 즈그들 배에 비행기를 겁나게 많이 싣고 가갔고, 미국 지그들 배고 비행기를 한정없이 뚜드리고 뿌시고 힜다는 거이여. 긍게로 루스벨트라는 대통령이 뿔딱지가 무지막지허게 난게로, 우리 일본놈들과 전쟁 힐랑게로 허락해줍쇼 허고 의회인가에다 요청힜다네, 긍게 어찌게 되갔어, 글먼 일본놈들을 야물딱지게 패엎어부러라 히부렀다는 거이여. 긍게로 미국이 여러 나라들과 모둠모둠 짝을 지어서 싸우고 있당마. 긍게로 일본놈들은 여기서도 저기서도 즉을 맛이라등게로. 근디, 고 남 선상님 말씸이 더 귀허고 중헌 것은 우리 독립군들이 땅 험허고 날씨도 춥기한잘라헌 만주 등지에서 일본놈들을 쏴 죽이고 험서 해방전쟁을 허고 있다는 거이여. 또, 사방팔방 다른 여러 나라에서 독립된 나라를 찾을라고 죽자사자 싸움서 피를 흘리고 있다등마. 글고 우리가 모링게 그러지. 일본놈들이 그렇게도 무작시리 토벌을 히도 꺽이덜 않고 농부들이야 노동자들이야 청년들이야 허는 많은 사람이 우리 조선 여기저기에서도 비밀단체를 맹글어 모타갖고 조선독립운동을 허고 있다는 거이여."

기고만장하던 일본이 휘어지고 부러져서 박살이 났다는 소식은 입 달린 사람이면 어느 곳이든 남녀노소를 가리지 않고 이야깃거리가 되었다. 그런데 선동적으로 날조된 정보들을 뿌려대며 순간적으로 조선 사람들을 혼란 상태에 빠뜨린 일본의 간악한 처사에 대해서 분개하지 않은 사람이 없었다. 조선 사람이면 누구나 일본이 이른 시일 내에 무조건 항복하여 조선 사람들에게 그간의 극악한 만행들을 빌면서 용서를 구하리라 굳게 믿고 있었기 때문이었다.

박완주는 반드시 조선 독립의 날이 올 것이라고 믿었던 사실을 귀로 듣고 눈으로 보면서 지나온 시간이 차례차례 자리 잡아가는 것을 느꼈다.

박완주의 아버지가 독립군 활동을 한다는 단서와 그렇게 인정할 만한 어떤 근거도 없었지만, 남부시장 장바닥에서는 기정사실처럼 숨죽이며 떠돌고 있었다. 독립운동을 하는 집의 가족은 말할 것도 없고, 그 집의 가족과 관련이 있다는 냄새만 맡아도 그 집안을 거덜 내는 지경이거나, 아예 목숨을 내놓아야 하는 극한의 위험천만한 형국이었기에 시장 사람들의 입놀림도 눈치껏 쉬쉬하며 은밀하였다.

일경들의 치밀한 감시에도 시장 사람들의 은근한 눈빛과 온기 묻은 손길로 박완주는 숨죽이며 날품을 팔면서 살아가는 형편이었다. 박완주의 어려운 속사정을 소문으로 알고 있는 남부시장 콩나물국밥집 홍 씨는 박완주의 소매를 수시로 끌어당겨 콩나물이 투가리가 넘치도록 가득 담아 탁자에 올려놓곤 하였다.

일본의 초라하고 비참한 굴욕을 이혜경은 너무나 당연하게 받아들였다. 이혜경은 채소나 나물류를 파는 채소전 맞은편에서 초라한 행색으로 네 귀퉁이가 손때에 닳아서 윤기가 나는 널빤지에 떡을 담아 팔았다. 이혜경에 대한 시장 사람들이 파악하고 있는 실정도 박완주와 비슷하였다. 순풍에 너울대는 방패연이 얼레에서 연줄이 얽힘 없이 잇대어 풀며 먼 산을 향해 날아가듯 떡장수 이혜경에 대한 남부시장 사람들의 입에 오르내리는 이혜경의 아

버지가 독립군이라는 말들도 먼 허공에 원을 그리며 빙빙 돌아다
녔다.

이혜경의 아버지는 무능하고 교활한 자들이 누대로 내려온 이
땅을 제멋대로 도장을 눌러 일본 놈들에게 거저 넘긴 자들을 하
루라도 빨리 쳐 없애고 한심한 그자들이 팔아먹은 이 땅, 조선의
독립을 이루기 위해서 오래전 압록강을 건넜다는 것이다.

박완주와 이혜경은 남부시장 사람들이 제각각 꾸미지 않고 나
르고 있는 소리 없는 소문을 서로의 마음에 담아 두고 채워 나갔
다. 장바닥이라도 내외의 분별은 흐릿하거나 기울지 않았다. 내
외간이 지켜야 할 암묵적인 언행의 준칙이 보이지 않는 담을 치
고 있었다. 박완주와 이혜경은 먼발치에서 그리움을 마음에 그려
가며 가슴 깊숙이 새겨 놓고, 서로의 아버지가 독립운동가라는
동류의식을 차곡차곡 쌓으면서 마음속으로 애틋한 눈길을 아무
도 모르게 던지곤 했다.

콩나물국밥집 홍 씨는 눈치가 빨라 두 사람이 매우 비밀스럽
게 공경하며 사모하는 야릇한 감정을 알았다. 홍 씨는 부인 구 씨
에게 박완주와 이혜경의 앞뒤 형편이나 까닭을 말하고 두 사람이
살림을 차려서 부부의 연을 맺도록 도움을 주었다.

박완주와 이혜경은 콩나물국밥집 홍 씨 부부가 적극적으로 거
두어 줌으로써 해방되던 해에 결혼하였다. 거미줄처럼 골목골목
으로 얽어진 남노송동 동식이 집 점방 골목 끝 초가집에 자리 잡
은 게 그 해였다.

박완주와 이혜경은 계속해서 남부시장을 생활의 근거지로 삼

고 열심히 일했다.

좌우익이 통일전선을 이루어 연합국의 승인을 받지 않은 상태에서 일본 제국주의가 항복 선언을 함으로써 민족해방 세력의 진로는 안갯속이었다. 그런 해방공간의 와중에 좌우익의 팽팽한 긴장이 맞서고 버티면서 살벌한 국내 정세는 어제의 술자리 친구가 오늘은 자신을 형무소로 보낼지도 모를 환경을 만들어 냈다. 잘해 보자며 악수하면서 헤어진 동료가 내일은 자신을 벼랑 끝으로 밀어서 주검으로 뒤바뀐 상태로 꾸미기도 하였다.

이러한 불완전한 시대가 가져온 좌우익의 대결의식은 단순한 이념을 넘어서 생사를 담보로 할 만큼 명확하게 한쪽 편에 서기를 요구했다. 해방공간에서 대화와 타협 대신 죽음을 요구하는 광기에 가까운 대결 구도를 만들었다. 박완주와 이혜경도 이러한 환경에서 자유로울 수가 없었다.

해방 이후 박완주와 이혜경의 아버지가 독립군 활동을 했다는 소문을 실재한 사실로 받아들이려는 분위기였다. 해방이란 거국적인 반전의 변화가 왔는데도 아직 귀환했다는 소식이 없는 이유가 컸다. 거기다가 확인할 수는 없지만, 국내에 해방구를 가질 여건이 되지 못해 만주를 해방구로 삼고 좌익계열에서 활동하다가 귀국한 동지였던 사람의 전언이 있었다는 말이 퍼지면서부터였다.

그러자 남부시장 일대에서는 박완주와 이혜경의 아버지가 독립군이었다는 말들이 사람들의 입에서 사실화되어 돌아다녔다. 1948년 8월 남한만의 단독정부 수립을 할 때까지 소식이 없자 박완주와 이혜경의 아버지는 북쪽에 잔류한 공산주의자로 단정해 버렸다.

　박완주와 이혜경은 변변찮아도 끼니는 거르지 않았지만 땀에 전 옷을 주무르지도 못하고 잠든 날이 많았다. 딸이 둘이었다. 어수선한 정국이 이어지면서 기어코 전쟁이 일어났다. 딸이 둘인 박완주는 징집되어 전쟁터로 나갔다. 이혜경의 뱃속에는 셋째 아이가 들어서 있었다.

새벽안개

연화가 전주역에 도착했을 때 새벽안개가 자욱하였다.

전주역을 검정색으로 새긴 역 간판이 희미하게 눈길에 겨우 잡혔다. 넓지 않은 역 광장의 시계탑은 어렴풋이 여섯 시를 알려 주었다.

한벽루 방향에서 흘러내리는 노송천에도 새벽안개는 묵중하게 가라앉아 여린 물살과 입맞춤하며 새벽을 부둥켜안고 있었다. 아직 사월을 넘기지 않은 새벽녘의 노송천의 얕은 개울에는 따뜻한 기운이 새벽안개에 덮여서 부드럽게 와 닿았다.

나뭇조각에 못을 박아 허술하기 짝이 없게 철길과 어깨동무를 하고 늘어선 판잣집들의 굴뚝에서 나오는 연기가 새벽안개와 어울리다가 이내 뒤섞였다.

"연화, 새벽공기가 차가운대 언제 왔어. 내가 일찍 오려고 서둘렀는데, 늦어 미안해서 어쩌지."

가쁜 숨결과 높낮이가 불규칙한 말씨에서 연호가 몹시 바쁜

걸음으로 왔음을 짐작케 했다.

"응, 연호 어서 와. 나도 방금 왔는걸 뭐."

새벽안개에 물들여진 옷깃이 넓은 회색 블라우스와 무릎을 덮은 연분홍 스커트를 입은 연화가 목덜미를 약간 움츠리며 연호에게 다가갔다.

연호가 하동 쌍계사로 여행하는데 동행을 해주었으면 좋겠다는 말을 연화에게 제안한 것은 사 학년 개강을 한 후 이틀이 지나서였다.

수업을 마치고 미술대학과 마주한 분수대로 걸음을 옮길 즈음이었다. 연호는 무어라고 말을 꺼내야 할지 망설이며 말했다. 연호의 도도록한 뺨에는 겸연쩍고 부끄러운 웃음이 만들어졌다. 눈이 시릴 정도의 선홍빛으로 활짝 피어 가지런하게 줄지어 늘어선 동백꽃에 연호의 시선이 포개졌다.

4학년을 마치면 70년 대가 곧 다가온다는 말을 먼저 꺼냈다. 연호는 지내온 60년대가 지나치게 무겁고 깊은 마음의 상처였다고 회고했다. 다가올 시대의 불확실성도 커다란 짐이라고 했다. 연호가 살아갈 방향을 설정해야 하는 문제에 대해서는 깊은 한숨을 쉬었다. 연화와의 관계는 연호에게 가장 크게 닿아 오면서 연호의 마음을 쉽게 정리하지 못한다는 말도 덧붙였다.

쌍계사 벚꽃이 필 무렵이고, 화개장터에서 쌍계사까지 걷는 십 리 벚꽃 길은 연화와 더 많은 추억을 만들어 낼 거라는 말을 끼웠다. 그리고 신입생 하계 방학 때 도보여행을 회고해 보면 장대하게 굽이치며 도도히 흘러가는 섬진강은 잊을 수 없는 정경이었다면서 굵은 몸피를 뒤로 젖히며 구김살 없는 미소를 지어 보였다. 더구나 연화와 삼 년을 지내온 시간을 어떻게 했으면 좋겠는지 자신으로서도 방향을 잡기가 어렵다는 숫기 없는 웃음을 이마에 잔주름으로 대신하였다.

쌍계사 대웅전 부처님께 기도하면 부처님의 은덕이 있지 않겠냐는 소녀 같은 수줍음을 보였다. 그러면 간절한 바람이 연호와 연화와의 관계가 믿음과 신뢰를 바탕으로 진실한 방향을 향하면서 이루어질 거라는 설명을 엉성하게 떠듬댔다. 시간이 허락하면 불일폭포까지 다녀왔으면 좋겠다는 희망을 나타내기도 하였다.

연호는 이번 일정을 소화하려면 하루로서는 매우 힘들지 않을까, 반문하듯이 느리고 더딘 음색으로 꿍꿍대는 표정을 지었다. 시국 집회를 선두에 서서 불룩하게 튀어나온 혈관이 터질 듯 억세게 쥔 두 주먹을 위아래로 내저어대던 기세와 용기는 온 데 간 데가 없었다.

"연화, 어젯밤 그러지 않으려고 했는데도 마음이 들떴나 봐. 깊은 잠이 들지 않더라고. 밤늦도록 뒤척거리다가 잠이 들었거든. 글쎄, 그런데 엉뚱하게 선녀와 나무꾼 꿈을 꾸었지 뭐야."

연호의 출렁거리던 숨결은 평소대로 잔잔하게 가라앉아 보였다. 연호는 가벼운 동작으로 손부채 모양을 지어서 새벽안개를 밀어냈다. 연호의 미소가 가만가만 내려앉아 새벽안개에 묻혔다.

"어머, 그랬어. 그럼 연호의 꿈은 처음부터 끝까지 장면 장면이 끊어지지 않고 이어지며 진행되었을까, 아주 궁금한데."

연화의 초롱초롱한 눈망울에 호기심이 가득 들어찼다.

연호는 오른손으로 촉촉한 입술을 훔쳐냈다.

　"연화의 질문에 대답해야 하나. 글쎄 말이야. 응, 그러니까 선녀가 옷을 입고 하늘나라로 올라간 후에 내가 절절매면서 많은 생각이 머릿속에서 맴돌 때, 사슴이 찾아왔거든. 그러면서 사슴이 연못에 다시 가라는 말을 듣고 바삐 달려갔지 않았겠어. 허둥지둥하며 연못에 닿아 보니 글쎄, 하늘에서 스르르 두레박이 내려오는 거야. 그래서 내려오는 두레박에 허겁지겁 매달려 올라탔거든. 그리해서 선녀가 사는 하늘나라에 도착했지 뭐야."

　역 광장에 도착하기 전과는 달리 정연하게 숨을 고르며 말을 꺼낸 연호에게 얼핏 짓궂다 싶을 만큼 연화의 낯빛에는 호기심에 대한 결과를 독촉하는 듯 윤기가 돌아났다. 아직 연호의 이야기가 다 끝나지도 않은 상태에서 연호가 말해 주는 꿈 이야기를 더 들어야 한다는 사실을 잠깐 잊은 듯했다. 이윽고 따뜻한 기운이 감도는 눈빛으로 연화가 이야기를 다 마치지 않은 연호를 살펴보며 조심스럽게 말을 붙였다.

　"연호의 꿈이 이어졌다면 하늘나라에 도착해서 선녀가 내어준 천마를 타고 지상 세계로 내려왔을 텐데, 연호의 꿈은 천마를 타고 어머니 집에 도착할 때까지 이어졌을까, 하는 부분이 알고 싶은걸. 그리고 연호의 꿈이 계속되었다면 연호 어머니 집에 도착해서 천마에서 내렸을까, 아니면 내리지 않고 천마 등에 그대로 있었을까도 궁금하고 그러는걸."

　연화는 감정을 분명히 하며 갈대처럼 가는 몸을 더욱 웅그려 보였다. 연호에게 건넨 연화의 물음이 연호를 향해 은근하게 건네질 즈음, 새벽안개에서 미세한 파동이 일고 있었다.

"그런데, 있잖아, 연화. 안타깝게도 선녀가 천마를 타고 어머니에게 가라고 내어주었는지, 그리고 천마를 나에게 주었다면 내가 그 천마를 타고 지상 세계로 내려왔는지는 알 수가 없어. 왜냐하면, 아까 내가 말한 거기까지가 전부거든. 그 부분에서 팔다리를 허우적거리며 깨어났는데, 무언가 공허함이라고 해야 하나, 아득한 현상의 상태였다고 해야 하나. 어쨌든 착잡하면서 썰렁한 느낌이 강하게 다가왔지."

연호는 꿈이 끝까지 진행되지 않아서 다행이었다는 말을 하면서, 열차가 도착한다는 역 직원의 안내 방송을 귓전으로 들으며 새벽안개를 걷어냈다. 그리고 열차를 타는 승강장으로 가는 건널목을 건너면서 축축하게 젖은 낮은 목소리로 알 수 없는 결과가 도출될지도 모를 결정적인 그 대목에서 꿈이 단절된 것이 좋았다는 부연 설명을 연화에게 건네며 동그란 웃음을 만들어 보였다.

전주역에서 여섯 시 사십 분에 출발하는 서울 출발 여수 도착 완행열차가 새벽안개를 걷어내며 육중한 몸짓으로 승강장에 들어왔다.

열차는 정시보다 사 분 늦게 도착했다.

밤을 밝히며 달려온 완행열차 객실은 피곤한 기색이 역연한 승객들로 대부분 졸음에 겨워 지쳐있었다. 아이를 업고 잠든 젊은 엄마가 잠결에 칭얼대는 아이의 등을 토닥토닥 두드려 주었다.

"따끈따끈한 김밥이 와았소, 쫄깃쫄깃한 오징어나 꼬소한 땅콩도 이있소, 담배나 맛있는 과아자 사어려."

객실을 다니는 역무원의 손수레에도 졸음이 가득했다. 지루한 밤을 어르며 완행열차에 몸을 맡기고 왔을 사람들이 뿜어낸 담배 연기로 가득 찬 객실은 새벽안개가 들어차 있는 듯 부연하고 자욱했다.

4호 차에 오른 연화가 창가에 앉자 연호도 자리를 잡았다. 완행열차는 무거운 몸을 서서히 움직이며 길게 이어지는 기적소리와 함께 꿈틀거리기 시작했다.

새벽안개에 싸인 완행열차의 기적소리에는 내면의 삶 속에 존재하는 원초적 힘을 가져다주는 듯했다. 새벽안개를 밀어젖히는 기적소리는 깊숙이 잠들어 침잠하고 있던 정신과 마음을 흔들어 깨우면서 새로운 생명의 탄생을 알리는 우렁찬 울림으로 들려왔다.

허리를 곧추세우며 앉아 있는 연호의 꾹 다문 입술과 골이 뚜렷한 인중이 연화의 눈에 들어왔다. 상관을 지나 관촌에서 승객을 더 실은 열차가 굽이진 철길을 도느라 출렁이더니 덜컹거리며 쇳소리를 길게 이어갔다. 안정을 찾은 열차는 부드러운 움직임으로 일단의 목적지인 구례를 바라보며 순조롭게 달려갔다.

먼동이 희붐하게 밝아 오는지 새벽안개는 꿈틀거리기 시작했다.

새벽안개는 완행열차를 따라 같이 달리는 들녘의 햇살을 소담스럽게 받아들였다. 그러면서 서로의 얼굴을 맞대고 비비며 한 몸이 되었다. 햇살과 안개가 맞닿은 들녘의 여기저기에서 밤새 젖었던 둔중한 몸짓을 조금씩 바꾸어 색이 옅게 바래졌다.

골똘히 생각하며 마주 잡은 연호의 손가락이 작게 움직였다.

창가에 앉아서 턱을 낮추어 손등으로 받치고 일정한 방향 없이 얇아지는 안개를 바라보던 연화는 차창에서 눈길을 연호에게로 옮겼다.

"연호, 무슨 생각을 하고 있어. 처음 타 보는 열차이기도 하지만 새벽안개와 같이하는 여행이어서 그런지 설레는 마음이 가라앉지 않고 있는데, 연호는 어떤 기분이야."

딱히 연호의 대답을 기대하지 않은 채 낮게 말하는 연화의 어감에서 새벽안개와 완행열차가 잘 어울린다고 여긴 듯했다. 연화는 잘게 끊은 숨을 쉬며 입을 열었다.

"연호, 나도 어젯밤에 쉬이 잠이 들지 않았거든. 아마 서먹서먹할지도 모를 여행이 주는 생소한 감정이 꽤 작용했나 봐. 몸을 뒤척이며 시간이 상당히 지났을 거야. 어느결에 황진이 시조에 나오는 벽계수라는 인물이 떠오르지 뭐야."

연화의 얼굴에서 빙긋 웃음이 묻어나왔다.

"인간이 존재의 의미를 가지며 살아가는 삶은 상황 상황마다 자신이 처한 입장이나 혹은 이해득실을 따져서 자신에게 맞는 정답지를 선택해야 하는 연속의 과정이라고 생각해. 그런데, 시조의 종장이 명월이 만공산하니 쉬어간들 어떠리라고 끝을 맺잖아. 그러면 황진이는 벽계수가 자신을 받아들일 것인지, 아닌지를 필요에 의한 판단을 해서 판단에 대한 결과적 행위를 선택하라고 요청한 것은 아닐까. 벽계수에게 던져진 거의 강압에 가까운 선택이라는 현상적 상황에서 벽계수가 생각하는 바른길은 무엇이며, 벽계수는 어떠한 방도를 취해야만 할 것인지를 묻고 또 물어

보았어. 그렇게 한 인물의 심리적 정서나 동기부여가 가져다준 벽계수의 의식세계가 어떠했을지 질문을 반복하다 보니 시간이 많이 가 있었어."

연호는 연화의 오므린 입술에 묻어 나오는 어조가 맑고 산뜻하다고 헤아려 보았다.

"연화. 그럼, 어색하지만 단순화해서 이렇게 말해도 되는지 모르겠어. 연화는 사랑에 대한 인간의 갈등 구조 안에서 선택이라는 개인의 결정은 어떠한 방향을 가지고 이루어져야 하며, 나는 사랑의 완전성을 이루기 위한 조건이 형성될 때, 선택이란 의미를 떠 올린건가."

연호가 콧등을 엄지손가락으로 매만지며 연화의 밝은 낯빛을 그윽하게 살피면서 심중한 태도로 말을 건넸다.

어깨까지 내려온 머리카락을 살짝 쓰다듬은 연화가 얼굴에 작은 웃음을 묻혀서 연호에게 넌지시 보냈다. 연호는 새벽안개에 쌓인 창밖으로 눈길을 옮겼다. 연화는 옷매무새를 고르면서 연호가 던지는 시선을 따라갔다.

"연호, 한 인물이 가지는 인생관이랄까, 세계관이랄까. 벽계수라는 인물을 정리하다가 보니 도미 설화가 덧붙여서 떠올랐어. 부부의 짝을 지키는 도미 설화 말이야. 자신의 성적 만족감을 성취하기 위하여 한 여인의 정조를 빼앗으려고 자신이 가지고 있는 절대 왕권을 불의하게 행사하여 목적을 이루려는 몰염치를 넘어 파렴치하게 수단을 부리는 권력 말이야. 한 인간이 갖고자 하는 성취 욕구를 인간에게 주어진 합법적 권한을 넘어선 지위나 주위

여건을 무기삼아 상처받을 타인이야 어찌 되건 목적을 이루려는 것은 가장 큰 추악함이고 야비한 폭력이라고 생각해. 절대 권력 앞에 무방비의 상태로 놓인 한 개인이었잖아. 인간은 간사하며 파괴적인 야수적인 본능을 가지는 것일까. 그렇다고 해도 인간의 본능은 동물과는 분명한 차이점이 있다고 생각해. 파괴적이며 야수적인 동물적 본능으로 자신을 지키며 가꾸어서 진리라고 믿어온 인생관이나 가치관을 깨뜨리며 지배하려는 폭력적 행위 속에 들어앉은 비겁함 말이야. 그것은 동물적 본능에 기인한 야수적인 폭력이라기보다 사고체계를 가지고 살아가는 교활한 인간의 무서운 권력의 야만성이라고 생각해. 그런데, 한 가지 아쉬움이 남는 것은 도미나 도미의 처도 시대가 주는 통증을 치료하기 위해서 무한 권력에 항거하는 것처럼 왕권과 다투는 깨어난 시민의식이 있었다면 좋았을 텐데 하는 아쉬움이 많이 남아. 그랬다면 우리가 살아가는 이 시대가 너와 나를 인정하면서 활기찬 시민의식이 정착한 사회로 이루어져 있을 것이었는데 말이야. 특권적 계급의식을 거부하며 정치적으로 자유로운 세계에서 살아가며, 궁핍한 생활에서 벗어나 경제적으로 고루 잘 살며, 사회적으로 불평등을 최소화하고, 사상적인 자유를 윤리와 결합하면서 인간의 절대성을 획득한 그러한 사회 말이야. 이러한 바탕에서 우리 사회는 한층 더 수준을 높인 사회가 만들어져 합리적으로 문제를 풀어가고, 사람다운 이야기를 나누면서 품격 높은 삶을 살아가고 있을 텐데 하는 아쉬움이 많은게 사실이야."

남원을 지나면서 눈이 부시게 고루 퍼진 보석처럼 영롱한 햇살이 차창을 직선으로 뚫고 들어와 완행열차 안에 가득 찼다. 햇살이 더욱 온도를 높여 가면서 새벽안개는 너풀너풀 흩어져 가고 있었다.

산야가 온통 안개로 뒤덮였던 시간은 서서히 뒤로 물러나고, 형형색색의 가루와 같은 빛깔이 골고루 뿌려지는 햇빛의 시간으로 변해 가고 있었다. 차창 밖 멀리 안개 띠를 두르고 우뚝우뚝 솟아 난 산봉우리가 바다에 떠 있는 바위섬들로 보였다.

"연화의 말에 많은 부분에서 공감을 같이해. 인간, 특히 폭력적 인간들은 자신이 저지른 비행을 숨기기 위해서 굳고 강하게 엮어진 울타리를 치려고 하거든. 물론 내놓고 자신의 악행을 펼쳐 보이는 사람들도 있지만 말이야. 대중들이 집중하는 인식의 자각 능력의 세계를 평소보다 왜곡된 상태로 위장하여 분산시켜 버린다고 생각해. 그들은 대중들의 집중력과 현실감을 무력화시킴으로써 사고와 행동을 지배하며 전혀 다른 반응을 보이게 만들어 내는 고급 기술자들이라고 생각해. 어느 면에서 보면 본래 주술적 언어나 행위가 가지는 신비적인 힘이 존재한다고 믿는다면 말이야. 그런데 이들은 그러한 주술적인 영역을 자신들의 타락한 언어나 행위를 자신들 쪽으로 유도, 조작, 가공하여 자신들의 일신상 영화를 유지하려고 끊임없이 이용한다고 생각해. 자신들의 영달을 위한 생활 수단으로 고착화한 잔꾀를 부려서 한 개인이나 한 집단, 한 사회를 자신들의 손아귀에 쥐려는 권력 욕구가 강하게 작동한다고 봐. 그들은 자신들이 가지고 있는 정보를 자의적인 방식으로 처리 함으로써 일방적으로 대중들에게 전파해 버린다고 생각해. 어느 때는 사회를 공포 속으로 집어넣어 목적을 달성하려고 하잖아. 그래서 이들은 주관적이긴 하겠지만 개인과 사회가 인정해 버리는 무너뜨릴 수 없는 견고한 성으로 자리하는 경우들이 있었던 것도 사실이잖아."

거칠고 묵중한 완행열차의 바퀴가 굴러가면서 주는 규칙적인 소음은 불편한 귀 울림으로 다가오는 듯했다.

그러나 완행열차의 바퀴 소리가 일정하게 간격을 유지하면서 커다란 진동 없이 고르게 들리는 탓인지, 규격에 맞는 음률을 갖춘 노랫가락과도 같았다. 덜커덕 덜커덕 다른 잡음을 섞지 않고 한결같은 고른 소리로 들려오는 완행열차의 바퀴 소리는 오히려 여행의 즐거움을 더해주는 달리는 노랫소리로 들려왔다.

더구나 완행열차의 바퀴 소리는 연호와 연화의 대화가 자칫 논리적 완전성에만 묶여 버릴 수 있는 환경을 열차 내 분위기와 함께 제거해 주는 역할을 해내고 있었다.

구례가 가까워지면서 쥘부채를 쫙 펼쳐 놓은 듯 낱낱의 햇빛 알갱이들은 무지개처럼 선연한 색상을 띠고서 객실 깊숙이 들어와 여기저기 자리를 잡고 앉았다.

소작농의 딸

짜식이와 창복이는 짜식이 집에서 멀지 않은 풍남국민학교 양지바른 담벼락에 나란히 기대앉아서 무언가에 열중하고 있었다.

찬바람이 제법 세게 불어대는 영하의 오후였다.

하늘에 구름이 군데군데 박혀서 양지가 되었던 담벼락은 금방 그늘을 만들어 내는 바람에 한낮의 햇볕이라고는 하지만 짜식이와 창복이에게 넉넉한 온기를 주기에는 턱없이 부족한 양이었고, 옷차림도 허술하기 짝이 없었다. 짜식이는 너저분하고 후줄근한 홑겹의 점퍼만 걸치고 추운 기색도 없이 두 다리를 엇갈려 접고 앉아서 하던 일에 정신을 쏟았다.

짜식이는 담벼락에 기대어 벌름거리는 코를 쓱쓱 문지르며 끈질기게 옷가지를 물고 늘어졌다. 짜식이는 때에 절어 반질반질 닳아빠져 윤기 나는 허접한 내복에서 성치 않은 손가락으로 깨알만 한 크기로 기어 다니는 이를 잡아내는 중이었다. 한겨울 하릴

없이 동냥 바가지를 들고 다니지 못하는 날은 귀찮고 괴로운 존재인 요놈들 이를 깡그리 잡아내야만 했다. 낡은 내복의 실밥을 따라서 꿈틀거리는 이들은 여름철 개미들이 일렬로 줄지어 늘어서서 행진하는 것과 유사했다.

짜식이가 겨울철 이들을 쓸어 담듯 소탕하는 것이 처음 해 보는 작업은 아니지만, 갑자기 화증이 솟아올랐다. 역시 똑같은 일에 정신을 집중하면서 선하품을 섞어서 졸리는지 눈꺼풀을 뜯어내는 창복이에게 눈초리를 표독스럽게 찢어서 깡마른 신경질을 부렸다.

"짱복아. 우리 말다. 요 짭녀르 쩨끼들 말다. 짭아 쭉이 삐리지 말고 말다. 요 똥냥바가치에다 말다. 요 쩨끼들을 짠뜩 짭아서 모아 깔고 꾹 끓어서 묵자 말다. 니 어찌게 생각허냐."

짜식이는 오기가 내뻗친 불퉁한 심통을 부리며 소리를 높였다.

서노송동 공터에 토막집을 짓고 생활하는 친구인 창복이었다. 창복이는 어젯밤 상갓집 주위를 기웃거리다가 몇 마리 얻은 마른 멸치 한 마리를 짜식이 내복위로 날렸다.

"옹야. 국 끓임서 고 멸치 한 마리 넣어 뿔먼 쬐깐 맛이 더 날 끼다."

창복이는 심히 자존심이 상해 보였다.

세상 사람들이 자신의 직업이 천박하다고 손가락질할 때도, 직업상 고개를 조아리며 깡통을 들고 구걸을 하면서 비아냥거림을 받을 때도, 개밥처럼 뒤섞인 동냥밥을 먹을 때도 겸손한 태도와 고마운 마음으로 사람들에게 감사하며 지내왔다. 그런데 짜식이가 던지는 말에서 한계를 넘어버린 직업에 대한 심한 모멸감이 다가왔다.

"짱복아. 니 끼분 짱해 삐맀지야. 나가 말다. 맥없이 화가 난께로 히 본 쏘리다 말다. 근디 말다. 짝하고 짝한 연호 종각 말다. 쩡교술 찌빨놈이 쩌그 멀리 싸는 이쁜 처녀를 억때기로 찌랄 히 깔고 낳은 쫑깍이람서 말다."

평소 서노송동 친구인 창복이를 만나러 다닐 적에 이따금 눈에 띄어 보아온 착하고 듬직해 보이는 연호를 가리키며 건넨 말이었다.

소양 지주 최 씨의 인심이 사나운 것은 소양 일대에 짜하게 소문이 나 있었다. 최 씨의 소작을 부치는 몇몇 마을 사람들은 쉬쉬하며 '최가네 집에서 동냥밥을 얻어내는 걸뱅이는 내가 그놈 삼년은 삼시세끼를 책임진다'라는 말을 눈치껏 동리 곳곳에 꺼내놓곤 했다.

연호의 할아버지 주청수도 소양 지주 최 씨의 소작농이었다. 소작이라고 해 봐야 고작 네댓 마지기가 한 해 농사의 전부였는데, 가을에 수확의 오 할을 소작료로 지불하고 있었다. 그런데 오할 소작료 이외의 비료대나 수리조합비까지 강요받았고, 계절을 가리지 않는 노력 봉사와 때에 따라서 경조사비용도 떠안음으로써 사실상 칠할 가까이 소작료로 지출되는 열악한 형편이었다.

거기다가 소작 기간이 일 년이다 보니, 언제 소작이 떨어질지 몰라서 두려워 떨어야 하는 처지로 지주 최 씨에게 예속된 관계나 다름이 없었다. 그러니 쌀농사는 지었지만, 쌀밥은커녕 매일 보리죽을 끓이기가 일쑤였다.

귀가 열리고 눈이 떠 있던 주청수는 손가락 마디마디가 비틀리고 등과 허리가 접히는 이런 세상은 이제 끝나리라고 믿었다. 왕조체제하에서는 관리들이나 양반 지주들의 가혹한 수탈과 횡포로 기죽었고, 지금은 타국인 일본의 지배를 받으며 왕조시대와 같은 신분의 불평등이나 생활 등이 제한되어서 재량을 펼치기가 어렵지만, 아들 만식이가 살아가는 세상은 새로운 세상이 펼쳐지리라는 것을 굳게 믿으며 살았다.

대물림되어 내려오는 가난은 주청수를 그 자리에서 주저앉게 만들곤 했지만, 그렇다고 허물어져 내려앉을 수만은 없었다. 술과 담배는 아예 염에 두지도 않았고, 마을 사랑방에는 얼씬도 안 했다. 액수가 큰 노름은 아니지만 잡기에 이끌려 한 푼이라도 나갈지도 모르는 주머니를 단속해야 했다.

주청수가 가장 부러워하는 대상은 조그만 땅뙈기라도 소유하고 내 땅에다 씨 뿌리고, 기르고, 거두어들이는 사람이었다. 자작농이 한여름 논두렁에 앉아서 막걸리를 사발에 조르륵 채우고는 목울대를 꿀럭거리며 잘 익은 고추를 된장에 박아 와삭 깨물며 "캬아 쪼오코 쪼오타." 소리를 연신 터뜨리는 탄성은 주청수의 꿈속에서 곧잘 나타나곤 했다. 몇 마지기가 안 되는 논이라도 거기에서 소출되는 양식으로 변변찮으나, 가솔들이 세끼 밥을 먹었으면 하는 간절한 바람으로 날 밤을 새운 적이 하루 이틀이 아니었다.

주청수에게 딸린 식솔은 마누라와 딸과 아들이었다. 주청수는 그래도 실한 아들과 곱게 자라는 딸이 있어서 위안으로 삼고 노곤한 삭신을 두드리며 소작 생활을 이어나갔다. 아들 만식이는 든든하고 묵직하게 아퀴 짓는 야무짐과 글자도 꽤 익혔고, 딸 정임이는 엽렵하고 손끝이 단단하였으며 심성이 참하고 부드러웠다.

주청수는 정임이가 열여섯의 나이가 되었음에도 여태껏 비단 옷 한 벌 제대로 입히지 못하고, 고무신을 신는 유행이 언제인지 모르게 까마득히 지나갔는데도, 짚신으로 고무신을 대신하고 있는 딸에게 고개조차 들 수가 없어서 그저 먹먹한 가슴만 쓸어내렸다. 정임이의 형편이나 모양은 늘 고르지 못했다. 그런 정임이는 먹성이 실할 나이임에도 얼굴에 어두운 그늘 한 번 드리우지 않고 아궁이에 불을 넣거나, 시린 손을 불어 가며 이불 빨래를 널어 햇볕에 쬐었고, 오래된 헌 옷이나마 바느질로 깁고 누비며 다듬이질로 올을 펴고 주름을 잡았다.

동생 만복이가 지게 한 짐을 부리며 땀을 씻어내면 정임이가 바가지가 넘치게 물을 건네주었는데, 누나의 바가지 물이 아카시아 꿀물보다 더 맛있다며 단맛이 나게 입을 홈쳐냈다. 주청수 부부가 혼기가 차가고 있는 정임이의 혼사 문제를 생각할 때면 무더기 진 한숨을 쏟아낼 수밖에 없었다.

주청수는 통한으로 지쳐 살아온 세상은 이제 자신의 당대에서 끝나고 아들 만식이가 말끔히 풀어 주리라는 믿음을 굳건히 다지면서 하루하루 할퀸 마음을 다독이며 굽은 허리를 두드렸다.

정교술이 소양 지주 최중구 집을 찾은 건 1945년 1월, 한겨울 강추위가 극성을 떨고 있었다.

"어험 어험. 최 공 기시오, 날이 엄청시리 차간디 뭐 허고 기쇼."

정교술은 최중구의 집에 도착하자마자 대문을 밀어붙이며 부르르 떠는 몸으로 한달음에 말 인사를 쏟아냈다. 정교술의 인사 치레는 북풍이 집어삼킨 탓일지도 모르나, 그보다는 색정으로 가득 차서 흘러나오는 남녀가 만들어 내는 들뜬 분위기에 흔적도 없이 묻혀 버렸다.

거들먹거리며 마당에 발을 들여놓은 정교술의 헛기침에는 두꺼운 거드름이 덕지덕지 들러붙어서 한층 더 인상이 고약해 보였다. 정교술은 자신이 던진 말 인사에 대한 최중구의 반응이 없자 매우 불쾌했다.

정교술은 바짝 마른 누런 시래기 눈빛으로 최중구의 사랑을 흘깃 쳐다보고는 매운 눈총을 섬돌 밑에 놓인 한 켤레 여자 고무신에 꽂았다. 가지런히 놓여 있는 맵시가 반드러운 고무신 코는 뾰족하게 입술을 내밀어 정교술을 희롱하는 듯 날카롭게 눈알을 찔렀다.

소문난 고바우인 최중구가 대낮부터 주연을 만들어 놓은 사랑에서 비릿하게 교태가 섞인 앳된 콧소리가 흘러나왔다. 끈적끈적 진하게 배인 알랑거리는 계집의 말본새가 정교술의 귓가에 닿자, 몹시 거슬리며 까닭 모를 화가 치밀어 올랐다. 거기에다 계집의 가락을 타고 넘는 애교에 취기를 묻혀 장단을 맞추는 최중구의 껄껄대며 웃는 소리에 정교술은 배알이 뒤틀리고 하는 꼴이 아니꼬워 견디기가 힘들었다.

정교술은 사랑에서 한판 벌어지는 달차근한 판굿을 깨부수고 싶은 오기가 불끈 솟았다.

"니기미 씨부랄놈으거. 개좆이나 술을 주둥아리로 처묵덜 않고, 귓구녕에다 들어붓어버렸다냐, 어쨌다냐."

정교술이 교기 넘치는 계집과 어우러진 최중구의 사랑에 대놓고 내뱉은 육두문자와 센 어감에서 냉기가 팽팽 돌았다.

그러나 맘 놓고 성깔을 묻혀 입이 째지게 벌어지도록 쏟아 낸 소리치고는 멀리 날지 못하고 정교술 발밑으로 바로 떨어졌다.

이내 높아졌던 감정을 추스른 정교술은 막걸리 한 사발 들이켠 황소처럼 컬컬한 목소리로 바꾸어서 최종구의 사랑에다 조금 눅어진 부아를 던졌다.

"보오쇼. 최 공. 시방 나 몸뚱아리가 땡땡허니 얼어붙을라고 히뿌요. 집이서 나슴스롱은 연실이 엉뎅이에다 녹작지근허니 불알을 뇍이고 왔는디, 최 공 집에꺼정 옴서 봉게 깡깡허니 얼어부렀능갑소. 어째 요놈의 아랫도리 방맹이는 흔들기리지도 않제, 알방울은 딸랑기리들 않은 거이 영 지랄 겉으요 잉."

순간 사랑에서 낮술을 홀짝거리며 술잔을 채우는 계집 젖가슴에 손을 깊숙이 찌르고 취흥에 젖었던 최중구의 목소리가 잠잠해지며 가라앉았다. 기름기로 폭 절은 최중구는 풀어졌던 옷차림을 가다듬으며 주기가 불그레하게 감도는 얼굴을 사랑 밖으로 내밀었다.

"허어, 이거 정 사장님 아니시오. 엄칭이로 바쁘실틴디, 어찐 일로 여그꺼정 발걸음을 허시었소. 날이 요리 차갑기나 헌디, 오시기 전에 연락이나 잠 띄우실 일이제만. 어쨌든 언능 율로 들어오시쇼."

"아하, 놀던 계집이 결단 나도 엉덩이짓은 남는다등만 최 공 계집질은 여전 허쇼 잉. 요염한 계집 냄새가 풀풀 날아오는 것이 호박꽃 오지게 피대끼 푸져서 좋소."

정교술은 어느 정도 안정을 찾고 갸웃거리며 최중구를 가늠해 보았다. 오히려 이 사태를 이용해서 최중구와 약속했던 쌀 거래를 유리하게 만들어 가도록 빠르게 요리조리 궁리해 보았다.

일본은 1940년부터 6년간 조선 증미 계획을 수립하였고, 지금은 전쟁물자동원령을 내리고 있는 상태였다. 이러한 일본의 위태위태한 전시 상태가 이어진다는 전선의 위급함에 전주 부윤도 이즈음의 사태에 바짝 신경을 곤추세우고 집무를 본다는 말을 최중구에게 상기시킴으로써 직간접적인 압력을 가하기로 작정했다.

예상치 않았던 최중구가 일으킨 문제에 트집을 부려서 시간적 여유를 두고 오늘 자신과 쌀 거래 약속을 해 놓고 술과 계집질로 자신을 맞은 것은 자신과의 개인적인 문제만이 아니라, 전주 부윤에도 오늘 쌀 거래에 대해서 말을 하고 왔노라고 으름장을 놓고 을러대면서 살살 끌어당기면 자신이 계산했던 액수보다 더 많은 이윤을 남길 수 있다는 생각에 미쳤다.

"그나저나 최 공께서 오늘 전주에다 쌀 내겠다고 나허고 약조 안 했습디여."

정교술은 한낮인데도 냉기를 실은 찬바람에 으슬으슬 몸이 떨려오는 것도 아랑곳하지 않고 적잖은 양의 밑밥을 일찌감치 말

낚시에 달았다.

정교술은 일본이 머지않아 패망할 것임을 확신했다. 그렇다면 일본이 도망가고 나면 해방이라고는 하지만 나라가 정치적인 대립이 되었든 경제적인 문제가 되었든 혼란한 상태에 빠질 것은 뻔했다.

정교술은 눈앞에 바로 펼쳐져 보이는 격변의 소용돌이에 휩싸인 국가적 난국을 이용하여 자신의 재산을 증식하는 절호의 기회로 삼아서 큰돈을 벌기로 마음을 공글렀다.

"이놈들아. 생각 잠 히봐라. 일본놈덜이 지그들 딴에는 쌈을 크게 벌이갖고 한끗발 내보것다고 용을 쓴다만 어림 택도 없을거이다. 지그들이 심 쓸 때 조선 독종들 허는거 안 봤다냐. 한번 물면 절대 놓지 않는 악어맹키로 그놈들은 가만이 누워서 잠만 자다냐. 아, 무작시럽게 죽기 살기로 일본놈들헌티 뎀벼서 싸우고 안 그러다냐, 글고 말이다. 쩌짝 바다 건너 다른 나라들은 총칼 놓고 일본놈들에게 우리 땅에 어서옵쇼 허고 기둘리고 있다더냐. 에잉, 야이 이놈들아, 손도 안 대고 핑 코 풀라고 허덜 말그라. 갸들이 지금 일본놈들 땅으로 곧 짓밟고 들어올거이다. 에잉, 그건 쌈쟁이들 이야긴게 내가 알거이 뭣이다냐. 나는 장사꾼인게로 돈만 벌면 되겠질 않느냐. 아, 봐 보그라. 일본놈들이 쌈에 져갔고 지그들 땅으로 불알 딸랑기림시로 도망을 가면 말이다. 어찌게 되겄냐. 우선에 일본놈들이 하도 지랄발광을 해 논게로 사방 여러 간데로 조선 사람덜이 살 겄자고 흩어지덜 안 허드냐. 인자 일본놈들이 살려줍쇼 허고 두 손을 들면 말이다. 글면 그 사람덜이 어찌게 허겄는지는 말 안 히도 알것지야. 아, 지땅 지집으로 돌아오덜 안컸다고. 또, 징병이네, 징용이네, 일본놈들 꾀임에 빠져서 물 건너 갔던 사내들이나 여인들도 있지야. 잉, 글면 어찌. 제집, 제땅인 나라 안이로 사람들이 뫼여 등게로 사람으로 넘치나덜 안 것이다고. 그것 말고도 말이다. 일본놈들이 쌈질헌다고 쌀을 지그들 나라로 실어가고 쌈터로 실어가고 허고는 조선 사람들은 쌀밥을 못 먹게 얼매나 꾹꾹 누르디야. 나무뿌리나 케먹고 나물죽에다 잘 히야 보리죽으로 심들게 살지 않았드냐. 긍게로 그 사람들은 인자 쌀밥이나 한 번 배불리 먹어보자고 난리 판굿을 벌이덜 않겄냐. 아, 생각히봐라. 한입에 쌀밥 한 그릇이면 그것만 히도 얼마나 많겄다냐. 긍게로 돈이 쪼개라도 가진 사람이라면 두 번이고 세 번이고 먹덜 않겄다고. 저놈이 먹은게 나도 먹자허다 보면 쌀값은 쑥쑥 올라서 쌀은 쌀이 아니라 금싸라기가 될 것이라 그 말이다. 이놈들아 잠 생각 히봐라."

정교술은 해방이 되면 사람들의 쌀 소비가 어느 만큼 뛰어오를지 가늠할 수는 없었다. 다만 현재의 쌀 시세와는 비교가 안 될 정도로 오를 거라는 확신을 마음에 심었다. 그렇다면 미리미리 쌀을 닥치는 대로 사들여서 쟁여 놓으면 그 높이가 높은 만큼 돈이 될 것이라고 굳게 믿었다.

정교술은 장사꾼 특유의 감각적 촉수를 분주히 움직였다. 한 석당 상당 액수는 아닐지라도 다만 몇 전씩만이라도 후려칠 계산을 앞세웠다. 오천 석 부자인 최중구가 지난가을에 수확한 오천 석에서 자신에게 천 석을 넘겼고, 다른 거간꾼을 통해서 천 석을 넘겼다. 그 이천 석을 제하고 나면 삼천 석은 곳간에 쌓여 있다는 계산은 손가락으로 셈을 할 필요도 없이 뻔했다. 그 쌀을 내기 위해서 오늘 자신을 보자던 최중구가 나이가 들면서 깜빡했는지 계집에게 홀려 깜빡했는지 모를 일이지만 어찌 되었건 정교술은 이러한 반전의 계기가 만들어진 것을 흡족히 여겼다.

"조서방 밖이서 뭐허고 있는게냐. 정 사장님을 별채로 뫼셔라. 허고, 당장 한달음에 달려가서 저 너메 범골에 사는 주서방과 그 딸년을 소작을 결정히야 될 문제가 생겼으니 나가 잠 보잔다고 일르고 오니라."

주르르 말을 꿰어 조 서방에게 일러 논 최중구는 술기운이 확 날아가는 기분이었다. 전주 부윤과 밀접한 연관 관계를 맺고 있으면서 정미소 사업과 쌀 거래 뒤를 봐준다는 소문을 잘 알고 있는 터였다. 전주 부윤과 어느 정도 깊은 관계를 유지하는지 확실치는 않지만 분명한 건 전주 부청 출입이 잦은 것은 확실한 사실이며, 전주 부윤과 술좌석을 같이 했다는 사실까지도 확실히 알고 있었다.

갑작스럽게 소작 문제라는 지주댁의 부름을 받은 주청수는 얼굴이 하얗게 일그러진 채로 오들오들 떨면서 딸 정임이와 사랑으로 다가섰다.

"쥔어른 지들을 부르셨는갑쇼."

노기서린 기운을 실은 사랑문이 벌컥 열림과 동시에 최중구는 사나운 표정을 짓고는 악을 쓰며 씹듯이 뱉었다.

"아, 불렀인게 왔을거 아녀. 자네는 이 방으로 잠 들어오고, 딸년은 별채로 가서 기둘리고 있도록 히여."

"지딸 정임이는 으짠일로 별채로 가는갑쇼."

"뭐이라고. 시방, 자네 나 말을 거역하는 거이여. 오늘 당장 소작이 띠이고 잡아서 말대꾸 허고 자빠졌어 엉."

주청수는 당장 소작을 뗀다는 말에 머릿속은 온통 먹빛으로 덮였다. 어떤 영문인지 지주의 이야기를 들어 보고 판단할 도리밖에 없었다.

정교술은 별채에 앉아서 마당에서 들려오는 소리를 또렷이 듣고 흔들흔들 좌정을 한 채 별채 문을 쏘아 보며 묘한 웃음을 지어 보였다. 자신을 재빠르게 별채로 안내한 것이며, 지금 벌어지는 일들을 꾸미는 것이며, 자신이 들을 수 있도록 악을 쓰며 목청을 높이는 최중구를 노회한 영감이라고 평가했다.

정임이는 별채에 올라서서 저릿저릿 떨리고 떼어지지 않는 발을 부르르 떨면서 별채 문을 빼꼼이 열었다. 별채 문을 열던 정임이는 안에 사람이 있다는 사실에 흠칫 놀라며 문지방을 넘지 못했다. 맥이 풀리고 오금이 저리며 온몸이 오그라들었다. 쓰러질 듯한 몸을 겨우 문설주에 기대며 제자리에 서버렸다. 정교술은 빨강 댕기 머리를 한 처녀의 위아래를 한 눈으로 훑었다. 미색이 특출난 편은 아니지만 그만하면 괜찮다는 생각이었다.

"크움, 언능 들어오니라."

정임이는 현재 일어나고 있는 사태들에 대해서 무언가에 홀린듯 멍한 표정과 흐트러진 동작으로 정신을 놓은 것처럼 보였다.

"아, 사람 말이 듣기들 안 허냐. 들어오덜 않고 뭐 허는게여."

정임이가 난감하게 머뭇거리고 굼뜬 행동을 보이자 정교술은 사나운 사냥개가 먹잇감을 포획하는 익숙한 솜씨로 버럭 소리를 질렀다.

"네이년, 니도 귀가 열렸응게 들었겄지야. 밖이서 지주 어른이 네 아비헌티 소작을 띠겄다는 말을 듣덜 못 힜드란 말이냐."

정임이도 아버지와 똑같은 곤경에서 헤어나질 못하고 주저앉고 싶은 절망감이 다가왔다. 찬 바람이 세차게 불어오는 추위인데도 식은땀이 정님이의 등줄기를 타고 흘러내렸다.

산산이 깨어지며 조각조각 흩어지는 물 항아리가 눈앞에서 어른거렸다. 소작인으로 살아가는 아버지와 어머니의 비통한 심정이 쏟아지는 눈물에 가려졌다.

죽자면 죽을 수도 있었다. 평소 지니고 다니는 장도로 자신의 심장을 힘껏 깊숙이 찌를 수도, 아니면 혀를 자근자근 깨물어 저들의 흉악한 얼굴에 내뱉을 수도, 그도 아니면 별당 기둥의 모서리에 머리를 짓 박아서 낭자한 선혈을 저들에게 뿌리고 섬돌에 한 번 더 머리를 내리치면 되었다. 그러나 그리되면 아버지와 어머니 그리고 동생 만복이까지 화를 당하게 된다는 것은 너무나 자명한 사실일 것이다. 교활한 자들이 꾸민 이 상황에서 벗어날 수 없다는 것을 저들은 너무나 잘 알고 있을 터였다.

정임이는 자신을 향해 던져진 올가미가 자신의 목을 향한 무서운 도구임을 알았다. 더구나 자신의 삶과 죽음을 선택할 이유조차 허락하지 않는 분명한 흉물이었다. 단지 한 가지 경우만을 강요하는 직선으로 날아오는 죽음의 줄이 분명했다. 이미 사건은 벌어졌고, 그 사건의 사실 여부와는 관계없이 피해를 볼 크기와 양만 남았을 뿐이었다.

정임이는 자신이 희생되지 않고는 문제해결이 없다는 단정을 지었다. 자신이 희생되어서라도 가족이 현재와 같이 힘들지만 그대로 살아야 한다는 것을 알았다. 저들이 화살을 쏘았는데, 피할 수 없다면 그대로 맞아야 했다. 그것도 자신의 심장을 정통으로 향하고 있었다. 어떤 조건이 있든 없든 모사꾼들이 활시위를 당기기 전에 요구를 들어줘야 한다는 사실을 깨달았다.

좀 더 세밀하게 할 부분이 생긴다면 자신 쪽에서 유리한 조건을 붙일 수 있을지도 모를 일이었다. 저들이 요구를 단정 지을 수는 없지만, 자신의 몸을 갖고자 하는 수컷의 욕망임이 틀림없었다. 정임이는 꽃이 보인 주기로 보아서 가임 가능성이 높다는 것을 놓칠 수가 없었다.

어머니

어머니. 저는 푸르게 입혀진 파스텔 색감의 보송한 하늘을 보면 어머니 얼굴이 자연스레 그려져요. 어머니의 검은 머리카락 아래로 넓어 보이는 이마에 잘게 접힌 잔주름과 함께 친숙한 웃음이 제일 먼저 보이네요. 어머니의 콧등과 볼로 흘러내리는 머리카락을 수줍게 쓸어내리는 갸름한 손길이 지나가고요.

어머니의 입가에 항상 머물면서 좀처럼 떨어지기를 싫어하는 인정 많은 고운 빛깔의 미소가 아름답게 푸른 하늘 화폭에 가득 찼어요. 사람의 얼굴과 몸을 이어주는 부분을 목이라고 하더군요. 하늘 푸른 화폭에 짱짱하고 굳세게 채색된 어머니 목덜미. 제가 푸른 하늘을 향해 가슴을 맘껏 펼치고 오로지 한 가지 색으로 칠하는 어머니의 신체 부위예요.

왜냐고요.

어머니의 목덜미에 어머니가 살아오신 삶의 전부가 한 점도 빠지지 않고, 한 치도 비뚤어짐이 없이 관통하고 있거든요.

얼굴과 몸을 이어주는 목처럼, 어머니가 사신 현실 시대와 인간과 인간 세계 사이에서 오는 마찰을 오롯이 겪은 지난하고 고단한 흔적이 어머니의 목덜미에 자리 잡고 있는 걸 저는 또렷이 보아요.

제가 이렇게 어머니를 묘사하는 순간 사나운 바람이 쌩 불면서 어머니의 형상을 아무렇게나 흩뜨리고 있어요.

어머니. 제가 다섯 살 나던 해였나 봐요. 저는 처음으로 사람들이 말을 하며 걸어 다니며 일을 하는 분주한 사람들 틈에 제가 서 있다는 걸 알았어요. 그리고 다양한 사물들이 그 자리에서 형태를 바꾸지 않은 채, 각기 다른 모양새를 갖추며 자리 잡고 제기능과 역할을 해내는 밀집되고 항구적인 세상으로 실재한다는 사실도 깨닫게 되었고요.

어머니에 대한 제 첫 기억을 뭐라 딱 맞게 표현해야 할까요. 제 눈에 꽉 차서 들어온 어머니는 허리를 곧게 펴고 직선으로 박힌 기둥이면서 청청하고 꼿꼿한 대나무 한 그루를 닮은 강렬한 인상이었어요. 제가 청청한 대나무라고 비유한 이유는 어머니가 사신 모질고 험한 삶을 부러질망정 꺾이지 않고 사셨다는 말일 거예요.

어머니에게서 받은 그 인식의 정보가 스물셋 지금까지 저의 정신세계를 지배하는 가치 기준이며, 저의 행동을 통제하며 설정하는 나침반으로 작용하고 있고요.

그런데 아버지는 보이지 않으셨어요.

제가 세상의 소리를 들은 최초의 어머니의 언어가 떠 오르네요. 어머니의 긴 탄식과 함께 저의 귓바퀴에 모아지면서 저를 어리둥절케 했던 말씀이 문신처럼 새겨져서 지워지질 않아요.

"아가, 느그 아버지는 살았을거나, 죽었을거나."

이어서 덧붙이셨어요.

"느그 아버지 생사를 모린게로 애가 보타서 요 뱃속의 아그가 똑 어찌 될랑가만 싶으다."

어머니는 절망스러운 어두운 낯빛을 하시면서 작은 저의 손을 꼭 잡으셨어요. 감각기관을 통해서 처음 인지한 그 시대 환경과 전개되는 국면을 전혀 알지 못했던 저로서는 침울하고 무거운 표정으로 말씀하시는 어머니를 무척 의아해했어요. 청청한 대나무이셔야 할 어머니의 모습이 아니었거든요. 어머니, 사람에게 눈물샘이 있다는데, 갈대보다 여린 제 손등에 눈물방울은 왜 떨어뜨리지 않으셨어요.

민족통일전쟁을 수행하는 동안 민족 간의 야만과 추악함은 아버지가 아들에게, 아들이 아버지를 향해서 서로를 죽이겠다며 총부리를 겨누는 현실이 되어버린 사실. 이 비정상적이고 비인간적인 사태를 상상하시는 어머니가 어떤 방법으로 어떤 인내심으로 누구를 원망하고 누구를 한탄하며 감당하시겠어요.

어머니, 중국과 버금가던 우리 민족은 중국의 선진문화를 일본에 전해주던 문화적 긍지가 강한 민족이에요. 그러한 우리 민족이 근대 사회로 전환되던 시점에서 여러 가지 문제점을 해결하지 못한 상태에서 일본에 강점되었어요.

일본은 패망을 전제로 우리 민족에게 잠시 상처를 주었고요. 우리는 해방을 맞이했고 해방이라는 공간에서 통일된 민주 국가가 세워지지 못했지요. 그러면서 이념이 다른 분단된 국가가 세워지게 되었어요. 그 결과로 같은 민족끼리 무력으로라도 통일하겠다는 6·25라는 전쟁으로 이어졌고요.

아버지께서는 그런 민족 간의 잔인한 민족통일전쟁에 국가의 부름으로 싸우러 나가셨어요.

"아가, 느그 할아버지가 느그 아버지 가심에 총을 겨눔서 쏠란지도 모리고, 느그 아버지가 느그 할아버지 머리를 겨눔스로 총을 쏠란지도 모리덜 안겄냐."

바르르 떠시던 손을 곧 수습하신 어머니는 남부시장에서 들으셨다며 말씀을 하셨어요.

"남부시장 사람들이 그르드라. 만주 어디에서 뺐깄던 나라를 찾겄다고 독립운동을 허던 독립군 중이서 한짝이 된 일부가 북쪽으로 가갖고 요번 전쟁이서 남쪽허고 싸운다고 말이다."

어머니, 신께서도 탄식하시면서 분노하셨던 민족통일전쟁의 결과가 가져올 우려스러움이었요.

"아가, 나가 고 생각만 허면 여그 목 뒤가 뻣뻣허게 굳어짐서 애가 보트고 애린다."

어머니, 할아버지께서 어느 방향을 향해서 발걸음을 선택하셨는지 분명히 알 수는 없지만, 누구와 무엇을 위한 길이었는지라는 명백한 사실과 신념을 너무나 잘 깨닫고 있어요.

할아버지께서는 사랑하는 아내와의 짧은 부부의 살림살이를 접어야 한다는 현실적인 아픔을 감내하셨어요. 안아볼수록 품 안에 두고 싶은 젖먹이 아들과도 후일을 기약하시면서 가셔야 할 발길을 재촉하신 강인하신 분이셨고요.

할아버지께서는 잘못 돌아가는 현실 사회와 굴절되어 비틀거리는 나라를 방관하지 않으시고자 두 주먹에 힘을 주셨지요. 할아버지의 그러한 소명의식의 빼앗긴 나라를 찾아야 한다는 결사의 마음으로 피눈물을 밟으시며 집을 나서셨던 거고요.

할아버지께서는 나라를 되찾기 위한 독립군으로서 독립운동을 하시면서 경험하신 역량을 오로지 한 가지 사실에만 집중하셨을 거예요. 가장 현실적이며 더욱 효율적인 완전한 통일 민족으로 가야 할 방법을 찾으시기 위해서 한쪽의 길로 가셔야 한다는 바윗덩이보다 더 단단한 믿음을 굳게 다지셨을 거예요.

완전한 통일 민족을 위한 방식에는 독립운동을 하신 분들의 사고와 의지에 따라서 차이가 날 수 있었겠지만 뜻을 같이하시는 분들과 동행하셨을 거고요. 그러면서 할아버지께서 가시고자 선택하신 길은 어떤 길이었을까를 유추해 보게 돼요. 할아버지께서 북쪽으로 가셨을 거라고 믿으며 어머니의 목덜미에 무거운 통증이 오게 만드는 가슴 찢어지는 이 현실…….

어머니, 억장이 무너지는 듯한 통한의 현실을 다섯 살밖에 안 된 딸에게 하소연하는 방법 외에는, 어머니는 목덜미만 매만지며 그대로 받아들여야 하는 심정을…….

어머니, 그즈음 노송동에서 잔심부름을 하면서 집을 들락거리던 소사 손창남이라는 자를 뚜렷이 기억해요. 당연히 처리해야 할 사무를 들고 와서 업무를 실행하는 일이야 그자가 해야 할 직책상 임무니까 뭐라 하겠어요.

어머니, 손창남이 왜소한 체구와 염소수염에 느글거리는 웃음을 입꼬리에 매달고 대문을 밀 때마다 그 자에게 매서운 눈총을 쏘았지요. 손창남이 사무를 핑계삼아 며칠 사이로 두세 번씩 발걸음 할 적이면 어머니는 치마폭에 찬바람이 일어나도록 부여잡으며 코웃음으로 손창남의 수작을 부러뜨렸어요.

손창남은 거의 할아버지와 관련된 노송동 관리의 지시 사항이라면서 인기척도 없이 마당을 밟았지요.

"아짐, 시애비가 뻘거죽죽헌 물이 든 빨갱인게로 아짐 밑구녕에서도 뻘건 물이 나올랑가."

어머니는 눈빛은 물론이려니와 숨소리조차 달라지지 않으셨어요.

다만 목덜미만 쓸어 내시더군요.

"헹, 입주뎅이만 앙다문다고 뻘건물이 퍼런물로 바뀌까."

다시 목덜미를 잡으셨어요.

"시방, 경찰이서는 첩본가 뭔가 갖고 있는 게빈디, 아짐 잡아간다는 이야그가 폴시부텀 돌이댕기는 판이여."

어머니는 손가락에 더 힘을 주어 목덜미를 쓸어내셨어요.

"나가 해결 볼라먼 수월허게 맹글 심이 있다 그거인디 어쩔 심판이여."

손창남의 겁박이 제 욕구를 충족시키자는 의도임을 알면서도 할아버지의 행적에 관한 문제라면 이 나라에서 가장 흉측한 문제

중의 하나지요.

손창남은 일본 제국주의 시절부터 주재소 사환으로 잔뼈가 굵은 자였다. 그의 노골적인 육담이나 고약한 어투는 정상을 한참 뛰어넘은 시비조이면서 도전적인 방약무도한 행패에 가까웠다. 그뿐만이 아니라 손창남의 행동거지는 투명한 유리 벽에 붙은 송충이를 연상할 만큼 지저분한 역겨움을 걸러내지도 않은 상태로 고스란히 나타났다.

"나가 요지음 밤이면 이부자리에서 맬겂이 숙인 좆만 뽈딱허니 세우덜 않는다고. 아, 숙자 애미가 아그들 델고 친정에 갔다 이 말이여. 글씨, 긍게로 요 까죽 몽댕이가 어디 아구를 맞출디가 없으까 험서 시도 때도 없이 고개를 들춤스로 까땍까땍 헌다 그거여."

막되고 상스러운 말을 내뱉으며 자랑이듯 떠벌리는 백태가 가득 낀 손창남의 혓바닥이 몹시 천박해 보였다. 이혜경은 바싹 마른 눈자위에 뭉쳐진 분노를 털어내며 목덜미에 손을 얹고 부엌으로 걸음을 옮겼다. 그런 이혜경의 등 뒤에 비바람보다 더 세차게 울부짖으며 내갈기는 손창남의 발악은 광기를 뿜어내면서 제 발등을 물어뜯으며 몸부림치는 한 마리 짐승과 같았다.

이혜경은 집안의 내력을 빌미 삼아 수컷이 보이는 정신적인 착란을 미치광이 무리 중 이탈된 한 사람으로 간주하며 마음을 단단히 먹었다. 손창남의 작태는 그자가 살아가는 삶의 방식이기에 그런 자가 부리는 짓거리에 대해 작은 몸동작 하나라도 응대의 뜻을 보이면 그건 시아버지를 욕보이게 하는 것과 같다는 추상같은 결심이었다.

광포한 술주정뱅이의 입술에 술병을 대지 말라는 성자가 있을지는 모르나, 그자와 어떤 말이라도 섞어 보려는 불미스러운 고려는 추호도 없었다. 또한, 이미 생명력을 상실한 나뭇가지가 때가 되어도 싹을 틔우지 못하듯이 시대의 풍랑 속에서 역사의식이건 개인의 인격이건 곪을 대로 곪아 터진 자에게서 올바른 정신을 기대하기는 어려웠다. 시대의 열사이신 시아버지와 난관을 돌파하기 위해서 생사고락을 함께하는 동지들과 신의로 다진 독립 열사들의 명예를 훼손시키는 것과 같다는 믿음 때문이었다.

손창남의 헝클어지고 너저분한 추태를 부끄럼 없이 보이는 폭력적 행위는 그의 본성이 작용하고 있겠지만, 어쩌면 요리조리 보신하며 배를 불리는 자들을 보고 배운 결과일지도 모른다. 나라를 거덜 낸 자들이나 그 몸뚱어리에 빌붙어 간계를 부리던 자들이 오히려 기름기가 돌고 두툼한 돈을 깔고 앉아서 시대를 살아가는 형국이었다.

손창남은 그자들이 배설한 후 닦아낸 밑씻개에 붙어서 단내나는 찌꺼기를 흡수하는 기생충과 다를 바가 없었다. 전염병이 창궐하면 들불처럼 번지듯이 그러한 자들은 그때를 기회 삼아 몸서리치게 흉악한 마각을 드러내면서 욕구를 채워 나갔다.

마을에 역병이 돌면 성한 사람들은 격리하고 마을을 불태웠다. 불의한 자들을 단두대에 올려 목을 잘라낸 다른 나라의 역사도 있는데, 그렇다면 그러한 자들을 솎아내어 단죄함이 마땅할 터인데도 우리 사회는 방치하기로 묵시적인 악속을 해 놓은 듯 보였다.

이혜경은 동학농민혁명을 진압했던 일본군 장교가 '삼례에는 동학농민군이 아닌 사람이 하나도 없다'라고 기록을 남길 만큼 유서 깊은 삼례 태생이었다.

이혜경의 아버지와 어머니는 삼례 부자 장사문의 집에서 행랑에 거처하며 생계를 꾸려 근실하게 살아가고 있었다. 그러다가 이혜경의 아버지 이철문은 일본 제국주의가 만주사변을 일으키던 해인 1931년 어느 날 누구에게도 연유를 밝히지 않고 행적을 감췄다. 달랑 딸 하나만을 둔 이혜경이 열 한 살 나던 해였다.

"금메, 지그 각시가 실성기를 보임스로 어면 짓거리를 허고 그랬싼게 깝깝해서 집을 나섰겄지."

"어이, 그거이 그렇들 아닐거이네. 흐응 흐응 콧소리를 냄시로 찰지게 속궁합을 맞친다는 소문이 짜허들 않더라고."

"아녀, 장부자나 장부자 아덜놈이 번갈아감스로 행악질을 헌다는 소문이 돌아 댕기던디."

"에이, 그건 아닐거이네. 장부자가 첩이 멫인디 쪼게 덜된 순례까정 손태우겄는가."

"어메, 부처님 말씸이 따로 없구만 그랴. 아, 남정네들이 꼬들꼬들헌거 불어터진거 개림스로 속구녕 찾던가."

"어야, 보리죽 먹음스로 입심은 쌀밥심이구만그랴. 시답잖은 소리들 허덜 말더라고. 우리들찌리 허는 말인게로 내가 탁 터놓고 허는 말인디. 이가가 머심이기는 헐망정 허우대가 탄탄험스로 기골이 탐시럽게 듬직허들 않더라고. 긍게 모릴 일이시. 저 멀리 큰일 히보겄다고 떠났을랑가도."

"오메. 우리 마을에 변사가 따로 없구만그랴. 입술에 춤도 안
보르고 이가를 추켜세움서 말했쌌는것이 이가와 아래도리를 찰
싹 맞댐서 아랫묵 웃묵으로 나뒹글었던게비네."

"어따, 저 에펜네가 엊저녁에 지 서방과 호사헌 것을 자랑삼는
갑다. 터진 주둥아리로 씨불거리면 다 말이디야."

이철문이 갑작스럽게 집을 떠났다는 사실이 알려지자 빨래터
에서 동네 아낙네들은 이러쿵저러쿵 입말을 늘어놓았다.

이혜경의 어머니 지순례는 사람 꼴은 제대로 갖추었지만, 가
끔 입가에 음산한 웃음을 흘린다든지, 어느 때면 옷고름을 풀어
헤쳐 제 젖무덤을 주무르다가 젖꼭지를 쥐어뜯으며 깊은 한숨을
몰아쉬곤 하였다. 그도 그럴 것이 된장을 풀어야 하는 실가리국
에 아궁이의 재를 넣는 경우가 있는가 하면, 소금을 뿌려야 하는
나물무침에 간장 몇 종지를 넣어서 음식을 버리게 하는 일이 잊
을 만하면 벌어지곤 했다. 그런데 이상한 것은 지순례가 보이는
행동들은 오래전부터 그래왔던 게 아니라, 그녀의 도도록한 볼때
기와 인중 어름에 시커먼 멍이 든 삼사 년 전부터라는 사실이 마
을 사람들이 가지는 궁금증이었다.

오래전부터 노비제도가 종언을 고했다고는 하지만 노비와 같
은 삶을 영위해야만 하는 하층민들의 삶은 어렵고 힘들었다. 이
철문과 지순례는 비록 행랑살이일망정 주인 장사문의 눈 밖에 날
정도로 헤프게 몸을 굴리거나 제 할 일을 굼뜨게 하거나 태도가
불손한 것도 아니었다. 이철문과 지순례는 생활이 궁핍하여 장사

문 집안의 대소사를 도와주며 생계를 유지하지만, 자신들이 처한 형편에서 벗어나고자 땀방울을 흘렸다. 장사문이 상전이기는 해도 노비와 같이 예속된 것은 아니어서 이철문과 지순례는 제 세간이라도 꾸려 독립된 생활을 하려고 마음을 모질게 다잡으며 자신들을 가혹하게 채근하였다.

장사문은 선비 풍모가 의연했던 아버지를 닮아 인품이 단정하고 신뢰감까지 주는 삼례 부자였다. 장사문이 오할의 소작료를 받는 것만으로도 소작인들은 감사할 일인데도 장사문은 세금이라든지 농사에 들어가는 비용들마저 소작인들에게 전혀 부담을 주지 않았다. 문제는 둘째 아들인 장제수가 제 할아버지나 아버지가 가진 후덕하고 자애로운 성품과는 전혀 딴판이라는 점이었다.

흠결 없는 사람이 있을 수 없고, 설혹 흠결이 많다 하더라도 그 흠결을 닦아내려는 자기 수양이면 충분했다. 그러나 장제수는 달랐다. 일본인 지주 이세 또래들과 어울리며 허랑방탕한 주색잡기가 도를 넘는다는 말들이 삼례 일대를 떠돌아다녔다.

장사문은 천석 논밭을 붙여 장제수의 혼례를 빨리 치렀다.

혼인했어도 이미 부랑한 난봉꾼이 돼버린 장제수는 지순례에게 매운 눈씨를 날리며 군침을 삼켰다. 입맛에 맞는 싱싱한 채소를 한 움큼 움켜쥐고 우걱우걱 씹어 삼키고 입언저리를 닦아내듯, 지순례의 생기 오른 온몸을 색기가 가득한 눈으로 훑어내리곤 했다.

결국, 장제수는 흥건히 젖은 술기운을 빌어 지순례를 곳간으로 불러냈다. 주인의 둘째 아들이 방탕한 탕아라는 사실은 이미 행랑에 전해졌었다. 그런데 그런 방탕아에게 그 현장의 피해자로 서 그 자리를 회피하기란 속수무책에 가까웠다. 지순례는 일방적 으로 가해오는 불결하고 추악한 행위에 치가 떨렸다. 죽고자 목 을 매려고 했다. 그러나 남편은 그렇다 하더라도 일곱 살 난 딸이 눈에 밟힐 때마다 마음이 흔들렸다.

수단과 방법을 가리지 않고 자신의 몸을 방어하려면 할 수 있 었다. 그러나 자신과 가족들이 처한 입지는 너무나 빈약했다. 거 기다 저항만으로는 불가한 계급적 신분이라는 낡은 유산이 붉은 선으로 선명히 그어진 관계였다. 거부하면 거부할수록 송곳과 같 은 명확한 불복종을 앞세울 터였다. 자신 한 사람만 죽음으로써 해결될 일이 아니었다.

받아들여야 했다. 앞뒤가 맞질 않는 비정한 현실이었지만 그 게 최선의 방법이라는 생각밖에 들지 않았다. 내가 살기 위해 서 먹고 잠자고 배설하는 인간의 원초적인 행위를 현실은 부조 리한 사실에 맞서서 죽는 것마저 구조적으로 방해하는 모순의 사회였다.

지순례는 차츰 자신의 마음과 몸에서 독성이 강하게 묻은 병 이 튀어나오고 있음을 알았다. 남편은 보리밥을 꾹꾹 눌러 담은 밥 한 그릇과 겨우 흉내만 내는 김치 한 종발이면 그것만으로 족 했다. 막걸리를 사발에 넘치게 따라서 목울대를 두드리는 쿨럭쿨 럭 소리가 그렇게 좋을 수 없었다.

그런 날이면 크으윽 꺼으윽 된트림을 시원스럽게 끌어올리면 서 잠자리를 수습하기 가쁘게 가슴을 쓰다듬으며 허리를 힘주어 끌어안던 남편의 말이 떠올랐다.

"순례야, 나넌 글도 부자 부럽덜 안허다. 젖가심 토실허고 엉덩이 도툼헌 니가 나 품에 안겨서 나럴 뜨겁게 맹글어 지절로 심이 나게 맹근다. 허고 저그 이쁜 혜경이가 색색 잠스로 이쁘게 커 나가덜 안 허냐. 인자 쪼게 더 고생히서 땅 요맨큼만 가지면 된다 그 말이다."

젖가슴과 허리에서 손을 푼 이철문은 두 손을 지순례의 머리칼을 쓸어 주며 지순례의 머리만하게 동그라미를 만들어 보였다.

"지도 인자 부럴거이 한나도 없구먼요. 지그 아부지가 요렇게 바우뎅이보다 딴딴허게 벽을 침스로 지를 돌봐 준게로요. 글고 지그 아부지 아푸도 않고, 지가 아덜 못 낳는다는 이야그도 안 꺼냄스로 지를 타박허덜 않고 그렇게 미안스럽스도 우러러 뵈는구만요."

그렁그렁 매달린 눈물을 훔치지도 않은 지순례는 어미 닭의 품에 조르르 안기는 병아리처럼 이철문의 넓은 가슴에 얼굴을 깊이 묻었다.

지순례의 시신은 새벽에 물동이를 이고 마을 우물에 나갔던 신 씨의 아내에 의해서 발견되었다. 두레박을 던져 우물물을 퍼 올리려는데, 두레박에 잡히는 감촉이 무서워서 마을 사람들을 깨웠다. 이혜경이 열다섯 되던 해였다.

그런데, 또 장제수는 지순례의 투신 소동이 잦아들기도 전에 혼자 사는 이혜경의 행랑에 눈을 박고 군침을 꼴까닥거렸다.

이혜경은 어머니의 죽음은 타살이라고 단정지었다.

개인이라는 한 인간의 타락이 만들어 낸 타살일 가능성이 많았다. 어느 한 가계가 소유한 재산의 크기와 그 가계의 한 일원이 차지하는 현재의 지위가 만들어 낸 타살일 수도 있었다.

시대나 사회나 나라나 시간의 연속선상 위에서 삶을 영위해 가는 공동생활체가 갖는 구조적인 불합리가 불러온 타살을 배제할 수 없었다.

이혜경은 시차를 두고 일어난 아버지의 묘연한 행적과 어머니의 죽음이라는 일련의 사태를 감당하기가 어려웠다. 아버지와 어머니는 비록 하층민이었지만 철저하게 자신들이 처한 현실적인 위치를 인정하고 수용하며 더러운 탐심도 분에 넘치는 욕심도 없이 살아오신 분들이었다. 시대가 주는 혹독한 무시 속에서도 타인에게 피해를 주지 않고 참되고 성실하게 생활해 오신 착한 분들이었다.

이혜경은 무시로 능글거리며 달라붙으려는 장제수의 의도가 분명한 접근을 분노와 증오심으로 자신을 매질하며 저지하기로 작심을 굳혔다. 진흙밭에서 광분하는 개로 취급하면 그만이었고, 그릇되고 타락한 정욕을 거리낌 없이 배출하는 사악한 동물로 여기면 되었다.

이혜경은 날마다 달이 떠오르기를 기다리며 서슬이 날카롭게 칼을 갈았다.

이혜경이 열다섯 되던 해였다.

"네 이름이 혜경이라고 했냐."

"아, 합죽이맹키로 왜 대답이 없어. 나를 멀로 보고 이러는 거여.”

“……”

장제수는 독이 잔뜩 오른 살모사가 대가리를 바짝 치켜든 것처럼 얼굴에 핏대를 세우고 눈을 세모꼴로 만들어 이혜경을 쏘아보았다.

“니가 인자 나허고 배를 떡허니 맞추먼 니 고상은 오널부텀 끝난거이다. 뭔 말인고 허먼, 나가 척허니 니럴 내 곁에 둠스로 안방 마님 부럽덜 않겠끔 만들 것다 그거여. 나가 니럴 후처로 떡허니 들어 심을 챔이란 그 말이다. 그란디 니럴 첩이라고 험상시리 헐랑가도 모리덜 않겄냐. 허나 꺽정허덜 말그라. 나가 그리 못허겠끔 단단히 단속헐거이다. 알아 묵겄냐. 볼이 발가죽죽 헌디다가 얼굴에 지름이 돔시로 뽀얀헌거이 찰지고 맛나게 생겼다.”

장제수는 욱하는 성깔을 가라앉히고 치솟은 눈알의 노여움을 손바닥으로 쓸어 내면서 점잖을 떠는 시늉을 해 보이고는 허리띠를 풀며 저고리를 벗어젖혔다.

“인자 고단헌디 이부자리를 피거라.”

“……”

“잉, 니가 처음이라서 그렇게빈디. 수줍어서 부뚜막에 올라 앉근 괭이맹키로 얌전허니 모냥을 허고 있는 니가 훨썩 이쁨서 아래 물건이 뻐근허니 그란다.”

이혜경은 치밀하게 계획한 이번 거사를 빈틈없이 실행하고자 두세 차례 연습도 해보았다. 만약, 실수나 잘못으로 이 일을 그르치게 되면 자신의 목숨은 물론이지만, 어쩌면 만날지도 모르는 아버지와도 영영 만날 수 없게 된다는 쓰라림과 막막한 절망감이 앞서 왔었다.

　이혜경은 긴장을 늦추지 않고 장제수를 가급적 자극하지 않으면서 달뜨게 만듦으로써 흥분된 상태로 유도하고자 했다. 서두르지 않되 남자의 색정이 최대한 무르익도록 만들어야 했다.

　그러면서 섣부르게 찬웃음을 실어 보낸다거나 헤설픈 표정을 자꾸 그려냄으로써 그를 심하게 자극하면 안 된다는 사실에 주의를 기울였다. 그것은 남성이 가지는 근력이 자신이 시도하는 위험뿐인 이 일에 예기치 않은 뜻밖의 사태가 발생하는 요소로 작용할 수도 있기 때문이었다.

　"인자 옷을 벗그라. 그만큼 힜으면 되얐다. 니가 열 다싯에 처음이다 봉게로 에롭기도 허고 심이 조깐 드는갑다."

　"저어, 그래도 부끄러……."

　"잉, 그랴. 글먼 내가 어찌게 힜으면 좋겠느냐."

　장제수는 기분이 오를대로 오른 갈증으로 목마른 말을 서둘러 던지면서 이혜경의 옷고름으로 손을 뻗었다.

　"오늘 딱 하룻밤만 지가 옷을 벗는 동안 뒤로 앉어 기셔 주셨으먼 허는디요."

　장제수는 제법 통 큰 결정이라도 한 몸짓을 보이면서 이혜경의 요청에 헛기침과 함께 담배쌈지에서 실 담배를 꺼내어 장죽에 재었다.

　이혜경은 윗목 벽을 가로지르며 만들어진 시렁 위의 소쿠리에서 달이 뜨기를 기다리며 떠오른 달을 올려 보며 눈물방울을 뿌려서 연마하여 날을 세운 칼이었다.

　장죽을 재떨이에 털면서 고개를 약간 숙인 장제수의 목덜미 중앙에 두 손으로 모아 잡은 칼끝이 깊숙이 들어가는 듯했다. 장제수는 고개를 떨구는 게 아니라 그대로 방바닥에 고꾸라졌다. 두 번째 칼날이 장제수의 첫 번째 바로 옆 목덜미를 내리 찍었다.

예리한 상처

이 학기 개강 첫날 점심을 먹고 문리관 쪽으로 가는데, 영자가 연호에게 저녁을 함께 먹었으면 좋겠다면서 해 질 무렵 영자의 자취방으로 와 달라며 강의실로 들어갔다.

영자는 시위가 있는 날이면 시위 시작 전 능숙한 손놀림으로 울림통이 좋은 통기타를 치면서 따뜻하면서 곱고 부드러운 영자만의 분위기를 자아냈다. 영자의 노래와 통기타 반주에 맑고 아름다운 음률은 영자 특유의 성음과 조화를 이루며 영자를 영자답게 만들어 주었다. 영자는 시위에 참가한 학생들의 박수를 유도해 냈고, 지나쳐 가는 학생들에게 시위 참여를 독려하는 애절함을 노래에 실어서 교정 깊숙한 곳까지 울리게 했다.

밤색 가죽점퍼와 꽉 조이는 청바지를 입고 검은색 선글라스에 흰색 머플러는 어떤 싸움에서도 밀리지 않겠다는 영자의 굳건한 의지를 보여주었다.

영자는 학교 정문 앞 주점에서 술을 마실 적이면 꼭 첫 잔만큼은 막걸리를 사발에 넘치도록 따라서 단숨에 들이켰다. 입술을 훔친 영자는 빈 술잔을 탁자에 탁탁 치고는 잔을 채우라면서 김치 두어 가닥을 맨손으로 집어 우걱우걱 씹어 삼키며 "동무들 빨리 마시라우." 하면서 기운찬 웃음을 터뜨렸다. 하지만 영자의 웃음에 섞인 얼굴에는 왠지 모를 수심이 드러나곤 하였다.

사 학년 일 학기가 끝날 즈음에 영자는 시위 주모자로 지목되어 영자의 자취방 근처에서 두 명의 형사에게 경찰서로 연행되었다. 두어 평 되어 보이는 창이 하나도 없는 방은 어둡고 침침하였다. 겨우 책상과 의자가 전부였는데, 두 사람이 앉은 맞은 편으로 영자가 자리하자 방안은 숨쉬기조차 거북할 만큼 답답했다.

밖에서 듣던 취조실인가 보았다. 오른쪽에 앉은 사십 대의 형사가 담배를 빼 물었다. 흐린 전구 불빛보다 라이터의 불빛이 더 밝았다. 좁은 방안은 금세 담배 연기로 자욱해지면서 콧속을 따갑게 만들었다.

취조실에 들어가면 난장질을 친다고 했다. 그런데 담배를 재떨이에 신경질적으로 비벼끈 사십 대가 난장질 대신 색정이 짙게 끈적이는 웃음을 지어 보이며 질문을 하기 시작했다. 이름과 주소와 학교와 학과까지 대답했다.

"학생, 생리주기는 어떻게 되지?"

영자는 사십 대가 의도성을 가지고 던진 말에서 취조라는 이름을 붙여서 전개되어갈 방향을 생각했다. 영자는 양미간을 좁히고 앙다문 입술을 지어 보이며 몸서리가 나게 지겨운 사십 대를 쏘아보았다.

"허어, 이 학생도 이쪽 물을 먹었다고 성깔에 고춧가루를 묻혔군, 그래. 그 고춧가루 맛을 실제로 맛보게 할 수 있는데 말이야. 어때, 맛이 어떤지 보여줄까."

사십 대는 위협과 공갈을 섞어 가며 영자에게서 만족할만한 대답이나 변화를 요구하는 게 아니었다. 언제든지 육체적 고문이라는 형태의 권한을 나는 너에게 행사할 수도 있다는 경고였다.

"으음, 그러면 학생은 자위행위는 언제, 어느 때 하나?"

사십 대의 질문은 급작스럽게 몰아친 폭우와 같았으나, 영자는 흐트러진 자존감을 가다듬기 위해서 이빨을 와드득거리며 사십 대의 이마 정면에 습기 묻은 호흡을 뿜어냈다. 시궁창에서 콩나물 대가리 하나를 물고 날름거리는 쥐새끼와 같다고 가차 없는 폄하를 하면 되었다. 발기한 수컷의 양기를 잘라내어 사정없이 토막 내는 심정으로 짓이기면 되었다.

사십 대는 좌우 눈빛을 서로 교차시키며 영자의 앞가슴을 뚫었다. 남자와 몇 번이나 성관계했냐고 물었다. 성관계 시 어떻게 하느냐고 구체적으로 말해보라며 이죽거렸다. 하룻밤이면 성교 횟수는 두세 번 아니, 젊으니까 서너 번은 되느냐며 빈정거렸다. 성 교접을 하면 보통 남자의 삽입 시간이 얼마 정도가 소요되느냐며 입맛을 다시며 조롱하였다.

"어이, 오 형사. 북어와 여자는 사흘 거리로 두들겨 패야 한다는 말이 있잖아. 우리 몸도 근질근질하고 나른한데 몸 좀 풀어볼까."

"배 형사. 그보다는 먼저 이 학생 몸수색을 해보아야 하는 거

아냐. 팬티까지 싹 벗겨 보자고."

"아, 오 형사 말이 맞겠군. 오 형사의 정교한 기술은 내가 인정하지. 오 형사, 그럼 슬슬 시작해 보라고. 나는 옆에서 눈이 부시게 발가벗겨진 여대생의 나신을 감상해 볼 테니까 말이야."

"배 형사, 그런데 말이야. 나도 옷을 싹 벗고 작업을 해 볼까. 제법 그럴듯한 맛이 나질 않겠어."

조선 시대 풍속화의 영역을 다채롭게 넓혀 주었다는 신윤복의 풍속화첩 중 '단오풍경'을 보았다. 목욕하는 여인들을 바위틈으로 몰래 엿보는 동자승들을 보면서 사르르 애교 어린 군밤을 주었다. 동자승들에게 도덕적인 의식이 있다, 없다든지, 쾌락만을 추구하려는 질 낮은 동자승들이라고 규정지으면 '단오풍경'은 색깔이 변하면서 맛을 잃어버릴지 몰랐다.

그러나 권력이라는 가죽을 뒤집어쓰고 악마들의 놀이터가 돼버린 이곳은 풍속화의 동자승들의 호기심이라는 성격과 전혀 달랐다. 성이 가져야 할 권리와 주체성을 복종시키거나 지배할 수 있다고 믿는 오래된 유습을 권력의 꼭두각시들은 거리낌 없이 자행해 보려고 하였다.

살육을 빈번히 자행하면서 살육이라는 사실을 망각해 버리는 나치당의 행태나 일본군의 난징 대학살처럼 인간의 정신과 성을 대상화시켜서 파괴하려는 자들의 반복해 보이는 행위에서 유사한 살육이 어른거렸다.

살을 찢고, 피를 부르고, 물에 몸을 처박고, 전기를 통과시키는 고문은 인간이 잔악하다는 증표였다. 인간의 육체에 가하는 잔혹한 고문의 행위만큼 인간의 심성을 파괴하면서 성적 도착 증세를 내밀하게 습득한 권력이 가하는 성적 고문도 잔인무도한 고문이며 기이한 살육과도 같았다.

인간을 짐승과 구분 짓는 유일한 요소가 이성이라고 했다. 그렇다면 이성을 기대하지 않는 이 광분에 가까운 현장은 짐승들을 가둬 놓은 울안이었다. 인간이 살아가는 세계에서 악마들의 언어와 행위들이 난무하고 추악하게 발현되는 이 현장이 인간과 짐승을 동시에 만나는 장소였다.

예리한 칼로 벤 가슴의 상처가 아물지 않은 영자의 가슴에 또 다른 칼질이 일으키는 걷잡을 수 없는 분노가 일어났다. 영자는 짐승과 같은 행위가 일어난다면 이들에게 굴욕을 당하느니, 차라리 죽음으로 맞서겠다며 결연히 마음을 굳혔다. 짐승이기를 원하는 이들의 얼굴에 잘근잘근 씹은 혀를 내뱉고, 온 힘을 다하여 머리를 벽에 부딪치리라.

교정을 출발한 시위대는 교문 쪽으로 방향을 잡았다. 시위대는 굵고 짙푸른 핏줄을 세운 손등 위에 또 다른 손등이 포개지며 어깨를 얽어 잡아 대오를 갖추어 전진했다. 졸업을 앞둔 사 학년 선배들의 시위 참석 자체만으로도 후배들은 폭발력이 엄청난 에너지를 얻은 것과 같았다. 그런데 영자와 연호를 비롯한 사 학년 선배들이 뒤로 빠지지 않고 오히려 선두에 줄을 만들어 시위대를 견인하고 있었다.

시위대는 교문을 통과하여 시청 앞으로 진출하려는 계획이었다. 분노가 발산되어 만들어진 축축한 땀이 어깻죽지에서 후드득 떨어지며 시위대의 발길을 축축이 적셨다. 개헌 반대라는 선창 구호를 선두에서 외치자 이를 받은 시위대는 개헌 저지라는 후창으로 대답했다. 포효하는 폭포수처럼 포효하는 강물처럼 의분으로 합해진 시위대의 함성은 이들의 진출을 봉쇄하려는 경찰들을 움츠리게 했다.

교정의 풀과 나무들도 열기가 뜨겁게 달아오른 듯 나풀거렸다.

모든 학년과 학과를 구분하지 않고 어우러진 시위대는 장엄하게 출렁거리며 민주주의의 앞날에 든든하고 탄탄한 초석을 놓기 위해서 도도히 흘러갔다.

"우리는 병든 민주주의를 거부한다."

"우리는 억압하는 만주주의를 규탄한다."

"우리는 파쇼체제의 민주주의를 기피한다."

"우리는 전 시대로 회귀하려는 민주주의를 배척한다."

"이를 위해서 우리 학생 동지들은 시민 동지들과 평화적인 도정에 나선다."

맨 앞줄에서 행진하던 영자가 손나발을 만들어 방어막을 만들어 놓고 있는 경찰을 향해서 쩌렁쩌렁 목청을 높였다.

교문을 막 벗어나려는 순간 수십 발의 최루탄이 날아들었다. 눈물과 콧물을 동반한 재채기 소리가 심하게 교차하면서 시위대의 대열이 분산되어 갔다. 두 번째 최루탄이 시위대 위에서 터졌다. 사태는 매우 혼란스러운 지경이었다. 최루가스를 피해서 잠시 교정 안으로 이동하라며 영자는 목이 찢어지게 고함을 쳤다.

"여학생이 쓰러져 머리에서 피가 난다. 학생 동지들 빨리 구호 조치에 나서자."

발을 구르며 긴급한 요청을 하는 남학생들의 소리에도 최루가스가 묻은 괴로운 냄새가 진하게 배어 있었다.

"여기 우리 학생 동지중에 의대생은 없나."

영자는 어지럽게 흔들리는 시위대를 바라보며 힘을 주어 목소리를 끌어 올렸다.

의예과 신입생이라고 밝힌 여학생이 일그러진 얼굴을 손수건으로 감싼 채 뛰어왔다. 신입생이라서 자세히 모르겠지만 상처 부위가 머리인 데다 깊이 파여서 응급 처치 후 병원으로 후송해야 한다며 안타까워했다.

최루탄의 공세에 잠시 교정으로 밀려난 시위대는 새롭게 진용을 정비하였다.

"학생 동지들. 우리는 시작부터 비무장이었다. 우리는 적의를 가지고 위해를 가하기 위한 어떠한 행동도 하지 않아야 한다는 점을 전원 일치로 분명히 결의한 바 있다. 지금 비무장 상태였던 우리 학생 동지가 목숨이 위태로울지도 모를 부상을 입었다. 그러나 우리는 민주 학생이다. 우리는 국가와 국민에게 해악을 끼치는 반민주의자들과 맞서 싸우고 있다. 저들은 유형적 무형적 폭력은 물론 우리의 정당한 주권마저 강탈하며 조작하기를 서슴지 않았다. 우리는 이에 맞서 우리의 정당한 의사를 표시함에 있어서 우리가 결의 한 바와 같이 어떤 형태든 저들과 똑같은 폭력을 행사해서는 안 된다는 점을 다시 한번 강조한다. 갈대 한 줄기는 쉽게 꺾을 수 있을지 모르나, 갈대가 더미를 이루면 낫으로 잘라야 한다. 비록 한 여학생이 쓰러졌지만, 갈대 더미처럼 뭉쳐진 우리는 저들이 최루탄이 아닌 칼로 우리의 살을 베어낼 때까지 싸우자.”

영자의 비장한 각오가 서린 피맺힌 호소에 시위대 모두가 숙연해지며 비탄해 잠겼다.

연호가 영자의 자취방에 왔을 때, 해는 서둘러 서산을 넘으려고 붉게 가을 들녘을 물들여 놓고 있었다. 가을이 이제 시작되어서 그런지 아직 수그러들지 않은 늦더위가 연신 이마에 땀을 만들어 내며 끈적거렸다. 황금들판으로 변해 가는 볏 잎들이 출렁출렁 물결을 이루며 서산 너머로 잰걸음 치는 붉은 빗살과 잘 어울렸다.

“영자야.”

영자는 다 차린 밥상을 방안으로 들여놓기 위해서 막 방문을 열려던 참이었다. 여러 개의 방이 다닥다닥 붙은 영자의 자취방 부엌은 겨우 그릇 정도와 찬장이 갖추어져 몸을 조그맣게 웅크린 병아리 모양이었다.

“연호 왔니. 방이 좀 좁은데 괜찮겠지.”

“영자야. 나같이 빙충맞은 놈한테는 과할 뿐만 아니라, 오히려 영자의 방을 욕보이는 것은 아닐지 모르겠다.”

연호는 서글서글한 눈웃음을 영자에게 보냈다.

“어머, 연호야. 너 지금 나 흉보는 거 아니니. 네가 그러니까 내가 좀 부끄럽고 미안하고 그런다, 애."

영자의 손에 안개꽃을 곱게 차려입은 장미 한 송이가 건네졌다.

영자는 경찰서에 연행된 과정과 풀려나게 된 경위를 조용히 말했다. 그런 다음 연호의 건강이나 요즈음 활동 중 특별한 일은 없었는지 인사 겸 물었다. 연호는 고생 많았다며 그간의 노고를 격려하며 늘 몸조심하라는 말도 잊지 않았다.

밥상을 들고 나간 영자는 작은 쟁반에 찻잔을 얹어 들어왔다. 시위할 때 보이던 생기발랄한 영자와 대비되면서 갈색 쟁반은 앙증맞아 보였다. 가을을 알리는 풀벌레의 여린 울음소리가 문틈 사이로 스며들었다.

"연호야. 난 연호를 만나기 전에는 세상의 모든 남자를 신뢰하지 않았어. 아니, 어쩌면 혐오했는지도 몰라. 심지어 아버지까지도 나에게는 믿음의 대상이 되질 못 했을 정도였어."

영자가 열 살 되던 해였다. 영자가 국민학교 삼학년에 오르고 두세 달이 지난 늦봄쯤이었다. 영자네 집 셋방에 회사에 다닌다는 신혼부부가 이사를 왔다. 사내는 중키에 매끄러운 얼굴이었다. 언행도 사교적이어서 서글서글하였다. 여자는 자세히 알 수는 없었지만, 남의 집에서 허드렛일을 해 주고 살아가는 형편으로 보였다.

여자가 쉬는 날이 없이 일을 나가는 토요일 오후나 일요일이면 사내는 혼자였다. 사내는 쉬는 날이면 특별히 밖에 나갈 일이 없는지, 영자네 집 마당에 나와서 아령이나 역기, 줄넘기 등의 가벼운 운동을 하며 시간을 보냈다.

사내에게 좀 특이한 면이라면 셋방살이임에도 주인집의 양해를 받지도 않은 채, 우물 옆의 작은 공간에 토끼장을 만들어서 풀을 먹이며 소일한다는 점이었다. 그런 사내는 수컷이 짝짓기하기 위해 암컷에게 수시로 접근하는 장면을 즐기는 듯 토끼장 앞에서 서성거리는 시간이 많았다.

영자와 사내가 한집에 산다고 해도 서로 마주치는 일은 그리 많지 않았다. 영자의 집 출입문은 큰길 앞쪽으로 나 있었다. 반면에 셋방 신혼부부는 골목을 끼고 만들어진 뒷문을 사용하기 때문이었다. 거기에다 영자가 학교에 가지 않는 날이면 방에서 책을 보는 시간이 많아서 마당에 나갈 일이 별로 없다는 것도 이유 중의 하나였다.

다만, 마당 왼편 구석에 자리 잡은 변소만은 공동으로 사용하기 때문에 영자나 사내가 용변을 보기 위한 시간이 우연히 겹치는 날이 있었다. 그럴 때면 사내는 영자의 머리에 꽂힌 빨간 머리핀을 곁눈질로 흘끔거리며 입꼬리에 묘한 웃음을 걸었다.

영자네 식구가 평소에 즐겨 먹지 않던 돼지고기를 먹은 날 저녁이었다. 영자는 가슴께에서 사르르 느껴지는 메스꺼움과 갑자기 소변이 마려워 어스름한 달빛을 조심스레 밟으며 마당을 가로질렀다.

변소 문을 막 열려던 참이었다. 언제 들어와서 웅크리고 있었는지 모르나, 달빛 없는 어둠보다 더 새까만 검은 개가 와르릉 짖음과 동시에 영자에게 달려들었다. 영자는 자지러지는 비명을 지르며 그대로 쓰러졌다.

검은 개보다 셋방 사내가 더 빨랐다. 사내는 검은 개의 머리통을 한 방에 요절내고 말았다. 사내의 손에는 장작이 쥐어져 있었다. 식구들이 깜짝 놀라서 허둥지둥 마당으로 뛰어나오자, 사내는 가벼운 인사를 해 보이며 토끼장으로 걸음을 옮겼다.

영자의 여름 방학과 함께 찾아온 본격적인 무더위가 밤낮으로 극성을 부렸다. 사내는 쉬는 날이면 땡볕 더위에도 아랑곳하지 않고 토끼장을 유심히 살펴보면서 입속말로 중얼거리며 토끼장에 토끼풀을 밀어 넣었다. 마당에서 땀을 삐질삐질 흘리며 운동하는 것도 여느 때 쉬는 날과 마찬가지였다. 사내는 그런 다음 혼자 우물가에서 등목을 했다. 두레박줄을 풀어내려 물을 길어 올린 물을 물동이에 몇 차례 쏟아붓고 웃통을 벗어젖히고 바가지로 온몸에 물을 쫙쫙 끼얹었다.

영자에게 검은 개 사건은 사내와 가까워지는 계기가 되었다. 엄마는 고마움의 뜻으로 영자에게 새로 담근 김치 두 포기를 영자의 손에 들려 보냈다.

사내에게 김치 접시를 내밀었다.

"고맙다고 말씀드려라."

"네."

"이름이 뭐니?"

"영자."

"몇 살일까?"

"열 살."

영자는 사내와 공깃돌 놀이도 했다. 평상에서 책도 같이 읽었다. 사내가 사 오는 과자도 먹었다. 왕방울 사탕도 볼이 불룩하도록 넣었다.

사내는 군대에서 북한군과 싸우면서 총을 많이 쏘아 보았다며 딱쿵딱쿵 흉내를 내고는 영자도 총을 쏘아 보라고 시늉해 보였다. 사내는 수류탄도 던져서 쾅쾅 터뜨렸다는 말과 함께 수류탄을 던지는 시늉을 해 보였다. 사내는 만족한 듯이 득의만면한 웃음을 지었다. 사내는 장독대에서 영자 주먹만 한 돌을 들어 보이며 수류탄이 요만하다고 했다. 영자가 무섭다고 하자, 여기는 전쟁터가 아니니까 하나도 안 무섭다고 했다.

"그럼, 사람 죽잖아."

"그렇지 않으면 내가 죽는걸."

사내는 무서워 옹그린 영자의 흘러내린 머리칼을 쓸어 올렸다. 빨간 머리핀을 다시 꽂아 주면서 영자의 어깨를 토닥였다.

기어코 예리하게 갈아진 송곳이 어린 영자의 가슴을 주욱 긋고 말았다. 사내는 방에 전쟁이 끝나고 숨겨 가지고 온 진짜 총을 몰래 감춰 두었으니, 총을 보러 가자며 영자의 손을 이끌었다. 장롱문을 연 사내의 손에는 째깍 소리가 나는가 싶더니, 검은색 주머니칼이 쥐어져 있었다. 주머니칼이 향하는 방향과 대상은 분명했다.

사내가 영자를 바라보는 눈길은 소름이 끼치면서 무섭고 찌르는 듯 날카로웠다.

"연호야. 내가 숨도 쉴 수 없는 마당에 내가 할 수 있는 것이라곤 벌벌 떠는 거 이외에는 아무것도 없었다. 내 눈에 보이는 그 사내의 방은 시커먼 동굴과 같았으니까 말이야."

영자는 악몽의 순간이 재현되는 듯 어깨를 부르르 떨었다. 환영에 쫓기는 영자의 눈은 구겨져 동공마저 보이질 않았다. 슬픔과 고통이 주는 감정의 회오리가 일어나는지 고개를 숙이자, 눈물방울이 뚝뚝 영자의 찻잔에 떨어졌다.

"영자야!"

연호는 와락 영자의 손을 잡고 울먹였다.

사내는 그 후로도 겁에 질린 영자에게 서너 차례 더 폭행을 가해 왔다. 별다른 방책 없이 사내의 위력에 묶일 수밖에 없었다. 영자는 사내가 이런 끔찍한 행동을 그만두었으면 좋겠다는 생각, 그것만이 유일한 대책이었다.

"연호야. 나는 인간의 감정을 존중한단다. 그렇다고 지나치게 감정을 우선시하는 것도 경계해야 한다고 믿기도 하고. 논리나 지성 또는 이성이 발현되지 못할 때, 감정이 앞선다고 하더구나. 하지만 감정이 앞섰다고 비이성적이며 비합리적인 사람이라고 단정 지어 말할 수도 없겠지. 그러나 사람이 살아가는 이 사회에서 선행되어 나타난 어느 한 사람의 감정이 다른 한 사람을 희생시키는 행위가 정당화될 수는 없잖겠니. 차라리 내가 희생을 당할지언정 타인에게 피해를 주지 않는 사회 구성원으로서 한 개인이어야 한다고 믿어. 한 개인의 감정 표출은 타인의 감정을 배려한 테두리 내에서 나타내 보이는 게 사회 구성원들이 갖는 대다수의 의견일 것으로 간주하는데, 억측일까. 중언부언일 테지만, 한 개인의 감정 표현은 타인의 감정은 물론이려니와, 타인이 행사해야 할 권리까지 귀히 여기고 인정해야 한다는 게 나의 확고한 믿음이야."

영자의 책상 위에 놓인 탁상용 시계가 자정을 넘어서고 있었다.

"흥부가 제비의 부러진 다리를 고쳐주는 행위와 놀부가 의도성을 가지고 제비의 다리를 꺾어 버리는 짓을 동일시할 수는 없잖아. 사람들은 무엇이든 받은 데로 갚아야 한다는 마음이 있다고 생각해. 그게 착함이든 악함이든 말이야. 가는 정이 고와야 오는 정도 곱다는 우리 속담도 있잖니. 인간이 만들어 내는 감정의 울림은 나의 인격과 타인의 인격이 혼연히 융합되어 만나는 축제의 장이 되어야 한다는 게 나의 절대적인 믿음이야. 예수님이 왼뺨을 맞거든 오른뺨도 내밀라 하신 말씀은 진리이지만, 내가 그 말씀을 좇아서 실천한다는 건 너무나 힘이 들어. 나는 밟히면 꿈틀거리지도 못하고 그대로 발아래 깔려야 하는 미물보다 더 하찮은 존재였다."

영자가 중학교 2학년 재학 중에 5·16 군사 정변이 일어났다. 군사 정권은 사회악 일소를 주창하며 강력한 단속에 나선다고 했다.

영자가 귀가하려면 학교 인근에 철조망이 둘러쳐진 공터를 지나가야 했다. 공터에는 불량기가 넘쳐 보이는 열 예닐곱 정도 먹어 보이는 아이들 패거리가 진을 치고 있어서 살벌한 기운이 감도는 곳이었다.

겨울이 가까워지는 금요일이었다. 학교에서 숙제를 마쳐야 한다는 욕심이 앞서서 시간이 이만큼 되었는지 몰랐다. 해가 기울며 어둠이 깔리기 시작했다. 서둘러 집으로 가기 위해서 발걸음을 바쁘게 떼었다.

영자는 집으로 가기 위해서 지나쳐 가야 할 공터가 공터에 둘러쳐진 뾰족한 철조망의 가시처럼 마음을 뾰족하게 찔러왔다. 무서움에 오그라진 가슴을 쓰다듬으며 앞만 보고 급하게 달음질을 했다. 식은땀이 등골과 쓰다듬은 가슴으로 주르륵 흘렀다. 가로등이 없는 공터는 더욱 으스스했다.

일어나야 할 일인데, 일어나지 않기를 바란 자신이 잘못이라면 잘못이었다.

영자는 묵직한 바윗덩이에 부딪힌 기분이었다. 네댓 명의 아이들이 껌을 질겅질겅 씹으며 영자를 가로막았다. 더 이상 부들거릴 틈도 없었다. 손목과 머리채와 몸통은 한꺼번에 잡혔다. 공터로 끌려갔다. 네댓 명 아이들의 윤간과 폭행은 꽤 길게 이어졌다.

분노나 혐오나 사람들에게 갖는 적대적 감정만으로는 갈기갈기 찢어진 마음의 상처를 꿰맬 수는 없었다. 면도날로 손목을 긋고 독극물을 먹는다고 산산조각이 난 마음이 붙어지지 않았다. 감정이 솟구쳐 혼절을 거듭했음에도 추슬러지는 마음이 아니었다. 버둥거리며 몸부림칠수록 마음은 구깃구깃 내던져진 걸레와 같았다.

오히려 증오가 오랜 기간 쌓이면서 생기는 감정은 마음의 황폐화만 가져왔다. 품행이 단정하지 못하다는 야유와 조롱만이 주위를 맴돌며 마음에 꽂혔다. 더럽고 지저분한 한 개인의 추악한 행위로 규정되어 구경거리를 제공하는 푸닥거리였다. 타인은 자신에게 귀속될 이익에만 관심을 두었다.

살아야 했다. 넘어졌으면 일어나야 했다. 타인의 웃음거리가 될 수 없었다.

타인은 타인 자신의 기준으로 현재 일어나는 사실들을 일방적으로 재단하여 해석해 버리는 듯했다. 다층적으로 인식하여 한사람이 표현한 감정 노출은 타인에게는 귀찮은 혹 덩어리에 불과한 듯했다.

이제는 나를 내팽개치고 도망가거나, 잠시라도 머뭇거려서는 안 되었다. 나의 감정과 타인의 감정이 만나는 접합 지점을 찾아내야 했다. 그래서 나와 타인의 감정이 결합하여 교감이 이루어지도록 노력을 기울여 실행하고자 했다.

그러나, 저항하리라. 맞서 싸워서 결코, 지지 않으리라며 마음의 깃을 세우려고 인두질을 거듭하였다.

"연호야. 연호와 연화가 다정히 교정을 걸어가는 모습을 볼 때면 나는 어떤 감정을 가졌었을까. 음, 나도 모를 질투와 시기의 감정이었을까. 어쩜 내 마음 나도 알 수 없는 일이다, 애."

영자는 멀리서 연호와 연화를 지켜보는 자신이 두 사람을 훔쳐보는 것 같아 흠칫 놀란 적이 몇 번 있었다. 연호가 혼자 걸어서 강의실을 들어가거나 연화가 다른 친구들과 어울려 교문을 빠져나가는 날이면 그게 좋아 보였다.

시위가 있는 날이면 연호 옆에 연화가 없었다. 시위대 속의 영자의 옆에서 땀에 젖은 연호의 듬직한 어깨가 부딪어 오면 더 힘이 올랐다.

영자의 조그맣게 열린 눈꺼풀을 전구 불빛이 은은하게 비춰 주었다. 영자의 얼굴은 수심이 연하게 칠해져 보였다. 탁상용 시계는 다섯 시를 가리키고 있었다.

멀리 산사의 처마 끝에 매달려 바람에 흔들리는 맑고 청아한 풍경소리가 영자의 마음에 내려앉으며 새벽을 알리고 있었다.

패륜 그리고 욕망

골목길 어귀에서 망보던 한 아이가 골목 안쪽으로 신호를 보내자 대여섯 명의 사내아이들이 우르르 튀어나왔다.

사사키 대갈통은 욕대가리
사사키 몸뚱이는 똥덩어리
사사키 똥구멍은 째진구녕
사사키 개자지는 왜년밑씹

인력거를 타고 가는 전주군 이동면의 면장 사사키에게 깔깔대며 악쓰는 고함소리였다. 사사키는 일본 내지에서 건너온 잇속밝고 이재에 능하며 주색을 탐하는 흉물이었다. 사내아이들이 그런 면장 사사키를 대상으로 희롱하는 일은 맨손이나 다름없는 막대기 하나 달랑 들고 호랑이를 잡겠다며 호랑이 아가리에 막대기를 쑤셔 박아야 하는 것처럼 위험천만한 일이었다.

한번은 사내아이들이 면장 사사키의 집에다 오물을 투척하고 재법 큼지막한 돌을 여러 개 던지고 달아나는데, 저 멀리 순찰 중인 순사가 지나갔다. 사내아이들은 순사들과 반대 방향으로 각자 달음질치며 조롱이라도 하듯 혀를 쭉 빼어 날름거리며 사라졌다. 사사키의 집에서는 뜻밖의 소동에 요동치는 사람들의 소리가 들렸다. 순사들이 재빠르게 사사키 집에 도착했을 때는 구린 냄새와 박살 난 창문 조각들이 어지럽혀져 장터처럼 소란하고 번잡하게 보였다. 순사들은 어수선한 사사키의 집만 멀뚱히 쳐다볼 뿐, 흔적 없이 사라진 범인들을 뒤쫓지 못하고 사사키에게 연신 허리를 굽실거렸다.

사내아이들은 이러한 아슬아슬한 위기를 동반하는 행동에 신변이 위태로워질 수도 있다는 사실을 모를 리 없었다. 그러나 개의치 않았다. 사내아이들은 일본 면장과 면장의 사주를 받은 친일파 무리에게 시간과 장소를 가리지 않고 속절없이 당하기만 하는 어른들을 보면서 울분이 뭉쳐진 주먹을 쥐곤 했었다. 심지어 허약한 노인을 구타하는 오만불손함을 본 사내아이들은 아연실색할 뿐이었다.

사내아이들은 철저하게 지나가는 사람이 없거나 드문 시간을 택했다. 우선 다람쥐처럼 재빠르게 도망칠 준비를 한 아이들이 산지사방으로 흩어져 달아나기 시작했다. 누군가에게 잡히기만 하면 어린 자신은 물론이지만, 부모들은 정해진 기일 없이 등줄기가 들쑤시고 허리가 저리도록 매타작을 당할 것이 뻔했다.

그만이면 다행이었다. 비슷한 시기에 조선으로 건너온 주재소장 요시다와 사사키는 고향 선후배 관계라는 풍문이 나돌았다. 주재소장 요시다 역시 악질적인 다수의 일경이 그렇듯, 무자비하고 난폭하여 온갖 트집을 잡아 거의 반죽음으로 몰아칠 게 분명했다. 그런 줄 알면서도 아이들은 기회가 생기면 사사키가 지나다니는 길목을 지키고 있다가 오만하고 거드름을 부리는 사사키에게 노골적인 멸시와 비웃음을 던졌다.

그럴 때마다 아직 조선말에 익숙지 못한 사사키는 통변을 통해서 사내아이들의 말을 전해 들으며 고약하게 얼굴을 찌그러뜨렸다. 사사키는 통변에게 먼저 한 놈만이라도 잡아내라며 닦달하였다. 변재기 역시 한 녀석을 턱 잡아 사사키에게 공훈을 세우고 싶은 마음이야 조청에 떡 찍어 먹고 싶은 마음과 같았다.

하지만 뉘 집 새끼들인지 면장과 자신을 농락하듯 신출귀몰하였다. 애가 타는 변재기는 마른침만 삼키며 사사키의 눈치를 보기에 급급했고, 답답함을 감출 수가 없어서 사사키가 주는 눈총과 역정을 고스란히 받아야 했다.

한 사내아이가 추격자가 쫓아오는지를 확인하기 위해 연방 뒤를 쳐다보며 숨을 헉헉거리면서도 달음질을 멈추지 않았다. 막 좁장한 골목으로 몸을 돌리던 순간 발부리에 걸려 땅바닥에 나뒹굴었다. 어이쿠 소리가 끝나기도 전에 능글맞고 음흉해 보이는 청년 두 명이 앞을 가로막으며 발 한 짝이 사내아이의 등을 찍어 눌렀다. 정교술과 그의 동료였다.

"아하, 어떤 놈의 새끼들인가 힜더만, 요런 쥐불알맹키로 대갱이에 피도 안 마른 싸가지 없는 놈 아니더라고."

정교술의 냉기 서린 얼굴에 뒤틀어진 코웃음이 훑고 지나갔다. 입언저리가 찌그러지면서 이빨 사이로 사내아이의 머리에 침을 찍 갈겼다. 쥐 솟만 한 새끼 같은 놈이라고 빈정거리는가 싶더니 등짝에서 발을 뗀 정교술의 오른발이 사내아이의 옆구리를 냅다 걷어찼다. 으윽 소리도 내지 못한 사내아이는 심한 어지럼증과 함께 눈앞이 노래지면서 정신이 아뜩했다. 정교술은 으스러지게 사내아이의 머리를 꾹꾹 눌러 밟았다.

정교술의 자전거에 매달려 넘어지고 고꾸라질 뻔한 몸을 겨우 지탱하며 뛰어가는 사내아이는 피 칠갑이 된 알몸이었다. 어른들도 하지 못하는 사내아이들의 대견스러운 동향을 알고 있었던 일부 어른들은 혀를 차며 가던 길을 멈추고 안타까워했다.

면장실의 사사키는 사환 아이를 통해서 먼저 전갈을 받았던 터이라서 그런지, 전에 비해 훨씬 밝은 표정이었다. 검정색 회전의자에 앉은 사사키는 두 다리를 책상에 쭉 뻗고 느물대며 담배를 뽑아 입에 물었다.

정교술에게 이끌려 면장실에 들어서자마자 정강이를 차인 사내아이는 그대로 무릎을 꿇는 꼴이 되었다. 두려워서 벌벌 떠는 사내아이는 기진하여 한쪽으로 쓰러지는 듯했다.

엄마 찾아 이리저리 헤매다가 길을 잃고 물에 빠져 허우적거리는 어린 양이었다.

"하하하, 정상은 역시 충직한 황국신민으로서 조선 사람이면 반드시 본받아야 할 이등 신민이기에 충분하오. 정상같은 조선인이 있기에 조선이 꼭 훈육 받아야 할 미개한 존재는 아닐지도 모르오. 면장인 나를 위해서 혼신의 힘을 쏟는 정상에게 일본 제국 총독부가 하사하는 큰 은공이 있을 것이오."

사사키는 면장으로서 체통이 깎이고 위엄이 서지 않아 속이 지랄 같았다. 잊을 만하면 조선 사내아이들의 사사키 개자지는 왜년 밑 씹이라는 놀림거리가 분하고 속상했기 때문이었다.

사사키가 조선에 잘 왔다고 생각하는 첫 번째 이유가 조선 여자들과 잠자리를 같이 할 때면 짜르르 온몸을 타고 번지는 찰떡같은 쫄깃한 쾌감이었다. 그런 여운이 채 가시지도 전에 또 조선 여자의 사타구니가 아릿아릿 떠오르면서 군침이 입안에 절로 고일 때면 조선은 여러모로 신비로운 나라라는 생각이 들었다. 고개만 조아리며 사근사근하기만 할 뿐인 일본 여자와는 질이 달랐다.

정교술이 일본을 미화하는 청년 이 십여 명을 모아서 애향동지회라는 단체를 만들어 면장실을 찾았다. 회장격인 정교술은 타국에 오신 면장인 사사키의 신변 안전을 제 일 순위로 행동강령을 만들었다는 보고였다. 두 번째로 애향동지회를 결성한 이유로 일본인과 조선인의 융화를 위하여 신명을 바치겠다는 설명이 이어졌다. 세 번째는 면장인 사사키가 시행하는 업무를 처리하는데, 조선인의 협조를 얻어내야 할 일이 발생하면 적극적으로 보좌하겠다며 애향동지회라는 단체를 결성했다는 의견이 첨가됐다.

정교술을 비롯한 애향동지회 회원들은 면사무소 앞마당에서 결성식을 가졌다. 행사가 진행되는 단상은 간소하고 조촐했지만 단정하고 엄숙했다. 면장 사사키는 축사에서 일본국의 조선병합으로 일본국이 조선에 베푸는 은덕을 잊지 말자고 했다. 총독부가 내리는 총독부령을 성심으로 받들어 조선발전을 이루어 내려면, 조선인의 적극적인 참여가 필요하다고 했다. 일본국이 미개한 조선을 선진 조선으로 완성해 가는 과정에서 조선인은 열성을 바쳐 일본국에 충성하고 일본인을 섬겨야 한다고 했다. 이러한 중차대한 시기에 시대적 흐름을 알고 자발적으로 일본국을 위해서 헌신 봉사하겠다는 애향동지회의 설립을 축하한다고 했다. 마지막으로 애향동지회의 무궁한 발전을 기원하며 애향동지회와 같은 단체들이 더 만들어져 일본국과 조선은 영원한 하나의 국가가 되자고 했다.

사회자가 만세 삼창이 있겠다고 했다. 정교술이 선창을 했다.

"사사키 면장님 만세."

"사사키 면장님 만세."

"사사키 면장님 만세."

정교술은 사사키의 집에 오물이 던져진 사건을 회장으로서 난처하고 민망하여 사사키를 대할 때마다 방아깨비처럼 굽신거리며 아부의 손바닥을 비벼대야만 했다. 거기다가 사내아이들이 가락을 만들어 사사키를 놀리고 도망가는 날에는 오만상을 찌푸리는 사사키의 모습을 보면서 조바심으로 안절부절 어찌할 바를 몰랐다.

정교술은 면장 사사키에게 제안을 했다. 오늘은 꼭 사내아이들을 잡아내고 말테니 인력거를 타고 저녁 식사를 하러 가시면 좋겠다며 두 손을 맞잡았다. 정교술은 며칠 전부터 면장 사사키가 뜻있는 유지들이 마련한 연찬회에 참석하여 기생들과 술을 마시며 저녁을 먹을거라는 소문을 퍼트려 놓았다는 말까지 곁들였다.

사사키는 또 사내아이들의 놀림감이 되어야 한다는 수치스러운 광경이 펼쳐져 보이면서 영 께름칙하고 마음이 놓이질 않았다. 그러나 주재소에서도 잡아내지 못하는 일을 정교술과 애향동지회가 나서서 잡아내겠다는데, 달리 거부하기가 어려웠다. 두더지처럼 땅속으로 숨어 버리는 사내아이들을 잡아내겠다고 저렇게 머리를 조아리는 회장 체면도 생각해 주어야 했다. 면장을 위한 충정어린 마음이 가상하여 승낙할 수밖에 없었다.

그런데 정교술은 떡하니 사내아이 한 놈을 낚아채온 것이다. 사사키는 그런 정교술이 대견하며 쓸모가 많은 놈이라고 모가지를 쭉 잡아 뺐다. 사사키는 고향 후배인 요시다에게 전화를 돌렸다. 요시다에게 내밀하게 건네던 꼴통 사내아이 중 한 놈을 잡았다면서 전화선을 팽팽하게 잡아당겼다. 사사키는 애향동지회 회장과 주재소를 방문하겠다는 뜻을 전했다.

주재 소장의 지시로 신속하게 나머지 사내아이들과 부모들은 포박된 채 주재소로 질질 끌려 들어왔다. 아귀도에 떨어져 고통받는 헛것을 본 것처럼 벌벌 떠는 이들 모두 남루하고 깡말라서 핼쑥하였다.

한 평이나 되어 보이는 수감 방에 남녀로 분리해 마구잡이로 쑤셔 넣었다. 사내아이들이 낀 남자 수감 방은 모두 선 자세였음에도 문을 걸어 잠그기가 어려웠다.

사사키와 정교술과 요시다가 보는 앞에서 행하는 추궁은 맹렬하였다. 일경들의 욕설과 함께 몽둥이가 남녀를 가리지 않고 둔

탁한 소리를 만들어 냈다. 어디를 맞았는지 몰랐다. 괴로움을 이겨 내기에는 너무 고통스러웠다. 오로지 신음으로 이 불지옥을 견뎌야 했다. 여기저기 유혈이 낭자했다.

"너희들 말이야. 왜 새끼들이 하는 짓거리를 알고 있으면서 바로 신고하지 않았지. 이 조센징 놈들아."

사사키는 독기 묻은 포악과 악담을 거푸 쏟아내며 닥치는 대로 뺨을 후려갈겼다.

옷고름이 풀어지고 저고리의 옷소매와 옷깃과 안섶 여기저기가 찢어진 한 여인의 입에서 큰 덩이의 핏물이 튀어 나왔다. 초점을 잃은 눈동자의 여인이 사사키를 멍하니 바라보았다. 퍼렇게 물든 입술에서 비어져 나온 빨간 피와 검붉은 액체가 흐르는 푸르덩덩한 목덜미의 멍 자국이 선명하게 교차하면서 볼썽사나운 모양을 만들어 내었다.

여인은 기우뚱거리다가 이내 책상 모서리에 머리를 박았다. 쿵 소리와 함께 어윽 하는 숨 막히는 괴성이 들려왔다. 책상이 들썩이더니 넘어진 여인의 몸은 더 이상 움직이지를 않았다.

"상칠이 어매, 이게 어찌게 된 일이랑가."

삼십을 넘겼을 피로 범벅이 된 사내가 여인을 부르며 몸을 일으켜 세우고 여인을 막 안으려고 할 때였다.

"야이, 씨팔노무 새끼. 니 자리로 들어가 얌전히 있질 못하겠나. 너 이 칼로 목을 베이는 맛을 보고 싶지는 않겠지. 이 새끼야, 빨리 꺼지지 못하겠나."

요시다가 일경 손에서 방망이를 낚아채더니 사내의 머리를 내리찍었다. 벌컥 피가 솟구쳐 올랐다. 칼집에서 꺼낸 서슬 푸른 일본 칼을 사내의 목에 대었다. 사내는 움찔했다. 순식간에 내리친 칼날이 목을 베고 지나간 듯했다. 사내는 흠칫하며 뒤로 물러나 제 자리에 들어가 섰다.

"어무이, 이게 어찌 된 일이당가. 어무이 눈 조깨 떠 보소."

사내아이가 한달음에 달려 나와 엄마를 부둥켜안았다. 울부짖으며 찢어지는 사내아이의 목소리는 목이 갈라질 대로 갈라져서 몸부림치는 통곡이 주재소를 괴기스럽게 만들었다. 숨이 끊어진 어미를 부둥켜안은 새끼의 절절한 외침이 주재소 담장을 타고 넘어 멀리 지나 가는 행인들의 발길을 멈추게 했다.

요시다의 매서운 칼날이 사내아이의 등을 날카롭게 할퀴며 지나갔다. 사내아이가 위아래 입술을 앙다물면서 앓는 소리를 삼켰다. 일본 칼보다 더욱 새파란 사내아이의 눈빛이 분노와 적개심으로 번뜩거렸다.

"어무이, 눈 조깨 떠 보랑게로."

요시다의 일본 칼이 사내아이의 오른팔을 후리며 상처를 냈다. 사내아이가 씨익 웃는 표정을 지었다.

"어무이, 일본놈들 손에 죽으먼 어찌게 헌당가. 일본놈들 손에 죽으먼 안 되야아."

요시다의 칼이 사내아이의 왼팔을 스쳤다. 사내아이의 부르르 떨던 피 묻은 두 손이 주먹으로 뭉쳐졌다. 단 한 가지 할 수 있는 대항의 결의였다.

"어무이, 인자 나도 죽을라네. 어무이나 나나 일본놈들 손에 죽는 것은 어무이 잘못도 아니고, 내 잘못도 아닌게로 아부지나 어무이나 나나 다른 어른들이나 누구도 원망은 안 헐라네. 다만, 어무이나 나가 일본놈들 손에 죽는 것만 원망헐라네. 어무이, 인자 저승이서는 요렇게 서럽고 비통허게는 살지 말세. 어무이, 약속혀어 잉."

사내아이는 엄마의 새끼손가락에 제 새끼손가락을 꼭 걸었다.

사내아이는 요시다의 칼을 쥔 손목을 뚫어져라 쳐다보았다. 잔잔한 미소가 사내아이의 얼굴에 감돌았다. 사내아이가 조그맣게 입을 벌린 다음 혀를 길게 내밀었다. 마지막 항거의 의미인 듯 지그시 눈을 감았다.

요시다가 끓어오르는 울화를 삭이지 못하고 칼을 치켜들었다. 칼날 빛이 요시다의 눈동자에서 이글거렸다.

사사키가 요시다에게 바싹 다가가 귀엣말을 건넸다.

요시다는 쥐었던 칼자루를 정교술에게 넘겼다.

"네, 네, 사사키 면장님의 분부시라면 당장 해치우겠구만요."

정교술이 거머쥔 번득이는 칼날은 사내아이의 목을 정면으로 향하고 있었다. 정교술의 자세는 전혀 흐트러짐이 없었다.

"하하하. 정상, 정상은 일본국의 어느 누구와 비교해도 조금도 손색없는 충직한 황국신민임을 확인하는 바이오. 으하하하."

"면장님 나으리, 아니구만요. 지는 면장님 나으리께서 허시라는 일을 헌 것뿐이구만요. 지는 면장님 나으리를 우러름서 받들어 뫼시는 일이 일본국을 위허는 길이기도 허지만, 저희 애향동지회가 당연시럽게 히야 헐 노릇이라고 명심허고 있으니께요. 그라고 고까짓 정도야 조선인이면 지각각 본분을 지킴스로 마땅허니 히야 되는 거인디, 지 역시나 이치적으로 보아 옳은게로 경우시럽게 헌 것이구만요."

정교술은 사사키를 대할 때면 정면으로 눈을 마주치질 않았다. 의자에 앉으라는 사사키의 권유도 허리를 두 번 세 번 꺾으며 괜찮다는 의사를 완곡히 전달하였다. 정교술은 사사키가 건방지게 함부로 나댄다는 인상을 받지 않도록 언행 일체를 삼가고 자제해 왔다. 정교술은 돌기둥처럼 미동조차 하지 않는 꼿꼿한 차렷 자세로 일본 국기를 바라보며 격정적으로 끓어오르는 욕망에 부채질하고 있었다.

"오호, 정상의 말이 천 번 만 번 옳소. 으음, 그리고 말이오. 내가 정상에게 몇 차례 물어보았던 느티나무골 그 젊은 색시 말이오. 내 부탁하지만, 정상이 꼭 자리를 만들어 보았으면 어떨까 하오. 정상이 그 일만 잘 해결해 준다면 정상에게 크게 답례하겠소."

"네, 네, 면장님 나으리. 언제든지 지에게 말씸, 아니 지시만 허시면 극진히 떠받들어 올리겠구만요."

"아하하, 나는 정상의 그런 시원시원한 일 처리가 내 마음에 쏙 들으오. 에에, 좀 늦었소만 말이오. 이 사사키가 그간에 정상이 한 일의 수고에 비해서 정상에게 흡족한 이권을 주지 못한 것이 마음에 걸렸소. 내가 이번에는 정상의 마음에 넘치도록 찰 정도는 아니오만, 몇 가지 일을 염두에 두고 있소. 그렇게 알고 애향동지회의 넓은 확장과 무궁한 발전을 위해서 더욱 매진해 주기를 바라오.”

“네, 네, 면장님 나으리. 하늘보다 높고, 바다보다도 짚은 면장님 나으리의 은혜에 지는 목심을 다 히서 보필 허것다는 지의 맴을 일본국기 앞에서 맹세허고 또 다짐허는구만요.”

정교술의 가슴속에서 활활 타오르는 불기둥이 힘차게 뻗으며 달려 나갔다.

산자락을 타고 내려오는 구슬픈 뻐꾹새 울음과 모내기가 끝난 초록빛 들녘을 따라서 흐르는 살진 물줄기 모둠에 삼 십여 가구의 초가들이 오순도순 아담스럽게 자리 잡고 있었다. 버드나무 골이었다.

버드나무 골의 하루는 이슬이 제집을 찾아서 떠날 즈음이면 시작되었다. 버드나무 골 초가지붕에 머물던 이슬은 닭이 홰를 치기 시작하면 몸치장을 서두르며 집으로 돌아갈 채비를 하느라 부산하였다. 버드나무 골 이슬은 별과 달과 바람을 동무 삼아 초가에 내려앉았던 까닭인지 맑고 깨끗하고 부드러웠다. 버드나무의 연초록 잎새와 살을 부비던 이슬도 햇빛이 잠에서 깨어나면 알몸을 고스란히 드러내야 하는 부끄러움을 감추려고 떠날 채비를 하느라 바삐 움직였다.

기지개를 켜기 바쁘게 목을 쭈욱 잡아당긴 새벽닭의 울음은 산뜻한 새벽 공기를 직선으로 가르며 돼지와 염소를 깨우고 당산나무까지 길게 이어졌다. 버드나무 골 사람들도 목청 좋은 하품을 길게 뽑아내며 잠자리를 털고 일어났다. 새벽은 묽어지는 어둠 속에서 수선스러워졌다.

남정네들은 떼친 눈곱을 툭 튀기고 담배를 먼저 말았다. 밤을 새운 이슬로 낮을 씻고 풀을 뜯어 쑨 죽으로 돼지를 배불린 남정네들은 삽과 곡괭이를 어깨에 걸치고 무논으로 나갔다.

아낙들은 정지문을 열고 아궁이에 불씨를 넣었다. 불땀의 양을 눈어림으로 맞추고 나면 물동이를 머리에 이고 두레박을 들었다. 우물가로 가면서 고샅을 밟는 종종걸음에는 짚신이 꿰어져 시리게 보였다.

아낙들의 발걸음 소리에 눈을 비비던 버드나무 골 개들은 목을 돋우어 아이들의 단잠을 깨웠다. 갓난아이도 우렁우렁 개 짖는 소리에 울어 보채며 엄마를 찾았다. 아낙들은 새벽에서 아침으로 바뀌는 바쁜 틈새에도 쫓기는 일손을 멈추고 젖을 내밀었다. 버드나무 골 아낙들은 남정네들보다 더 바빴다.

여름이면 아이들이 멱을 감는 냇물 양 켠에 버드나무가 줄을 서서 맞대고 산들거렸다. 정교술은 버드나무 골 냇물 여울목 앞 초가에 청상이 산다는 정보를 애향동지회 회원을 통해서 알게 되었다. 스무 살의 나이에 미색도 갖추었다는 보고도 덧붙였다. 죽은 남편이 근력이 튼실하고 글줄을 읽은 데다가 그작저작 먹고 살 만한 전답은 갖추었던지라, 청상은 경제적으로 궁핍한 생활은 면하고 산다는 구체적인 부분까지 일러 주었다.

정교술은 먼발치로나마 직접 확인하려고 기웃거렸다. 며칠을 서성였지만 청상의 그림자도 볼 수 없었다. 정교술은 정면으로 맞대응하기로 결심했다. 청상을 직접 만나서 자신이 구상한 내용을 전달함으로써 애향동지회와 회장의 위상과 저력을 과시함은 물론이지만, 청상의 마음을 살펴본 후 다음 단계로 넘어가는 것이 좋겠다는 최종적인 결정을 내렸다.

정교술은 애향동지회 회원 중 혼례를 올린 부부를 먼저 보내 청상을 만나도록 하여 문을 열게 하는 치밀성을 보였다. 사전에 비슷한 나이의 여자가 동행하여 방문함으로써 경계심을 낮추는 방편으로 삼고자 하는 의도이기도 했지만, 다른 한편으로는 불쑥 나타난 부부의 출현으로 조바심이 나게 하여 고요하던 청상 주변에 심리적 압박을 가하는 이중효과를 노리기 위함이었다.

청상은 외간 남자와 내외하느라 옷고름을 살짝 들어 올린 손으로 얼굴을 가리며 잠시 멈칫했다. 청상 곁으로 가까이 다가서려는 정체를 알 수 없는 사내와 일정한 거리를 두면서 마주 대하지 않으려고 비껴섰다. 청상은 황록색 가지에 어긋난 잎새들을 풀어헤치고 냇가에 오도카니 서 있는 버드나무로 눈길을 옮겼다.

연갈색 저고리에 분홍빛이 감도는 연둣빛 치마가 산뜻하면서 정갈한 인상을 주었다. 크지 않은 키에 살펴볼수록 별로 빠진 데가 없고 조목조목 곱상하였다. 정교술은 샅이 뻐근해지면서 욕정과 집착이 끈적끈적 눌어붙는 바지춤을 추스르며 허풍을 떨었다.

"지는 애향동지회 회장임서, 면장님 나으리를 호위도 험스로, 심바람까지 명령 받은 정교술이라고 헙니다요."

정교술은 꽁꽁 힘을 써 가며 청상의 귀에 집어넣듯이 말의 중간중간을 토막토막 끊었다. 지금 자신이 가진 직책의 범위와 권한이 면장과 매우 깊은 관계가 있음을 상기시켜 선수를 치고자 했다. 그리고 앞서 방문했던 부부와는 사뭇 다른 점이 많다는 사실을 은연중에 내비쳤다.

청상은 처음 보는 사내에게서 풍겨 나오는 찬바람이 섞인 기분 나쁜 목소리가 섬뜩했다. 그와 더불어 말속에 감춰진 날카롭고 매서운 위압감이 머릿속을 어지럽혔다. 진심을 알기 어려운 야릇하게 쏟아지는 눈빛도 두려웠다.

청상은 정교술의 말이 끝남과 동시에 긴장한 낯빛을 띠며 한 발짝 뒤로 물러섰다. 면장님 나으리라는 어감도 생경하거니와, 회장이라면서 무슨 호위를 한다느니, 심부름까지 한다느니, 명령받았다느니 하는 말들은 회장이라는 자리에 어울리지 않는다는 생각이 들었다.

바깥세상에 어두웠던 청상은 회장이라면 나라를 팔아먹은 대신들 정도의 위세는 아닐지라도, 높은 위치에서 무서운 것 없이 호의호식하며 지내는 줄로만 알았다. 그래서 애향동지회의 회원이라면서 방문했던 부부가 면에서 사무적인 문제가 생겨서 면장님을 대신하여 회장님이 뵙겠다는 뜻을 전해왔을 때만 해도, 애향동지회라는 명칭도 그렇지만 무슨 친목단체거니 여기며 회장의 배를 채우려고 기부금을 요구하려는 정도로만 치부하고 말았다.

정교술은 미세하지만 민감하게 반응을 보이는 청상의 움직임을 하나하나 놓치지 않고 감지하였다. 청상은 침착하려고 애를 쓰는 듯하지만, 산뜻하면서 정갈한 저고리와 치마의 가녀린 떨림을 정교술의 직관은 명확히 포착하고 있었다.

정교술은 애초부터 시간을 길게 끌지 않으려고 했지만, 오늘 청상의 동정으로 보아서 예상보다 손쉽게 해결할 수 있으리라는 자신감이 생겼다. 목적지를 가려는데 까다롭게 우회로를 택하여 시간만 끌기보다는 단순하고 명확하게 선을 그으며 길을 구하여 나가면 될 일이었다.

"저그, 지가 드리는 말씀을 들어 보시고 메칠 시간을 디릴거인 께로 잘 생각히 보는거이 어찔까 헙니다요."

청상은 달리 별다른 낯색을 드러내지 않고 서늘한 바람을 풍기며 고개를 끄덕였다.

하지만 며칠 시간을 주겠다는 사내의 말에서 먼저 찾아왔던 부부의 말이 다시 상기되었다. 자신을 면사무소로 불러서 자초지종을 낱낱이 설명할 수도 있지만 기동하기 불편한 점을 고려한다고 했다. 이러한 여건을 참고하여 면장을 대신해서 애향동지회 회장이 직접 찾아뵙고 말씀 올린다는 뜻을 전해 왔다. 회장이 자신을 만나보고 현재 되어가는 이모저모 형편을 세세하게 설명드리고 싶다는 것이었다.

청상은 전혀 내색하지 않았지만 이미 출렁거리기 시작한 속가슴은 불길한 예감에 휩싸였다. 태연한 척 꾹꾹 찍어 누르는 손가락 끝에서 잔물결을 짓던 파장이 하체를 압박하였다. 내심이 간파되지 않게끔 무던히 애를 써야 할 뿐만 아니라 수세에 몰린 듯한 양상에서 벗어나기 위해서는 경계심을 늦추면 안 된다는 다짐을 거듭거듭 되뇌었다.

정교술은 청상과 얼굴을 맞대하지 않은 짧은 시간과 공간을 더욱더 비집고 들어갔다. 아까 본 청상의 가녀린 떨림과 자신을 얽어매지 못하고 갈피를 잡지 못하는 심리적 동요를 조금 더 뚜렷이 느꼈다. 몰이 사냥에 나섰다면 사냥감을 거세게 몰아붙여 울안에 몰아넣어야 했다. 정교술은 지지부진하게 일을 처리하지 않는 자신의 성정대로 매섭게 다그치며 채찍질을 가하기로 했다.

"저그, 그랑게 껍디기는 싹허니 떨궈내고 알맹이만 쏙 뽑아서 말씸 드릴랑만요. 쩌그 쩌짝 바우뎅이 옆이 맴생이가 풀을 띧어 먹음서 놀고 안 있능가요.거짝 우그서부텀 조리 히 갖고 여그 집을 허물고 지남서 질이 나겄구만요. 그리혀 갖고 냇가에 다리가 놓아지겄구만요. 냇가에 다리를 넘음서 쩌짝으로 논을 파 먹음스로 쭉허니 질이 난다는 이 말입니다요. 에에 그 머시냐, 신작로라고 허는 질 말입니다요."

청천벽력과 같은 말이었다. 왜냐면 요절한 남편은 일본 놈들이 길을 만들면서 별의별 간계와 술수로 목적을 달성하려고 했다는 것이었다. 또한, 토지에 대한 보상 없이 강제 수용하는 경우도 있다는 말을 몇 번 해 왔었기 때문이었다. 단순하게 몇 원 정도 기부하면 되겠거니 생각했던 안일함에 번쩍 불기둥이 머리에 꽂혔다. 시뻘겋게 달아오른 불기둥은 청상으로 살아야 하는 신세도 원망스러운데, 미래에 대한 실낱같은 희망도 산산이 부숴 놓아 버렸다.

청상은 결혼한 후 후사를 보지 못하여 그 시대의 제도적 유습이 주는 압력으로 시댁에서 쫓겨나다시피 떠밀려 자리 잡은 느티나무 골이었다. 친정은 친정대로 선비 집안이 갖는 문풍의 엄격함이 완고한 까닭으로 출가외인인 청상에게는 멀고 먼 타자와 같은 존재로 인식될 뿐이었다.

지금 사내가 폭탄처럼 던진 말이 총독부건 면사무소건 실제로 관청에서 시행하는 사업이라 할지라도 그 진위성을 확인해 보아야 옳았다. 그렇지 않다면 사내는 어떤 은밀한 흉계와 모사를 깔아 놓고 청상의 목을 죄기 위한 수단으로 이용하고 있을지도 모를 일이었다. 그렇기 때문에 틀림없이 그러한 사업이 진행되는가 하는 사실 여부를 확인할 필요가 명백했다. 그러나 견딜 수 없는 절망의 소용돌이가 휩쓸며 지나가는 자신을 보면서 구원해줄 누군가를 떠올려 보았지만 막막한 하늘 끝에 매달려 발버둥 치는 허깨비만 어른거렸다.

여성의 가장 큰 불행이라면 남성이 독자적으로 구축해 놓은 여성관을 받아들여 순순히 복종해야 하는 데 있다. 그 사회에서 한 여인이 제 구실을 하기를 희망한다면 그 사회의 남성이 바라는 유형에 맞는 여성상으로 존재해야만 하는 사회 제도적 이유도 한몫 해왔을 터이다.

남성이 여성을 유형화하려는 경향도 간과할 수 없다. 남성은 여성이 귀중한 여인이기를 바라며 고결한 아내가 되기를 원한다. 그러면서 묵시적으로 혹은 직접적으로 책임과 의무를 다하는 어머니이기를 기대한다.

만약, 그 사회가 여성에게 여성이 갖춰야 할 절대적인 무엇을 바란다면 남성의 활동 영역과 여성의 역할 범위를 한정하는 자세에서 벗어나야 했음이 당연했다. 그런데, 길고 긴 시간이 지나는 동안에도 남성 중심의 세계만 펼쳐지면서 여성의 수단화는 오히려 강화되어 가는 듯했다.

그러한 현상에 대해서 과감한 돌파구를 찾으려는 여성의 애끓는 노력도 큰 진전을 보이지 않는 듯이 보였다. 그렇게 남성 우위의 세계는 많은 여성에게 쓰리고 아픈 상처만 남긴 채 얼마나 많은 시간이 흘렀는지 모른다.

우리 주변의 가장 가까운 곳에서 가장 흔하게 눈으로 접하는 것이 잡초이다. 버려진 잡초라고 사람들은 말하지만, 그 잡초에서 느끼는 생명의 경이와 아름다움은 그 이상 또 어디에서 찾을 수 없는 신비의 세계 그 자체이다.

그렇다면 청상의 독립된 자아에서도 잡초와 같거나 잡초보다 더욱 고우면서도 비밀스러운 즐거움과 생명력이 있을 것은 더 말할 나위가 없다. 한데 무슨 영문인지 이 땅의 남성들은 잡초보다 더욱 강인한 생명력을 가진 청상에게 고삐를 얽어매고 굴레를 씌워서 옴짝달싹 못 하도록 묶어 놓았음이 분명해 보인다.

지난날부터 이 사회가 지향해 나갈 방향성에 대한 제시는 거의 남성들이 논의하여 생산해 낸 결과물이었다. 사회 구성원의 반절이나 되는 여성은 탁상에 앉지도 못한 채 남성들이 독자적으로 만들어 내는 제도를 그대로 수용해야만 하는 수동성에 그치고 말았다. 선각자적인 여성이 시대가 갖는 인습의 틀을 깨어 보려고 했지만 오랜 시간 동안 쌓아온 남성의 아성을 무너뜨리기에는 역부족이었다.

여성과 남성이 함께 빼앗긴 나라를 되찾고 굳건한 나라를 만들어야 한다는 거세고 세찬 바람이 불었다. 이어서 사회 저변에서 현실의 개혁적 목소리가 터져 나왔다. 남성의 분별 있는 행동

촉구도 지속적으로 이어졌다.

하지만 수백 년을 지배하고 사람들의 일상적인 삶을 좌우해 왔던 의식의 뿌리는 깊고 견고했다. 그러한 상황 속에서 세상의 관습과 규범이라는 이름으로 청상을 구속하여 청상의 자유의지를 꺾어 버린 것이 이 사회의 남성이었다는 것도 부인할 수 없는 사실이다.

청상에게 이중 삼중으로 둘러쳐진 포위망은 전력을 다해도 뚫고 나갈 가능성이 희박하였다. 이러한 현실적인 한계를 청상 혼자서 운신하기란 사람 손에 잡혀서 맨땅 위에 던져진 물고기가 버둥거려서 다시 물속으로 들어가는 것보다 어려운 형편일지도 몰랐다.

청상이라는 지난 시대의 유속이 엄존하는 현실에서 지금 청상에게 던져진 그물은 아직도 과거의 질서 속에 도취되어 있는 일부 남성이 원인을 제공했다.

그러함에도 일부 남성은 변혁해 가고 있는 세계 질서에 맞춰 나라가 새롭게 나아가야 할 방향을 제시해야 함에도 불구하고 의도적으로 피하거나 도외시했다. 변화하는 세계정세와 국제 사회의 시민의식이 용틀임하듯 으르렁거리며 번져 가는데도 모른 척 눈을 감았다. 이들은 깨어 있는 백성과 각성한 선각자들이 빼앗긴 나라를 되찾기 위해서 목숨과 바꾸는 격렬한 투쟁을 강 건너 불구경하듯 했다. 나라 안팎에서 계급타파라는 사회의식이 팽배하지만, 양반이라는 계급의식이 잔존하고 있는 특정 계층은 그들의 권위가 떠받들어지기를 바라는 유습에 갇혀 있었다.

청상은 남성이 중심이 되어 있는 가부장적인 통제와 권위의 질서와 체계에 맞춰서 자신의 의사와는 무관하게 혼례식을 치렀다. 그런데 그런 청상은 실오라기 같은 희망도 아예 끊어진 채 버려져 방치되었다. 전 시대의 제도와 현시대의 격랑과 부딪치는 시련을 오롯이 홀로 감내해야만 하는 고립무원의 상태였다. 청상은 아무런 방어막이 없는 지경에서 탐욕스런 남성의 성적 놀이감이 될 판이었다.

길이 뚫리면서 집과 농지는 강제 수용한다는 게 관청의 방침이라고 사내는 전해주었다. 청상이 흠칫 움츠리며 놀라서 뒤로 물러서자 사내는 득의만면한 웃음을 지었다. 정신이 나간 것처럼 멍한 청상에게 그것만은 분명하니 관청에 가서 확인해 보라는 의견까지 덧붙였다.

사내는 청상이 입은 매우 심각하고 끔찍한 상처를 연속해서 헤집고 긁적거렸다. 사내는 청상이 쓰러지기를 바라면서 시퍼런 칼날을 손끝으로 갈아대며 심장을 겨누고 들어왔다. 청상은 비틀거리면서도 안간힘을 다하여 중심을 잡으면서 견뎌 내려고 무진 애를 썼다.

사내는 집요하게 청상의 의중을 파고들었다. 사내는 점점 기력이 쇠잔해 가는 청상을 조리질하여 뉘를 골라내듯 청상의 불안 심리를 하나하나 끄집어내어 청상의 깊숙한 의식 속에 덧칠해 나갔다.

청상에게 길지 않게 며칠만 시간의 여유를 주겠다고 말한 것은 그만큼 길이 빨리 나기 때문이라는 이유를 밝히며 자극의 강도를 세게 했다. 그래서 미리 준비하라는 의미에서 일러 준다는 고급스러운 정보인 양 너스레를 떨었다. 사내는 순전히 청상이 저한 입장과 형편을 충분히 알고 있기 때문에 도와주고 싶다는 감언도 늘어놓았다.

사내의 말은 청상이 지니고 있던 노여움이나 원망을 기억 밖으로 몰아내었다. 청상은 무슨 죄를 지은 것만 같은 착각에 빠져서 머릿속이 혼란스러웠다. 지푸라기라도 잡았으면 좋겠다는 심정으로 하늘 한 번 쳐다보고 땅을 한 번 내려다본 다음 바람에 흔들리는 느티나무의 잔가지로 흐릿한 눈길을 돌렸다.

청상은 정보가 전무한 상태에서 사내가 던져 주는 자료만으로 사태를 정리할 도리밖에 없었다. 청상에게는 예측마저 허용하지 않는 절체절명의 위기의 순간이었다. 청상에게 집과 농지마저 없으면 잠시 살아 있지만, 곧 죽어야 한다는 사형선고나 마찬가지였다. 사내의 말대로 청상의 집과 논이 강제 수용당하면 청상은 허허벌판에 팽개쳐진 어미 없는 참새 새끼와 다를 바가 없었다. 그보다도 은장도를 줄테니 자진하라는 말보다 더 무서웠다.

정교술은 의외로 쉽게 무너진 청상에게 교섭을 제의했다. 일찌감치 승부가 결정나 버린 이상 정교술은 청상에게 접근했던 의도한 바대로 조금도 흐트러짐이 없이 움직여 나갔다. 타협이랄 것도 없었다. 일방적으로 자신의 의견을 전달하는 방식으로써 청상을 압박하여 청상이 결정하도록 유도하면 그만이었다.

정교술은 사사키 면장이 가지고 있는 권한을 조목조목 열거하면서 손가락을 접었다. 면의 예산에서부터 토목, 건설, 위생 등

경찰권을 빼고는 총독부의 일선 사무소와 다름없는 역할을 한다면서 위협하듯 손바닥을 탁탁 소리가 나게 때렸다. 따라서 길이 나는데 청상의 집과 농지는 사사키 면장의 융통성과 재량에 달린 만큼 가능한 해결책이 생긴다는 점을 강조했다. 정교술은 애향동지회 회장으로서 면장에게 건의하여 청상의 집과 농지를 우회하여 길이 나도록 하겠다는 뜻을 밝혔다.

청상은 사실이 아닌 사실을 사실로 믿어야 했다.

정교술은 면장이 꽤 오래전부터 청상에게 관심이 있다면서 잘 생각해 보면 좋겠다는 뜻을 마지막으로 전하면서 말을 마쳤다.

"짱복아, 끈디 말다. 그 연호 쭝각을 낳고 말다. 그 어매나 씩구들은 어찌 되었다고 힜지."

짜식이의 얼굴은 분통함으로 검게 변해 보였다.

"긍게로 정교술 그놈이 그 처녀를 윽박지르기도 허고 또 때리기도 힘스로 공포시럽게 만들어 갖고 두세 차례 처녀를 더럽혔다는 거여. 근디 정교술 그놈이 그 뒤로도 몇 번 더 최가네 집으로 가서 처녀를 못살게 굴었다고 허드라. 으메, 근디 으짤거나. 쬐깐허니 시간이 지나다 봉게로 처녀가 애기를 뱄다는 것을 알게 됐다는디. 짜식아 헌디 말이다. 그 처녀가 정교술 그놈이 미친 눈빛을 내고 뎀벼드는 그런 험상시럽고 뒤죽박죽 판 속에서도 정신을 똑바로 가다듬었는갑드라. 처녀가 말이다. 정교술 그놈 헌티 그 짓거리를 허기 전에 애기가 들어서면 어찌게 헐거냐라면서 물었단다. 긍게로 정교술 그놈이 허는 말이 내가 딸만 넷이나 된게

로 니가 아들만 낳으면 데리다 키우겄다고 허드라는 거여. 참말
로 처녀가 어찌게 우악시럽게 험헌 짓거리를 허는 미친개 같은
정교술 그놈헌티 야물딱시리 아퀴를 지었는지 모르겄어야. 그리
갖고 처녀가 연호 총각을 돌시가 되도록 젖을 물렸다는 것이여."

창복이는 담벼락이 무너지도록 세차게 주먹질을 해대면서 애통
해하는 짜식이의 어깨를 토닥이며 눈가에 묻은 눈물을 닦아냈다.

소작농으로 죽이라도 끓이며 미래를 꿈꾸던 주청수였다. 튼실
한 아들과 순박한 딸이 주청수를 받쳐 주는 대들보였다. 그러나
정임이가 정교술에게 무방비 상태에서 강제로 처녀성을 잃음과
동시에 주청수의 집안은 그야말로 풍비박산이 되었다.

정교술에게 애기를 넘긴 정님이는 그날로 목을 매달았다. 울
분으로 통탄하던 주청수도 정임이의 길을 뒤따랐다. 정님의 어미
밤골 댁은 혼절을 거듭하다가 어디로 갔는지조차 모르게 자취를
알 수 없이 집을 비웠다. 만복이는 만복이 대로 이자들을 용서치
않으리라고 몸서리치며 칼날을 세우다가 흔적도 없이 사라졌다.

화개장터에서 국밥을 먹은 연호와 연화는 쌍계사를 뒤로하고
간이 정류소에서 구례행 버스를 기다렸다. 말없이 입을 다문 두
사람은 시선을 서로 다른 방향을 향했다.

어젯밤 물리적 공간을 따로 함으로써 서로의 순수성을 확인하
려고 했었다. 서로 합의한 것은 아니었지만 자연스럽게 그것만이
최선의 방법임을 알았다. 전주에서 출발할 때부터 묵시적인 약속
이었다.

젊은 남녀에게 사랑이라는 온도가 치솟아 오른 상태에서 거리만을 떼어 놓았다고 열정을 낮게 한다는 것은 무리인지도 몰랐다. 숙소라고는 하지만 가는 숨소리마저 들릴 정도여서 사람이 움직이는 형상이 눈에 들어오는 듯했다. 연호가 가만히 만져보니 합판 같았고, 그 합판 한 장이 서로를 갈라놓는 역할을 해냈다.

연화의 뒤척거리는 소리가 연호의 귓바퀴에 가감 없이 들어왔다. 연호도 잠을 이룰 수 없어 멀뚱하게 눈망울만 깜박거리며 행동의 폭을 좁혀 조심한다고는 하지만 아마 합판을 지나서 연화에게 가고 있으리라 생각했다.

초롱초롱 빛나는 별들과 어우러진 댓잎의 사각거리는 소리가 문풍지에 내려앉으며 연호를 일으켜 세웠다.

진달래의 연분홍 향 내음에 연호는 문설주에 기대어 쌍계사 산자락의 그윽한 정취를 떠 올렸다.

쌍계사 계곡의 맑고 산뜻한 물소리가 일정한 음색을 띠고서 연호 방문에 닿은 듯싶더니 연호 방문의 문고리를 잡아당겼다.

밤은 자꾸 깊어가고 있었다.

연호는 저 너머 야산에서 그윽하게 풍겨오는 녹차 밭의 차 향기를 가득 손에 담고 연화의 방문을 두드렸다.

화개장터의 간이 정류소에서 대여섯 명의 승객이 버스에 올랐다. 마지막으로 버스에 오르던 연호가 먼저 발을 디딘 연화의 손에 편지 봉투를 건네려다가 자신의 가방 책갈피에 끼워 넣고 멋쩍은 웃음을 보냈다.

꺽이는 나룻골

짜식이와 창복이는 해가 중천에 오르자 걸식을 시작해서 반쯤 담긴 동냥 바가지를 들고 남노송동 다리 밑 짜식이 집의 거적을 밀었다.

"짱복아. 쩌그 쩌 남노송동 쌈거리 우게 꼴목에 말다. 꼴목을 쪼로로 따라가면 땡자 나뭇집이 있단 말다. 꺼그가 빡 씨 찝이란 말다. 끄란디 나가 암껏도 모릴 쩍에 빡 씨 집 황구란 깨새끼가 왈왈 허드란 말다. 끄리 같고 나가 황구란 놈헌티 허야 헐 화풀이럴 빡 씨 뿌부헌티 히부렀단 말다. 나가 야이 씨빨연늠들아 짱똘 맛좀바보거라아 힘스로 짱똘을 땡겼단 말다. 아, 끄란디 빡 씨 아짐 머리통에 쩡통으로 맞이 갖고 머리통이 깨져 뿌렀다 말다. 끄란디 나가 나중에 알고 뽕게로 말다. 와따메 미처 뿔거던거. 아, 끌씨 빡 씨가 의리도 깡도 쬫덜 않겄냔 말다. 나가 끄 따음부터는 빡 씨나 빡 씨 아짐을 뽀면 말다. 언눙 허쑈. 언눙 허쑈. 납쭉납쭉 인사를 헌다 말다."

박완주가 둔남면 밤 골의 지주 한영주의 심장에 정통으로 칼을 박아 살해한 사건은 1936년 박완주가 열여섯 살 되던 해였다.

　그것도 야심한 시각. 저녁을 먹고 고샅길을 지나는 발걸음마다 컹컹 짖던 개도 잠드는 자시 전후를 택하질 않고, 한영주가 잠귀를 열어 두고 잠들었으면 알아들을 정도의 축시에 가까운 시각이었다. 더욱이 그림자도 보이지 않는 그믐날을 골라서 한영주의 명줄을 끊어낸 것이 아니라, 천지 사방이 눈에 훤히 잡히는 보름날이었다는 사실은 밤 골은 물론이려니와 둔남면 내에까지 진한 피 냄새를 날리며 아연실색케 했다.

　둔남면 내에서 이 십여 리 떨어진 밤 골은 길게 이어진 산자락을 타고 이 백여 가구가 넘는 굴뚝에서 연기를 피우는 제법 큰 마을이었다. 야산을 등 뒤로 손차양을 하고 주위 일대를 멀리 보아도 아슴아슴 눈에 잡히는 것은 회갈색으로 채색된 농토였다.

　밤 골의 지주 한영주는 생일을 맞아 점심 식사를 시작으로 마름들이 마련한 주연에 흥건히 젖어 석양 무렵엔 행동거지가 불순하기 짝이 없었고, 눈이 게슴츠레 풀어져 인사불성이었다. 마름들은 소작농들에게 억지를 부려 푼푼이 거두어 모은 돈으로 임실군 내에서 소리 잘하며 나긋나긋 간드러지는 기생 둘을 한영주의 좌우에 앉혔다.

　박완주는 오늘 술자리의 상황을 보면서 거사를 치르리라 마음을 공글리며 시간이 오기를 기다렸다.

　박완주의 어머니 임실 댁은 무시로 주재소의 일본 순사들에게 끌려가 매타작을 당했다. 아침나절에 불려간 임실 댁은 해 질 무렵에 거의 실신 상태로 풀어 헤쳐진 머리칼을 수습도 못 한 채로 집으로 들어서면 쓰러져 누워버리곤 했다. 또한, 통변을 동반하여 총에 착검을 한 일본 순사들이 집 뒤짐을 한다며 집안을 온통 엉망으로 만들어 놓은 뒤 모두 주재소 쇠창살 안으로 가두겠다며 으름장을 놓고 가 버리는 경우가 허다했다. 박준길의 거처를 알고 있지 않느냐는 것이었다. 지금도 거래선을 통해서 연락을 취한다는 사실을 첩보를 통해서 알고 있으니 말하라는 우격다짐이었다.

박완주도 열 살이 넘어서면서부터 주재소로 불려 다니기 시작했다. 주재소 일본 순사들은 어린 박완주라고 사정을 봐 주지 않았다. 아버지가 언제 왔다 갔으며 마을 누구와 연결 관계가 있는지 말하라는 것이었다. 윽박지르며 추궁하는 가운데 귀싸대기를 갈기는 행위는 태반이었다. 싸리 회초리로 박완주의 목덜미나 어깻죽지를 찰싹 소리가 나도록 사정을 두지 않고 내리치는 것도 예사였다. 심지어 바늘로 손톱 밑을 찌를 때면 박완주는 증오와 복수를 다짐하며 쓰라린 고통을 견뎌내야 했다.

그보다는 한영주가 주재소장 이케다의 힘을 빌려 어머니에게 보내는 느끼하고 비릿한 음기를 담은 눈빛을 보낼 적이면 어린 가슴에 살의를 꾹꾹 눌러 심었다.

박완주가 열두 살이 되던 해, 임실 댁을 애석해하는 마을 사람들이 숨이 끊겨 떠 있는 시신을 저수지에서 끌어냈다.

한영주는 마름 강서방의 아내 남원 댁을 통해서 임실 댁에게 은밀한 통정을 요구해 왔다. 쌀 두 섬에서 세 섬으로 다시 다섯 섬으로 늘려서 한 번만이라도 좋으니 잠자리의 청을 들어 달라는 애걸이었다. 그럴 때마다 임실 댁은 싸늘한 냉기를 담은 코웃음으로 대꾸하며 남원 댁을 싸리문 밖으로 밀어냈다.

그러자 한영주는 내년부터는 소작을 거두어들이겠다며 남원 댁을 채근함과 동시에 마름 강서방을 불러 앉혔다. 소작농 중에서 입살 좋은 몇 사람을 포섭하고 그들과 같이 온 마을에 소문을 내어 임실 댁을 궁지로 몰아넣는 방법을 가르쳐 주며 장죽으로 강서방의 눈알을 찌를 듯이 부르르 떨다가 재떨이를 사정없이 내리쳤다. 한영주는 독이 오른 제 거친 성질을 죽이지 못하고 방바닥을 손바닥으로 서너 번 내리치며 거품을 물고 호령하며 화를 참지 못했다.

한영주에 의하면 부부가 살을 맞대는 잠자리에서 한 여자의 젖꼭지나 두 허벅지 살의 거웃을 매만지며 다른 남자와 남몰래 통정하고 있다는 이야깃거리는 이미 올무에 고개를 처넣은 토끼와 같다는 것이었다. 한영주는 임실 댁이 소작료를 덜 주는 조건으로 달 기운이 떨어진 날이면 한영주와 배를 맞춘다며 마을 사랑방이나 주막에서 웬만한 사람들이라면 사실로 믿어버릴 만큼 차질게 말 반죽을 만들어 풀어내라고 강서방을 밀어붙였다.

정작 소문은 소문의 당사자만 모른다고 했다. 그러나 한때는 박준길과 뜻을 같이하며 박준길과 동행까지도 고려했던 임종성의 아내가 임실 댁에게 귀띔해 주었다. 임실 댁은 한영주의 성정이나 지금까지 벌여온 작태로 보아 망측한 어떤 계략을 꾸밀 거라는 예감을 한시도 마음에서 놓지 않았다. 임실 댁은 생각이 거기에 미칠 때마다 치마끈을 바짝 조이며 결기를 굳게 다졌다. 더럽고 추악한 자의 말 한마디라도 몸에 달라붙는다면 그자와 불륜을 저지른 것과 다를 바가 없다는 생각을 가슴 한가운데 번득이도록 날을 세워 왔었다.

임실 댁은 한영주가 꾸민 말이 귀에 닿자마자 솔가리 한 짐을 지고 내려온 박완주를 꼭꼭 품에 안아 넣었다. 단 한 방울이라도 눈물을 보이지 않으려 했다. 가슴은 고통과 피눈물로 범벅이 되었으나 박완주에게 수고했다며 찬물 한 바가지를 떠 주었다. 그러고는 할아버지 산소에 다녀온다면서 고샅 모퉁이를 돌아설 때에서야 식은땀이 축축하게 배인 옷고름으로 쏟아지는 눈물을 닦아 내었다.

그것이 작별 인사였다. 박완주는 어머니 시신을 보고서야 알았다. 그 길로 어머니는 저수지에 몸을 던진 것이었다.

임실 댁과 혼례를 갖추어 신접살림을 차린 박완주의 아버지 박준길은 많지는 않을지라도 다섯 마지기의 자작농이었다. 1910년부터 일본 제국주의가 무슨 토지조사사업인가 한다면서 박준길의 다섯 마지기 농토는 둔남면의 지주 총대였던 한영주의 손으로 고스란히 들어가 버렸다.

박준길은 글을 깨치지 못했지만 덩어리진 땀을 오로지 농토에 뿌렸다. 박준길은 그 땀에 버무려져서 살지게 익은 알곡을 거두는 기쁨으로 주름살을 펴왔다. 그런데 토지조사사업 서류에 몇 가지 기재 사항이 잘못되었다는 이유로 농토를 송두리째 빼앗겼고, 자작농이었던 박준길은 졸지에 자신의 농토를 빼앗아 간 한영주의 소작농으로 전락할 수밖에 없었다.

　박준길은 땅은 무엇인가라는 사실에 의문을 갖지 않을 수 없었다.

　창조주는 땅을 이 세상에 널리 멀리 고르게 펼쳐 놓았다. 창조주는 인간 세상에 땅을 선사하시면서 그 땅이 이곳저곳에 먹을 것을 풍족하고 넘치도록 자라게 했다. 너희들 노래 부르며 춤을 추다가 배가 고프면 바로 너희들 앞에 보이는 땅에서 여러 가지 먹을 것이 나오도록 했느니, 어느 때든 즐거이 배를 채우라.

　또한, 땅에서 솟아오른 나무에 열매를 가득 매달아 놓았느니, 언제든지 열매를 따 먹어라. 그리고 그 땅에 동굴도 만들어 놓았으니 너희들 좋은 시간에 쉬거나 잠을 자라 하였을 터였다. 창조주가 땅을 이 세상에 널리 멀리 고르게 펼쳐 놓은 것은 모두 함께 열심히 사랑하며 땅을 일구며 살다가 때가 되면 고루고루 적당량씩 땅을 가지라는 것이었다.

　그런데 창조주가 세상일에 조금 비껴서서 감시를 잠시 놓쳤을 뿐인데, 그 사이 땅은 일부 사람만이 소유하는 진귀한 보물보다 더 소중한 요술을 부리고 있었다. 그만이면 좋으련만 땅을 이용하여 사람 사는 이 세상을 창조주가 가졌던 의도와는 전혀 맞지 않게 사람을 살리기도 하고 죽게 만들기도 하는 무서운 도구로 사용되고 있는 현실은 치를 떨게 만들었다. 박준길은 아무리 생각해 보아도 이러한 상황을 도저히 이해할 수도 없었을 뿐만 아니라, 너무나 잘못된 이 상황을 바로 잡아야 한다는 신념을 가졌다.

　누천년을 이어 내려온 이 나라를 백성들의 동의 없이 일본 제국주의자들의 아가리에 처넣어 주었다. 박준길은 세금을 내며 경작하던 농지가 어찌 된 영문인지 모른 채 내 것이 아니라는 사실을 믿을 수가 없었다. 참으로 기이한 변고이면서 너무나 큰 아픔이며 통탄스러운 일이 아닐 수 없었다.

한영주를 죽여야 마땅했다. 그리고 자신도 죽어야 했다. 그러나 사랑하는 아내와 이제 아내의 젖을 물고 재롱을 떠는 아들을 바라볼 때면 결의가 약해지곤 했다. 그럴지라도 반드시 한영주를 처결하리라며 속마음을 바윗덩어리로 만들었다. 그러나 다른 편으로 생각해 보면 한영주 한 사람만의 숨통을 끊고 가족이 마을을 떠나기보다는 근원적으로 나라를 되찾으면 농토도 찾고 그때 가서 한영주를 벌하면 되리라 싶었다.

그래도 가족이라는 구성원들이 박준길의 발걸음을 쉽게 떼지 못하게 붙잡으며 주저하게 했다. 아니다. 그럴 수는 없었다. 박준길은 아내 임실 댁에게 심정을 토로하자 임실 댁은 좌고우면하지 말고 장부의 기개를 한시라도 지체 말라며 어서 떠나라고 박준길의 등을 밀었다.

임실 댁은 위정자들이 나약하고 능력이 없다면 백성들이 깨어나서 그들을 매질하고 그들이 통째로 넘겨준 나라를 다시 찾아야 한다고 했다. 박준길은 아내의 속 깊은 강단에 고마운 눈물을 쏟아냈다. 박준길은 아내를 힘껏 품에 안으며 떠날 날짜를 염두에 두며 결의를 재촉했다.

어찌할 것인가. 이 나라를 남의 손에 쥐여 준 그들이 아무리 밉다 한들 이 나라가 처한 형세를 그대로 방치할 수는 없지 않은가.

박준길은 총칼을 들고 이 나라에 들어와 이 나라 백성들에게 피범벅이 되도록 강토를 유린하는 무리들에게 나도 총칼을 들고 맞서 싸우는 게 마땅하다며 분노를 숨기지 않고 드러냈다. 총칼을 든 자들과 똑같은 방법으로 총칼을 들고 싸워서 다시 나라를 되찾는 길이 유일한 방법이라 믿었다. 타국에 의존한다거나, 멀리 보고 백성들을 교육해야 한다거나, 일본 제국주의자들과 협상을 해보자는 말들은 턱없는 뜬구름 잡기로 보였다.

글도 깨치지 못한 박준길은 머지않아 나라가 바로 세워질 터이고, 그때가 되면 돌아오겠으니, 그때까지 이제 세상에 나온 완주를 잘 키우라며 어둠을 길잡이로 삼아서 집을 떠났다.

"어와, 짱복아 말다. 나가 빼때지에 바람 구녕을 뚫버도 씨원짢은 찌빨 쩡까놈 째끼 말다. 고 찌빨놈이 우리 이쁜 씨악시 엉엉 울게 맹근 이야그 쪼깐 다시 히바라."

짜식이는 창복이에게 바짝 마른 오징어 다리 반 토막을 건네며 독촉했다.

"야이, 짜식아. 으째 나가 나 주둥아리로 나불대기도 징상시런 정가 놈 이야그를 또 히라고 그렀쌌냐. 염병혈, 그 정가 놈 쌍통바가지를 엊그라께 시악시가 있는 집앞을 지나침서 안 볼라고 힜음시롱도 어찌게 봐 비릤다. 근디 고거이 긍께로 그날 밤에 말이다. 아칙을 쬐금 넘겨서 쩌그 전보상 옆이 세탁소 맴생이 할비헌티 얻어 묵은 개떡을 창새기가 다 뇍이덜 못 히갔고 꾸역꾸역 넘어 오덜 안 히겄냐. 나가 그놈 정가 놈 이야그 히버리먼 또 그짱

날틴디 똑 듣고 잡냐."

덥수룩한 머리에 누런 비듬 더께가 덕지덕지 언힌 머리를 때가 전 손가락으로 긁적거리며 몹시 기분이 상한 듯 창식이는 목울대가 불룩하도록 가래를 돋워 올렸다.

"어와, 짱복아 말다. 그 이쁜 씨악시가 짜조놈과 쭈계녀년헌티 낚인건 낚인거이고 말다. 헌디 으째서 그 쩡가 놈이 그 이쁜 씨악시헌티 무담시 뻬라벨 나쁜 찟거리를 혔다는 니 말을 나가 생각허먼 말다. 나가 깍 쭉고 잡다. 왜 해필허고 어찌게 히갖고 그 깨잡녀르 꼈들을 만냈으까 이."

짜식이의 양쪽 볼에 선명히 그어진 칼자국이 꿈틀거리며 분함과 노기가 엉클어진 팽팽한 눈빛을 쏟아 내었다.

라진영이 전주역에 도착해서 처음 만난 사람은 정교술이 하는 사업의 일정 부분과 허드렛일을 요모조모 살펴주며 기생하는 차기조와 그의 아내 추계녀였다. 정교술은 서노송동에 자리 잡은 여인촌의 일대를 꽉 움켜쥔 포주로 있었다. 차기조와 추계녀는 정교술이 던져 놓은 그물에 여인들을 몰아넣는 일이 첫 번째 역할이었고, 그물에 꾀인 여인들을 혹독하게 관리 감독하는 두 번째 임무까지 충실히 이행하는 정교술의 하수인이었다.

전주역 광장은 이미 윤기를 잃은 햇살이 서쪽으로 많이 기울어진 상태였고, 온기 식은 햇볕에 얇게 덮어쓴 묽은 저녁 거미가 이른 어둠을 끌어당기고 있었다. 기차가 도착하면서 사람의 키보다 곱절이나 되어 보이는 기다란 그림자들은 잡다한 소음으로 들뜬 광장에 질서 없이 뒤엉키며 분주한 분위기를 만들어 냈다.

122

출구를 빠져나온 라진영은 종종걸음으로 손나발을 만들어 누군가를 부르는 부산한 사람들 틈 사이로 역 광장 중앙에 놓인 시계탑을 한 눈으로 당겨 보았다. 라진영은 순간 멈칫하며 눈가장자리가 가느다랗게 떨려오는 것을 느꼈다. 걱정스러워 마음을 한곳에 두지 못하게 만들었던 염려가 역 광장 시계탑을 자꾸 쳐다보게 했다. 현정이가 말한 차림의 처녀는 보이지 않았다. 거기에는 사람들이 무덤덤한 눈길로 표정 없이 자리를 잡고 서 있을 뿐이었다.

라진영의 얼굴에 초조한 기색이 드리워졌다. 라진영은 침착하게 행동하려고 청록의 치맛자락을 꼭 부여잡았다. 어제저녁은 물론이려니와 아침에 조각배를 탈 때도 섬진강변의 나룻골 친구인 현정이는 전주역에 도착하면 라진영을 마중 나올 사람의 이런저런 행색에 대해서 몇 번이고 귀에 담아 주었다.

단발머리에 머리띠는 빨강색이고 왼손에는 잡지를 말아서 쥐고 있을 것이며, 오른손에는 분홍색 손가방을 들고 윗옷은 연갈색 점퍼를 입은 스무 살 정도의 앳된 얼굴이라고 말했다. 라진영의 눈동자 두 개가 미동도 않고 제자리에서 한참 동안 시계탑을 응시하고 있었다.

현정이가 말한 사람은 아직껏 보이지 않았다. 사위를 둘러보았다. 시계탑 방향으로 전주역사의 검은 그늘이 더욱 짙어진 끝을 따라서 조악해 보이는 네온 불빛이 라진영의 눈을 가득 채웠다. 낯선 두려움이 발끝까지 훑고 내려오며 섬진강 나룻골이 눈앞에서 어른거렸다.

머뭇거리며 안색이 굳어져 양다리에 힘을 모으고 발길을 멈춘 라진영 앞에 반가운 웃음으로 추계녀는 다가섰다.

"시악시, 전주는 처음인가만. 아까부텀 시계탑을 내내 쳐다보더만 누가 나오기로 되았는갑지. 근디 그 사람헌티 사정이 생겨 갔고 못 나올 수도 안 있겠다고. 아매 나허고 같이 일허는 사람일성 싶은디. 아까서야 그 처자가 나헌티 갑작시리 일이 생겨담시로 여그에 나가보람서 시악시 이야그를 허드란 말이시. 긍게로 나를 따라오면 차근허니 갤차 줄란게로 같이 가 보까."

라진영은 갑자기 자신 앞에 나타나 주르르 말을 엮어내며 다가선 중년 여성을 경계하며 두어 발 물러섰다.

"잉, 나가 나 소개를 안 힜구만. 나넌 추계녀라고 허는디, 여그역 건네편 저짝 앞이 있는 직업소개소에서 일허는 사람이구만. 이잉, 여그 신분징도 있잉게로 잘 확인히 보소."

라진영은 우선 전주 역사를 중심으로 사방에 두껍게 내려앉는 어둠이 몸에 바짝 다가붙자 초조하고 불안해졌다.

라진영은 어수선한 주변으로 인해 정신을 가다듬지 못한 상태에서 전혀 예상치 않은 여자가 나타남으로써 혼란에 빠졌다. 현재 자신에게 놓인 조건은 너무나 황당하였다. 나룻골을 떠날 때만 해도 현정이와 나누던 이야기대로 일은 쉽게 진행되는 줄로만 알았다. 물론 행여나 현정이가 말한 사람이 제시간을 지켜서 나오지 않을 수도 있다는 걱정을 안 해본 것은 아니었다. 그런데 시간이 상당히 지났음이 분명한데 졸지에 이렇게 판이 어긋나리라는 예상을 못 했기에 심리적 충격으로 마음이 불안했다. 그렇다고 이곳에서 발붙이고 시간만 지체할 일도 아니었다.

고향 땅을 처음으로 떠나서 밟은 땅이 낯설고 생소함은 당연했다. 지금 자신에게 주어진 환경은 시간이 지나면서 행동반경이 한정되었다는 점이고, 나룻골 현정이가 소개한 사람이 아닌 신원이 불분명한 인물이 자신에게 접근해 왔다는 사실이었다.

현정이가 도장 찍듯이 잔뜩 힘을 주면서 일러준 사람은 전주역 길 건너편 직업소개소에서 일한다는 것이었다. 특히 현정이가 라진영의 두 손을 꼭 싸안아 잡으며 그 사람은 그 분야에서 신망을 얻을 만큼 얻어 믿을 만하니까 안심하라는 말을 누차 강조해 왔다.

라진영은 방법은 두 가지라고 여기며 더 늦어지기 전에 결정을 내리려고 마음을 빠르게 움직이기 시작했다.

먼저 역사 안으로 들어가서 귀향길 기차 시간을 알아보는 일이었다. 귀향길 기차가 오늘 시간 내에 있다면 기차를 타고 다시 내려가면 되었다. 문제는 자신이 전주역까지 왔던 시간을 얼추 계산을 해보면 반대로 구례 역까지 간다 하더라도 아예 자정을 넘기기가 쉬웠다. 구례 역에 당도하더라도 나룻골로 가는 길은 막혔을 것이 뻔했다. 그렇다고 야심한 시간에 백여 리가 넘는 길을 여자 혼자서 걸어가는 일은 알몸을 통째로 도적들에게 맡기는 격일지도 몰랐다. 그보다도 가족들과 나룻골 사람들에게 돈 벌어서 귀향하겠다며 나선 발걸음을 단 하루도 안 되어서 돌린다는 점이 매우 거슬렸다.

"아가, 어만 짓을 헐 니가 아니다만, 도시 나가면 사람도 인심도 험헌 시상이다드라. 얌전허니 일험시로 돈 많이 벌어서 고등 핵교랑 대핵교럴 마치고 참한 신랑 딜꼬 내려오그라."

어머니의 말이 발등으로 떨어지면서 고향으로 돌아가는 길에 벽을 쌓게 만들었다.

그러면 두 번째 방법인 추계녀라고 자신의 신분을 밝힌 중년 여인을 따라가는 길이 밤이 깊어가는 이 시점에서 선택할 도리 이외의 다른 방법은 떠오르지 않았다.

"여그서 가먼 어디로 갈거인감요."

라진영은 떨리는 두 입술을 애써 겨우 떼며 추계녀에게 물었다.

추계녀는 낚싯바늘을 덥썩 물은 물고기를 살살 끌어당기는 기분으로 고소한 기름을 섞어 버무린 말을 건넸다.

"잉, 우선에 먼질오니라고 배도 고플거 아니라고. 글고 밤도 짚어가기도 허고. 긍게로 밥 먼첨 먹고 깨끔허니 씻은 다음 자고 나서 니얄 이야그 허먼 어쩔랑가 싶은디. 시악시는 어찌게 다른 생각이 있을랑가 모리겠네에."

라진영은 추계녀가 하는 제안이 틀림이 없어 보였다. 다만 눈에 걸리는 것이라면 그녀에게서 풍겨 나오는 경솔하고 요망스럽게 나오는 체취가 가시가 되어 어른거린다는 점이었다.

라진영의 눈에서 주르르 눈물이 흘렀다. 꿈속인 양 나룻골의 어린 시절의 한 부분이 영상으로 순식간에 지나고 있었다.

메뚜기 떼가 뒤섞여 수선을 떨던 곳이었다. 잠자리들이 군무를 즐기며 너울너울 날갯짓하던 곳이었다. 멀리서 나는 듯하던 배고픈 제비가 벌써 먹이를 한입 물고 날개를 치던 곳이었다. 땡볕에 익은 봇도랑에서 송사리 떼가 가느다란 꼬리를 살랑거리던 곳이었다. 손이 많이 가는 농삿일에 어른들이 샛거리로 탁주 한 사발 쿨럭이며 캬아 쪼오타 하던 곳이었다.

사내아이들과 저물녘 해거름에 배꼽이 툭 튀어나온 헐고 짧은 옷차림이었다. 고무신을 안고 집으로 가는 길은 늘 콧노래가 그치질 않았다. 누르스름한 벼 이삭이 남실대는 들판 논둑에서 푸드덕거리는 메뚜기들을 잽싼 손놀림으로 잡아챘다. 텅 빈 손일 때도 많았다. 사내아이들에게 지지 않으려고 연신 벼 이삭에 납죽 앉은 메뚜기를 잡아내었다. 강아지풀에 목을 꿰어 기다란 메뚜기 꾸러미를 매고 신나게 코 피리를 불며 깔깔거리며 집으로 발을 옮겼다.

엄마는 기다리면서 맛있게 저녁을 차려 놓고 웃음으로 맞았다. 김치와 고추와 된장과 보리밥이 전부였다.

"머시가 날마동 그리 재미지고 좋고 그러냐. 언능 손이랑 얼굴이랑 깨깟이 씻고 밥 먹그라."

우리는 흐린 달빛에 내려앉은 어둠을 밟으며 하나둘씩 싸리나무집으로 모여들었다. 야참으로 메뚜기 꾸러미가 짚 덤불 위에 얹혀지고, 맵고 싸한 연기에 쿨럭거리며 메뚜기를 구워 먹었다.

"쩌그서 우리 아자씨가 찌프차를 타고서 지둘리고 있응게 고것 타고 가먼 안 되겠다고. 찌프차가 빠린게로 핑허니 가먼 오륙 분 가차이 걸릴거이네."

라진영은 긴장이 이어지면서 쌓인 피로감과 허기증이 동시에 밀려옴을 느꼈다. 이상할 정도로 다가왔던 무섬증과 팽팽하게 잡아당기던 두려운 기운도 조금씩 누그러지고 있었다. 단단히 묶여 옴짝달싹 못 하던 심신이 느슨해지며 사르르 풀어지는 기분이었다.

순간 나루 골 어머니의 말씀이 퍼뜩 스쳐 지나면서 흐물흐물 녹아내릴 뻔했던 마음을 다시 다잡았다. 자신은 지금 도시의 맹수들이 우글거리는 정글에 던져진 아무런 힘도 없고, 저항할 무기도 갖추지 못한 한 마리 연약한 동물과 같은 존재였다.

라진영은 자신과 마주서서 일의 진행을 선도하는 중년의 여자를 경계하면서, 내일 날이 밝은 후에 자신이 목적하고 왔던 일을 차근히 풀어나가기로 마음을 굳혔다.

"어야, 뭐시가 그렇게 시간이 오래 걸리고 그런당가. 맴이 없다고 허면 후딱 우리끼리 집이로 가야 허덜 않겄드라고."

차기조는 왕래하는 사람들의 자취가 거의 없는 역 광장 모퉁이에 세워둔 지프차에 기대고 서서 툭 튕겨 던진 담배꽁초를 짓이기며 역정을 내는 표정으로 버럭 악을 썼다. 차기조의 능청스러운 말 속에는 자신이 처녀를 지켜보면서 얻은 자신감일 테지만, 이미 마음의 결정을 내렸는데 빨리 가자는 신호이기도 했다.

차기조는 상행선인 서울행 기차가 도착하자 예리한 눈초리로 역사 출구를 쏘아보며 먹잇감을 노리던 차에 라진영이 시야에 잡혔다. 차기조의 눈빛은 시계탑만 연신 쳐다보며 발을 멈춘 라진영을 정면 조준하기 시작했다. 오늘따라 차기조의 가늠자 구멍에 잡힌 표적은 선명하게 보였다. 명중 확률이 높았다.

가시거리가 뚜렷한 목표물은 이동하지도 않을뿐더러 초조한 기색이 역력했다. 승객들이 다 빠져나가고 역 광장은 텅 비었는데, 그 자리에서 오랫동안 붙박이처럼 중심을 잡지 못하며 어찌할 바를 모르는 징후가 뚜렷하게 나타났다.

차기조는 한눈에 들어온 포획물을 쉽게 잡아채어서 그대로 이동하여 목표 지점으로 가기만 하면 되리라는 확신을 가지게 되었다. 이미 거미줄에 걸린 벌레였다. 차기조는 먹이 사냥에 능란한 포수답게 사냥개 격인 추계녀에게 가는 실눈을 만들어 보이며 근접 지시를 내렸고, 자신은 역사 입구에서 추계녀와 처녀가 한 발짝 정도 거리를 두고 벌이는 흥정의 추이를 지켜보며 줄담배를 빨았다.

라진영은 이윽고 짐 보따리를 보일 듯 말 듯 떨리는 두 팔로 힘껏 안았다. 라진영이 도착한 서노송동 여인촌은 포장이 안 된 찻길을 따라서 캄캄하고 지저분해 보이는 골목으로 곧바로 잇닿은 구조였다. 골목은 이동 경로가 얼기설기 얽혀서 조악했다. 빽빽하고 복잡한 골목은 비좁아서 두 사람이 겨우 어깨를 스쳐야 통행이 가능할 정도의 볼품없는 골목이었다.

환경이 미치는 영향이겠지만 체계를 제대로 갖추지 못하고 난잡하게 널려진 골목길은 께름칙하고 음습한 기운이 완연하게 살갗에 닿았다. 큰길 가장자리에는 나무 전봇대가 띄엄띄엄 제 자리를 뻣뻣하게 지켰다. 색이 바래서 빛이 약해진 제 몸을 닦으며 존재를 알리려고 애쓰는 밤하늘의 별처럼 나무 전봇대도 희미한 가로등을 매달고 있었다.

나무 전봇대에서 미약하나마 뿌려주는 불빛을 받으며 분주히 움직이는 여인들은 제법 활기가 넘쳐 보였다. 여인들은 엉성하기 짝이 없는 각자의 집 앞에서 담배를 꼬나물고 다리 한 발을 흔들어 발바닥으로 땅을 톡톡치거나 껌을 방정맞다 싶을 만큼 짝짝 씹었다. 넘칠 듯이 수북한 젖가슴을 그대로 드러낸 채 짧은 치마를 걷어 올려 음부를 슬쩍 내비치는 여인이 눈에 띄었다.

여인촌의 여인들은 줄을 지어 서성거리며 지나가는 남자들의 소매를 잡아당겼다.

"아앙이, 오빠 오늘 후회 안 하게 잘 해 드릴게 쉬었다 가시라니까. 내가 싫은건 아니지. 아앙이, 오빠 없으면 나 심심해서 어쩌라구."

촉수 낮은 전등과 형광등이 아양을 떠는 여인들의 곡선을 희미하게 나타내 보이며 큰길 나무 전봇대의 불빛과 함께 그나마 어둠을 걷어 내는 구실을 하면서 여인촌의 윤곽을 그려내었다.

"시악시 여그서 내리드라고. 인자 시악시가 묵음서 잠서 살어야 헐 집이로 가 봐야 될 거 아니드라고. 배도 고플 거인디 밥도 묵어야 허고. 인자부텀 여그가 시악시가 일허는 일터가 될 거이구만."

라진영은 여인촌에 도착해서 여인촌의 조명과 여인 촌에서 펼쳐지는 문란한 풍경들이 괴기스러웠다. 나루 골에서만 자란 열일곱 살 라진영에게는 지금 벌어지는 상황 자체만 해도 받아들이기가 벅찼다. 라진영은 여인 촌에서 잠시 머물다가 목적지로 가는 줄 알았기 때문에 한눈 가득 들어왔던 여인 촌을 의식 속에서 떼어 내기 위해 눈을 질끈 감았다.

차기조의 말은 길지는 않았지만, 라진영이 가지고 있는 기억을 깨부수는 듯한 기세였으며, 망치를 손에 든 괴한과 비슷해 보였다. 게다가 차기조의 물기가 전혀 묻지 않은 카랑카랑한 목소리를 던지듯 내뱉는 음색은 살벌하였다.

라진영은 흠칫 놀라며 등받이에 몸을 힘껏 밀어 붙였다. 전신이 얼음덩이로 차갑게 굳어져 가면서 숨이 콱 막혀, 발을 떼어 보려고 움직여 보았다. 마음뿐이었지 신체의 모든 동작이 정지되어 버린 것 같았다.

라진영은 그제야 자신이 그물에 걸린 작은 물고기임을 깨달았다. 어떤 신통 술도 어떤 무당도 쫓아내지 못할 악령의 손아귀에 잡혀가는 기분이었다. 괜스레 따라 왔다는 후회감은 들 새도 없었다.

어서 차에서 내려 어디로든지 도망가야 했다. 다시 움직여 보려고 뒷좌석에 붙은 손잡이로 손을 뻗었다. 역시 마찬가지로 마음만 움직이고 있었다. 라진영은 꿈이기를 바랐다.

"오잉, 시악시가 여그가 맴이 안 드는가 보구먼. 글먼 어찌야 쓰으까. 야이 쌍년아."

라진영은 무서운 욕설을 내뱉으며 손바닥으로 자신의 뺨을 가격한 차기조의 험하게 구겨진 얼굴을 보고서야 꿈이 아니라는 것을 알았다.

라진영은 아득한 좌절감이 두꺼운 벽이 가로막은 절망감으로 변하였다. 자신의 발이 얼어붙어 동동 구르지도 못하는 현재의 형편이 뒤늦게 안타까움으로 다가왔다. 날카로운 송곳이 가슴을 연이어 후비고 찌르는 것이 고통스러워 견디기가 힘들었다. 잠시 잊었던 후회감이 들기 시작했다.

이미 끝난 일을 말하여 무엇 하며, 이미 지나간 일을 비난하여 무엇 하랴.

그러나 지금 자신이 처하고 있는 실상과는 거리가 너무 멀 뿐만 아니라, 실질적으로 체감되지도 않았다.

라진영이 차기조와 추계녀의 손에 이끌려 골목을 돌아 멈춰 선 곳은, 철문이 벌겋게 녹이 슨 허름한 집이었다. 그들은 라진영을 물건이듯 구석진 골방에 내팽겨쳐 버렸다. 어른 서너 사람이 겨우 누울만한 넓이였다.

도수 높은 돋보기안경을 콧부리에 걸친 백발이 성성한 정교술이 골방에 들어서자 방안은 꽉 차 보였다. 오늘따라 유난히 눈빛이 음흉하고 간교한 늙은이가 독사가 혓바닥을 날름대듯 느글거리며 문턱을 밟고서 차기조와 추계녀 사이로 끼어들었다. 그의 골방 출현 자체가 소름을 오스스 돋게 하였다.

정교술이 골방에 들어오는 순간 어떠한 감시통제도 갖추지 않은 일방적인 모형이었다. 정교술이 골방 현장에서 내리는 지시사항은 추호의 오차도 없이 업무 종사자들이 처리할 것이었다. 더구나 골방이라는 공간은 정교술이 사익을 연출하는 공간임은 물론이려니와, 야생마를 몰고 무인지경을 홀로 질주하는 쾌감이 주는 공간과 다를 바가 없었다.

라진영은 정신을 차리려고 애써 보았지만, 개미 한 마리가 거대한 성문에 붙어서 그 성문을 열려고 밀어대는 행동과 비슷하다는 것을 느꼈다. 라진영은 새의 깃털보다 더 가볍고 무기력한 존재였다.

"차가야, 추녀야 오널 딜고 온거이, 요 아그다냐."

정교술이 두세 마디로 던진 말은 무거운 정적으로 덮인 골방을 큰 파문으로 깨어나게 하고 있었다. 저음이었지만 그 속에는 이재를 계산하는 장사꾼의 재빠른 속셈도 작용하면서 골방을 압도하는 위압감을 주었다. 오늘 너희들이 운반해 온 상품은 제법 가치가 높아서 수고했다는 의미까지도 포함하고 있음은 물론이었다.

라진영의 몸피는 단 몇 시간 만에 쪼그라들어 실바람에도 흔들리는 가느스름한 갈대와 같아 보였다. 방 모퉁이에 앉아서 꼼짝달싹 움직이지를 않았다. 두 무릎에 얼굴을 파묻은 라진영의 등은 숨소리조차 들리지 않았음에도 미세하지만 움직임이 보였다.

"추녀야. 쟈, 얼굴 쫌 들어 보이거라."

정교술의 뱉어내는 언어는 의사소통의 도구로써 언어가 아니라 잔인한 음모로 채워진 앙칼스러운 혓바닥소리였다. 추계녀는 지시를 이행하는 실무자답게 능숙한 몸동작으로 라진영의 머리채를 거머쥐며 홱 젖혔다.

라진영의 하얗게 겁에 질린 얼굴이 들려지자 공포라는 외부환경에 꽤 긴 시간 동안 노출되어 본래 형체를 알아보기 어려웠다.

"추녀야. 쟈, 옷 쫌 벳개 보그라."

차기조가 합세하여 라진영 앞으로 다가갔다.

라진영은 바들바들 떨리는 몸을 옹송그리며 입술을 물었다.

저항의 의사였다.

"쟈가 시방 반항허는 게비다. 옷얼 찢어 벳겨라."

라진영은 두 사람에게 강제로 벗겨진 나신을 어찌할 바를 몰랐다. 겨우 할 수 있다면 젖가슴을 양손으로 가리고 사타구니를 오므리는 것밖에 없었다.

"오잉. 쟈가 나올 디는 나오고 들어갈디는 들어간 거이 쓸만허다."

라진영은 부끄럽다는 생각보다 이 장소에서 어서 벗어났으면 좋겠다는 한 가지 생각만으로 가득찼다.

"차가야. 추녀야. 나가 먼첨 입맛 따셔볼란다."

라진영은 소름이 끼치며 몸을 더 꽉 죄었다.

"차가야. 추녀야. 글먼 쟈, 머리를 잘라 버리그라."

두 사람이 골방에 들어올 때부터 준비해 왔던 도구인 듯했다.

차기조가 억센 힘으로 라진영을 제압하고 추계녀는 머리칼을 잘랐다. 라진영은 젖가슴을 가린 두 손을 그대로 두고 있어야만 했다. 추계녀가 낚아챈 머리채는 차기조가 밀어붙이는 몸통과 직선을 이루며 벽에 바짝 붙었다. 라진영이 부들부들 떨면서 오므렸던 다리가 이내 풀어지고 말았다. 멍하게 넋을 놓은 라진영은 어린 자식의 주검 앞에서 몸부림치며 울부짖다가 까무러쳐진 어미와 흡사하였다.

추계녀가 한 움큼 잡은 머리칼이 덩이로 잘렸다. 머리카락이 라진영의 가슴을 거머쥔 손잔등에 닿았다가 살 위로 후드득 떨어졌다. 뒤를 따라서 내려오는 많은 양의 머리숱이 방바닥에 밀착

된 둔부를 가렸다.

　라진영은 의식의 조각들을 맞춰보려고 애를 써 보았지만 까무러드는 정신은 맴돌이 질만 할 뿐이었다. 나루 골의 물 내음이 몽롱한 의식의 한가운데를 물큰 찔러왔다. 물 한 모금 마시고 싶다는 생각도 잠깐이었다. 무방비 상태에서 또 어떤 형태의 가혹행위나 무참한 핍박이 이어질지 모른다는 불안감이 더 큰 고통이며 끔찍함이었다.

　"아하, 인자 갸가 여그서 씬맛을 살짝허니 봤응게로 말귀를 알아 묵덜 안 허겄냐. 추녀야, 가서 쏘주 한 빙 가져 오그라."

　삼십 도 소주 서너 잔을 비운 정교술의 지시는 술기운을 실어서 다시 성관계를 요구해 왔다. 라진영은 차기조와 추계녀의 겁박과 신체의 직접적인 폭력에도 사정하며 애원할 기력도 없었다.

　올무가 죄어올수록 벗어날 방도는 전혀 없었다. 올가미에 걸린 짐승처럼 발버둥을 치는 게 전부였다. 이제 찢어지고 떨어져나간 육체와 정신을 자학하며 몸부림치고 고통스러워하는 것밖에는 방도가 없었다.

　"차가야, 추녀야. 인자 나가 갸 헌티서 입맛이 싹 달아나 부렀다. 느그들 심 안들라면 갸 고집통머리를 조까 고치야 쓰덜 안 허겄냐."

　차기조가 주도하고 추계녀가 보조역할을 하면서 거의 실신 상태인 라진영을 손과 발을 꼼짝 못 하게 결박했다. 오줌이 지렸다.

　성냥개비를 태워서 만든 불침을 두 젖가슴에 놓았다. 라진영의 몸이 바르르 떨렸다. 정교술의 담뱃불이 허벅지에서 꺼졌다.

라진영의 전신이 푸들거렸다. 차기조에게 오줌을 싸라고 했다. 팔등에 칼자국이 나면서 핏방울이 맺혔다.

골방의 가공할만한 위력은 철저한 계산 하에서 이루어지는 음모자들의 모의 장소였다. 탐욕 꾼들의 욕망을 채우는 작은 왕국이었다.

전쟁

　연호가 이 학년이 된 개학 첫날 대학 교문은 신입생들이 쉼 없이 밀려 들어가는 통에 와글와글 북적였다. 재학생들은 오랜만에 만나는 친구들과 서로 손을 맞잡고 흔들면서 반갑게 악수를 나누었다. 어느 남학생은 어울리지 않는 너털웃음을 호탕하게 터뜨리며 정다운 친구를 보자 두 팔을 벌려 와락 끌어안았다. 늘 새치름한 표정으로 찬바람이 돌던 무용과 여교수님도 오늘은 가느다란 허리만큼 얇은 눈웃음을 지으며 교정으로 들어갔다. 교문에서 분수대 쪽으로 이어지는 화단을 따라서 매서운 추위와 맞서왔던 매화나무 꽃눈이 꽃을 틔우며 봄이 오는 소식을 전해주고 있었다.

　신입생의 입학을 축하한다는 교내방송의 진행자가 매화나무가 꽃망울을 많이 매달았으니 이제 곧 목련꽃도 피어나겠다며 학우들 한 분 한 분은 고귀한 분들이라는 말을 시작으로 새 학기 첫 교내방송을 시작하겠다는 발랄한 목소리가 봄을 준비하는 꽃나무 가지에 내려앉았다.

'겨울이 오면 봄은 멀지 않으리'라는 구절을 어느 책에선가 보았는데, '봄이 오면 사랑도 멀지 않으리'라는 옅은 음색의 수줍음을 묻힌 진행자의 안내 방송에 싱그러운 봄 향기가 묻어 나왔다.

모든 사람은 자신의 행복만을 위해서 사는 것은 아닐까, 조심스러운 저의 견해라면서 확성기를 타고 나오는 음색의 생기가 아까보다 조금 바랬다. 어쩌면 우리의 삶 자체가 행복을 얻으려 하고 행복하기를 바라는 게 사람 사는 세상의 인지상정이라는 사실도 첨언해 본다며 말을 이었다. 그러나 개인의 행복만 추구하면서 살아가는 것이 삶이라고 생각할지 모르나, 다른 여러 존재와 관계를 맺고 전체를 형성하여 개인이라는 씨줄과 시간이라는 날줄이 짜여 행복이 완성된다는 점을 곱씹어 볼 필요가 있다며 웃음을 지었다.

연호가 도서관을 지나서 문리관 쪽으로 천천히 발걸음을 옮겼다.

"아, 씨팔, 우리나라 남북 전쟁이 끝난 게 얼마나 됐다고 왜 남의 나라 전쟁에 젊은 사람들을 사지로 보내나 그래."

삼사 학년쯤으로 보이는 두 명 중 왼쪽을 걷던 선배가 신경질을 부렸다.

"이 친구 또 불만이 폭발하는군. 오늘 개강 첫날이니까 그만 열 받으라고. 그런데 말이야. 이번 전쟁의 정당화 논리의 하나로 도미노 효과를 주장하고 있대잖아. 남베트남이 공산화되면 한국도 무사하지 못할 거라고 말이야. 거기다가 미국의 경제적인 원조가 주어진다니까 먹고 살기 힘든 국민들은 찬성하는 분위기가 많은 편이고 정부로서도 궁여지책이 아니겠어."

실마리를 잡으려는 듯 기질이 사뭇 달라 보이는 오른쪽 선배가 진지하게 받아넘겼다.

"그래 자네 말은 알겠는데 말이야. 나는 사람이 살아가는 세상에서 사랑싸움이 되었든, 서로 간에 이해가 얽혀서 주먹다짐하던, 자신을 방어하며 권익을 챙기는 싸움은 얼마든지 이해하고 싶다고. 근데 왜 총칼로 죽이면서까지 자신의 의사를 표시하라고 국가는 강요하느냐 말이야. 그리고 이건 몇몇 개인의 일탈 된 잔학성이기는 하겠지만 말이야. 총칼도 모자라서 별의별 방법으로 시험 삼아 고통을 주면서 죽이기도 하잖아."

왼쪽을 걷던 선배가 '때리는 시늉하면 우는 시늉 한다'라는 혼잣말을 들릴락 말락 중얼거리며 헛발질을 날렸다.

"이 친구 이거 순진한 척하는 거야. 아니면 정말 모르고 하는 소리야."

오른쪽에서 걷던 선배가 왼쪽을 걷는 선배의 등짝을 기세 좋게 철퍽 갈겼다.

"인류의 역사는 전쟁이라는 수단을 통해서 죽이고 죽는 싸움의 연속이었다고 보아도 과언은 아니잖겠어. 히틀러는 본인이 원하는 세상을 만들려고 선전 선동을 능사로 삼고 가해와 학살을 현란하게 수식하며 미화했다잖아. 그로부터 이 십 년 후에 육 백만 명의 대학살이 일어났다는 사실은 너무나 명료하고 말이야. 경전에 온통 사랑이라는 단어로 도배질 되어 있는 일부 종교 집

단도 이런저런 구실을 달아서 인간 살육전에 뛰어들었는데 무슨 한가한 소리를 하는 거야.”

왼쪽을 걷던 선배가 잠시 멈칫하더니 담배를 뽑아서 물었다. 깊숙이 빨아들였다가 뿜어 나오는 담배 연기에 먹물처럼 까만 한숨이 잔뜩 묻어서 코와 입으로 새어 나왔다.

“나는 다른 의견을 내놓거나 반론하고 싶진 않아. 우리가 나누는 대화는 지향점만 약간 다를 뿐이지 사람 사는 세상 이야기니까 말이야.”

담뱃재를 툭툭 털어낸 왼쪽 선배는 무거운 얼굴을 허공으로 들어 올렸다. 조각구름 사이로 세 살 생일 때 파안대소 하시면서 얼싸안아 주시던 아버지 모습이 선명하게 그려졌다. 그게 아버지의 마지막 기억이었다.

야심이나 욕망은 사람을 도취시키는가 보았다. 해방되어도 야심과 욕망이 가득 찬 진영 간 싸움은 쉬워 보이지를 않았다. 오히려 패권을 움켜쥐고 세력을 확장하려는 국제 사회의 경쟁 구도가 더해지면서 이 땅은 위기를 맞았다.

수 천 년을 저 백두산 머리에서부터 바다 건너 한라산 발끝까지 언제 한 번 끊기지 않고 죽 이어져서 살아오던 이 땅 이 민족이었다. 야심과 욕망으로 가득 찬 일단의 무리들은 이 땅 이 민족을 반으로 나누려고 작정이라도 한 듯 제 귀는 닫아걸고 제 입만 열었다.

나라를 통째로 넘겨줬다가 얼마나 많은 피를 이 땅의 흙에 뿌렸는지 모른다. 또 얼마나 많은 애국지사가 이 땅 밖에서 목숨을 바쳤는지 모른다. 그래서 이 땅을 찾았다. 그랬으면 한 줌 흙이라도 한 알 돌멩이라도 다치거나 아프게 해서는 안 될 일이었다. 조상님들께 무어라 고해야 할지 모를 참담한 형국이었다. 그리고 얼마 지나지 않아 전쟁은 터지고 말았다. 징집 명령을 받은 아버지는 전쟁이라는 수단으로 이 땅을 통일해 보겠다는 구도에 집어던져졌다.

아버지는 전쟁이라는 참혹한 물리적인 싸움의 제단에 제물이 될지도 몰랐다. 기우이기를 바랐다. 어서 전쟁이 끝났으면 좋겠다는 간절한 바람뿐이었다. 전쟁은 밀고 밀리다가 교착 상태로 들어갔다는 소식이 간간이 전해졌다.

전쟁 개시 일 년이 지나면서부터 군사적인 승패가 아닌 정치적인 타협을 위한 휴전 협상이 개시된다는 전언은 아버지가 무사 귀환할 것이라는 희망을 주었다. 그럴지라도 전선은 한 치의 땅덩이라도 확보하기 위해서 치열한 전투가 계속되고 있다는 것이었다.

어머니가 첫새벽에 정화수 한 그릇 떠 놓고 기도드리는 비손은 더 맑고 정갈하게 보였다. 기우가 아니었다. 어머니의 비손도 허사였다. 기어이 아버지의 전사 통지서가 날아들었다. 어머니는 망연자실, 혼절을 거듭하였다.

왼쪽 선배는 조각구름에서 거두어들인 눈길을 오른쪽 선배에게 옮겼다. 울컥 치밀어 올랐던 감정이 부드럽고 잔잔히 가라앉으면서 차분하고 평온해 보였다. 선배는 친구의 사정이 주는 허탈감으로 그냥 말없이 왼쪽 선배를 쳐다보았다.

"어쩌면 말이야. 전쟁이라는 행위는 위정자들이 손쉽게 선택할 수 있는 정치적인 행위일지도 모르겠어. 자네가 말한 어느 한 시기도 그치질 않고 끊임없이 전쟁이 일어났다는 인류 역사도 이해하고 있네. 그런데 말이야. 전쟁은 자연재해와는 달리 인위적으로 생산해내는 비극 중에서도 가장 끔찍한 재난이라는 게 문제지. 나는 개인의 광기에 가까운 야심과 욕망이 정치 행위와 맞물리면서 동족 간 살상을 전제로 벌이는 야수와 같은 행위라고 보아. 야수적 행위 말이야. 내가 동물의 세계는 잘 모르지만 그래도 짐승의 싸움은 본능에 가까운 행위에만 그치고 말잖아. 그런데 생각하는 인간은 어떠하냐 말이야. 그렇다고 본다면 전쟁을 주도하는 세력이나 그 전쟁의 주도권을 쥐려는 자들은 야수가 아니라 짐승만도 못한 인간 아니겠어."

연화는 독서 서클에서 만났다. 신입생을 대상으로 회원을 모집한다는 게시판을 보고 학생회관을 찾았던 작년 삼월이었다. 연화는 얼굴 윤곽이 또렷하였다. 눈매가 서글서글하였다. 해맑은 웃음이 향기로웠다. 비 갠 뒤 햇빛을 받은 풀잎처럼 청결하였다. 연화의 온화하고 너그러운 성품이나 태도는 독서 서클의 분위기를 한층 지적이고 세련되게 만들어 갔다.

'내가 이해하는 모든 것은 내가 사랑하기 때문에 이해한다'라는 어느 작가의 어록을 인용하면서 사랑하는 삶을 바탕으로 하는 인간성 회복을 주창했다. 불투명한 우리 시대에 기존 시대 질서의 과오를 꿰뚫으며 시대를 거스르는 이단자가 절실하게 필요한

때가 아닐까 곰곰이 음미해 본다며 시대의 이단자를 사랑하자고 여린 주먹을 움켜쥐었다.

특히 시대를 반역하고 동지를 배반한 사람은 어느 시대나 존재한 것은 너무나 자명한 사실 아니냐면서 쥐었던 주먹을 쫙 펼쳤다. 그도 그 나름의 시대가 주는 불만이나 억울한 측면의 오명이 씌워졌다는 방어 논리가 있다면서 이도 감싸 안고 가야 하는데 어떠하냐고 좌중을 둘러보면서 동의를 구했다.

이러한 사랑을 실천하려면 나를 사랑하는 데서부터 출발해야 가능하게 된다는 점을 간곡하게 강조했다. 연화는 이따금 쓸쓸한 그림자를 드리운 수심기를 얼굴에서 쓸어내렸다. 그리고 아버지를 나지막이 불렀다.

연화는 아버지가 절룩거리는 모습을 볼 때마다 안타까운 마음으로 입술을 지그시 물었다. 1950년에 전쟁이 발발하자 징집되어 전장으로 끌려갔을 때만 해도 어머니는 전쟁의 잔악상을 미처 떠 올리지를 못했다. 어머니는 아버지의 갑작스러운 징집에 어찌할 바를 모르고 허둥댔다.

전쟁이 길어지는데도 아버지는 종무소식이었다. 어머니는 극심한 불안증에 시달렸다. 아버지가 할아버지와 교전을 벌일지 모를 것이라는 끔찍한 어머니의 우려에도 전선에서는 아버지에 대한 기별이 없었다.

어머니는 바짝바짝 애가 타들어 가고 속이 아려서 제대로 잠을 자지 못하는 날이 많아졌다. 아버지의 이부자리를 빠짐없이 펴 놓고 잠자리에 들었던 어머니는 아버지의 베개를 껴안고 눈물을 묻히면서 날을 세우곤 했다. 어머니는 달이 차면 차는 대로 달이 기울면 기우는 대로 아버지의 무사 귀가를 빌고 빌었다. 아버지는 마침내 돌아왔다. 다리에 관통상을 입은 아버지는 심하게 다리를 절었다. 어머니는 울고 또 울며 아버지의 귀가를 고마워했다.

남부시장 사람들은 난리 통에 죽지 않고 살아 돌아온 것만으로도 천복을 받은 것이라면서 막걸리를 사발에 채웠다. 전집 허씨 부인은 파전을 한입 넣어주고 치맛자락으로 눈물을 찍어 내었다. 중매를 서고 아버지와 어머니에게 물심양면으로 도움을 주었던 콩나물국밥집 홍 씨 부부는 덩실덩실 춤까지 추면서 아버지를 껴안았다.

"어이, 완주. 요번 난리 참에 나가 가심이 통개통개 히 갖고 자네 각시나 내 각시나 과부 맹그는 줄만 알고 똑 죽은 목심이나 마찬가지였단 말이시."

남부시장 사람들의 축하는 이제 남부시장 사람들의 잔치가 되어 가고 있었다. 남부시장 사람들의 넓고 깊은 사랑하는 마음이 만들어 내는 축제였다.

아버지가 한영주의 숨통을 끊고 길을 잡은 것은 전주였다. 남원은 너무 가까워 몸을 숨기기도 마땅찮기도 했지만, 사람이 적다 보니까 눈에 띌 염려가 많았다. 사람도 많고 도시 규모가 큰 전주가 좋았다.

아버지가 충동적인 감정으로 일시에 치른 일이 아닌 바에야 거사 이후에 대한 계획을 세우지 않았을 리 없었다. 특히 수중에 돈이 없다면 타관에 나가서 행동이 한정되고 기를 펴지 못하게 될 것은 뻔했다. 억척스레 일 원이라도 더 모으려고 황소처럼 몸을 부렸다. 그러나 돈은 모이지 않았고, 시간만 지나갔다. 더 이상 기다리지 않고 한영주의 생일날을 날짜로 잡았다.

나무 막대기에 몸을 의지하고 산길을 잡아 전주로 가는 중에 시장이 좋겠다는 생각이 떠올랐다. 전주 근처 약수터에 다다라 허기진 배를 물로 채우고 불어 튼 다리를 주물렀다. 약수터에서 사람들의 이야기 속에 남부시장이 간간이 섞여 들려왔다. 남부시장이라는 이름이 마음에 쏙 들어왔다. 아버지는 남부시장에 발을 붙였다.

아버지는 워낙 성품이 가지런한 데다가 성실해서 누구나 호감을 가졌다. 남부시장 사람들은 부모도 없이 딱딱 아퀴를 지어 일하는 아버지를 사랑으로 거두어 주었고 비바람이라도 면하라면서 콩나물국밥집 홍 씨 부부는 방도 한 칸 내주었던 것이었다.

아버지는 적을 섬멸시키라는 상부의 지시에 의해 전장의 제일선에 배치되었다. 아버지가 배속된 부대는 연전연승하는 정예화 부대라는 평가를 받고 있었다. 그러나 전쟁 개시부터 아버지를 짓누르면서 불안을 가중케 하는 것은 할아버지가 이번 전쟁에 참전했느냐의 여부였다. 할아버지는 해방 후에는 물론 전쟁이 일어나기 직전까지도 귀환하지 않았기 때문에 북쪽으로 가셨음이 확실하다고 아버지는 단정 지을 수밖에 없었다.

아버지가 나중에 마을 사람들의 입을 통해서 들은 바이지만,

할아버지가 가졌던 땅에 대한 분배 의식도 그랬고, 너 남 없이 똑같은 노동력으로 알곡을 생산해서 골고루 나누어 먹어야 한다는 지론을 익히 알고 있었기 때문이었다.

할아버지는 이렇게 많은 땅이 왜 일본인이든 조선인이든 몇몇 지주라는 사람들에게만 선물처럼 주어지는가에 대한 불만이 늘 팽배해 있었다. 거기다가 소작농으로 살아가는 것도 서러운데, 사람대접을 제대로 받지 못하는 현실을 개혁해야 한다는 뜻을 밝히곤 해 왔었다. 그런 사회의식의 바탕이 할아버지를 먼 땅으로 이끄는 원동력이 되었을 것이라고 아버지는 믿었다.

할아버지의 출향은 나라와 민족 사랑에 기반을 두었음은 분명하였다. 하지만 몽매하게 자신의 영달과 안위에만 젖어 있던 기득권 세력에게 던지는 경고와도 같았는지 몰랐다.

아버지는 할아버지가 북쪽으로 가셨다는 확증을 이러한 면들에서 찾았지만 그래도 한편으로 귀환하시리라는 기대는 버리지 않았다. 할아버지가 귀환하면 할머니의 애통한 죽음도 어느 정도나마 가셔질 것이라는 생각도 갖고 있었다. 아버지의 실오라기 같은 희망은 억지스럽게 고집을 부려도 이루어질 리 없는 줄 뻔히 알면서 떼를 쓰는 어린아이와 흡사한 아버지의 간곡함이었다.

박완주는 사람이 사람을 죽여야 하고 사람이 죽어 가는 전선에 배치된 이후로 극심한 심리적 육체적 긴장에 시달렸다. 전선을 뚫고 거침없이 날아가는 피를 묻힌 총알은 격렬한 기세로 박완주의 감각신경을 옭아매었다. 흙무덤과 불기둥이 솟아오르고 하늘이 무너지고 땅이 꺼지는 듯한 포탄의 들썩이는 소리는 박완주의 숨통을 바싹바싹 죄어 왔다.

비바람이 몰아치는 칠흑과도 같은 어둠의 시간이었다. 수면부족과 혹독한 피로감이 가중되면서 불안감과 우울한 증세로 인한 심리적 압박은 희망이 없는 절망의 극단에 다다르게 하였다. 전선의 현장에 놓여 있다는 자체에 대한 부적응으로 박완주는 현재 처한 환경에서 뛰쳐나가고 싶은 강한 충동을 억제하기가 힘들었다.

사람의 목숨줄을 끊기 위해서 터지는 굉음이나 한 명이라도 더 살상하려고 광분하는 참담한 전선에서 벗어나 조용히 잠들기를 갈망했다. 혈관을 흐르는 혈액이 전신에서 모두 배출되어 버렸으면 좋겠다는 절절한 염원이 밀려들었다. 박완주는 관자놀이에 총구멍을 정통으로 갖다 대었다. 차가운 쇠붙이의 기운이 몸 전체로 찌르르 타고 번져 나갔다. 전우의 복부에서 내장이 줄줄 새 나오는 게 보였다. 찢어진 살갗이 너덜너덜 덜렁거렸다.

피로 얼룩져 형체를 알아보기 어려운 시신을 보면서 죽음의 도가니로 몰아넣는 광기로 가득 찬 인간이 혐오스러웠다. 얼마나 더 죽이고 얼마나 더 죽어야 하는지 예측도 어렵거니와 야심과 탐욕은 더 많은 죽음을 요구할 것임은 틀림없어 보였다. 삶이 몽환에 불과하다는 생각이 밀려 왔다. 방아쇠를 당기면 되었다.

막 방아쇠를 당기려는 순간 끈적이는 액체와 함께 주먹만 한 살점이 박완주의 얼굴을 덮쳤다. 반사적으로 방아쇠에 걸었던 손가락이 풀림과 동시에 얼굴을 닦아냈다. 역겨운 피비린내가 코를 확 찔러왔다. 이미 숨을 거둔 전우의 시신에서 새어 나온 선혈은 거무칙칙하게 변해 버려서 살가죽에 파리가 들끓고 있었다. 박완주의 죽음은 쉽지 않았다.

적진에도 포탄은 연달아 떨어졌다. 붉은빛을 띤 포연이 자욱하였고, 비명소리가 어렴풋하게 귓가에 잡혔다.

"포대원들 뭐하나. 포탄 아끼지 말고 몽땅몽땅 쏟아부어라. 연대에 계속 지원 요청 중이니까 아끼지 말고 쏴대란 말이다."

포대장의 악쓰는 고함이 살벌한 전선을 맴돌았다.

"너희들이 쏘는 한 발의 포탄이 적진의 심장에 적중해야만 전방 아군의 사기가 충천할거다. 너희들 포탄 한 알이 아군 총알 수백 발보다 귀중하다는 사실을 명심하라. 우리의 지원 사격이 성과가 커야만 단 한 발의 아군 총알로 적의 목을 정확히 관통하는 전과를 올린단 말이다. 적을 최대한 빠르게 쓸어 없애 버려야만 너희들이나 참호 속에서 총을 쏘는 전우 한 사람이라도 이 전선에서 더 살아남아 귀향한다는 점을 절대 유념하라. 알겠나."

포대장의 목이 잠겨 메마르고 갈라져서 울부짖는듯한 쇳소리에 피가 배어 있었다.

"포대장님 말을 잊지 않고 포대장님과 최후까지 싸우겠습니다."

비장한 결의로 사력을 다하고 있는 최 하사의 눈에서는 주먹만 한 눈물이 떨어졌다. 울음을 터트리는 젖먹이를 달래면서 하늘만 쳐다본 채 남편의 전쟁 길을 보지 않으려던 아내가 눈물 속에 담겨 방울방울 맺혔다. 고향에서 애간장을 녹이며 기다리고 있을 아내와 아들이 눈앞에서 다른 때보다 크게 흔들렸다.

"최 하사, 좋다. 너의 말을 죽어서도 기억하마."

포대장의 대답은 아예 눈물이었다.

"포대장님, 저는 꼭 살아서 포대장님과 돼지고기 수육에 막걸리를 밤새워 마시고 싶은 게 소원입니다. 살아서 만나 뵙기를 신께 기도드리겠습니다."

철모를 주먹으로 내리친 김 병장은 적진 능선 한가운데를 응시하면서 바싹 마른 입술을 훔쳐냈다.

"박 병장, 좋다. 너의 기도가 꼭 이루어져서 우리 다시 만나자."

"포대장님!"

"김 일병, 말하라."

김 일병은 포탄을 포 속에 장전하면서 말끝을 잇지 못했다. 피어오르는 화약 연기로 가무잡잡한 얼굴에 천진난만한 미소가 가득 차 있었다.

"포대장님, 제가 포대장님 부대에 배속된 것은 더없는 기쁨입니다. 그런데……."

"김 일병, 말하라."

"다만, 전선에 들어오기 전, 손목도 잡아 보지 못하고 뒤돌아서서 눈물만 떨어뜨리던 고향의 희정이가 보고 싶습니다."

열아홉 살 김 일병의 또랑또랑한 눈망울을 보자 포탄의 파편과 같은 예리한 조각이 온몸을 할퀴었다. 가슴을 쥐어뜯었다. 포대장의 눈에서 피눈물이 쏟아져 내렸다.

"김 일병, 우리는 반드시 살아서 고향으로 돌아갈 것이다. 김 일병이 결혼하거든 포대장을 초대해 주면 가장 큰 영광으로 알겠다."

포대장은 김 일병에게 지휘봉을 잡은 오른쪽 주먹을 불끈 쥐어 보였다.

"최 하사! 박 병장! 김 일병! 그리고 우리 부대 전우들! 우리 모두 살아서 고향으로 돌아가자."

물기에 젖은 포대장의 말이 끝나자마자 포탄이 포대장 앞에 떨어졌다. 또 한 발이 김 일병을 덮쳤다.

박완주는 가늠구멍을 통해 정확하게 잡히는 적을 향해서 방아쇠를 당기려고 할 때마다 줄곧 아버지를 닮은 형상이 어른거리는 환영에 시달렸다. 박완주의 바르르 떨리는 총부리의 각도는 맞은편 적 고지 능선과 일치하고 있음이 분명해 보였다. 그러나 박완주가 정 조준한 상태에서 실제 사격을 가하려고 하면 표적물이 깐닥거려 탄알은 엉뚱한 곳으로 날아갔다. 적을 향한 사격처럼 보였지만 방아쇠를 당기면 총구가 치켜들어 탄알이 허공을 가르며 날든지 아니면 적진지 근처에서 얼마 떨어지지 않은 야트막한 언덕에 탄알이 툭툭 박히곤 했다.

사회주의 성향을 가졌던 독립군들이 북한군의 일원으로 이번 전쟁에 참전했다는 부대 내의 소문은 생살을 쥐어 짜내는 고문과 같은 지독한 것이었다. 만약 아버지도 이번 전쟁에 참전했다면 어느 전선에서 어느 부대와 맞서 전투에 임하고 있을 터였다. 그렇다면 아버지가 소속되어 있는 부대가 자신의 부대와 정면으로 교전하고 있는 것은 아닌지 알 수 없는 일이었다.

그러면 자신의 가늠자에 올린 적 중의 한 명이 아버지일 수도 있었다. 상상하지 못했던 참담한 심정이었다. 한편으론 괴이하기 짝이 없는 소리를 날리며 달려오는 총탄이었다. 적진에서 살기를 담아 쏘아대는 총탄이 아버지가 쏜 총알일 수도 있겠다는 생각에 미치면 지독한 통증이 뼛속까지 스며드는 느낌이었다. 젖먹이 때 집을 떠난 아버지의 모습이 기억날 리 만무했다. 설령 지워지지 않을 정도로 아버지의 얼굴이 각인되어 있다 할지라도 전선의 거리상 아버지를 알아본다는 것은 불가했다.

시뻘겋게 달구어진 인두가 박완주의 가슴을 지짐질해댔다.

아버지도 자신의 자식이 이 통일 전쟁에 참전하고 있다는 사실을 아예 인정하지 않으려는 심리적 갈등이 작용하고 있음은 분명할 것이었다. 아니, 차마 젖먹이였던 자식이 통일 전쟁에 자신과 맞서 교전한다는 상황을 애써 부인하고 싶어 할 것이다. 아버지는 아들의 나이로 보아서 이 통일 전쟁에 아들이 참전할 가능성이 있다는 사실을 추정해 보았음도 명백할 것이었다.

아버지는 머나먼 타국 땅에서 빼앗긴 나라를 찾겠다는 일념만으로 대일 항쟁을 해 왔다. 지금처럼 민족 분단이라는 비극적인 상황은 아예 생각조차 못 했을 탓에 오히려 아버지의 가슴에 금이 간 상처가 더 찌르듯이 아플 것이었다. 민족 분단이라는 구도 속에서 아들과 살상을 위한 교전은 자식이 깨닫지 못하는 영역까지 더하면 아마 배겨 내기 힘든 나날일 것이었다.

박완주는 현재 진행 중인 전쟁이 정당하게 치러지는 전쟁이라 할지라도 전쟁은 선이 아니고 악이라는 절대적인 믿음을 가졌다. 적군과 아군은 승자와 패자를 가려야 하므로 이기기 위해서 싸워야만 했다. 운동경기의 승자와 패자와는 성질이 전혀 달랐다. 나의 죽음을 담보로 제공하기를 요구하는 은행업자와 같은 극단의 이기적인 싸움이었다.

맞붙어 치고받는 싸움에는 살상용 기계가 간섭함으로써 헤아리기 어려운 인명 피해를 가져왔다. 옆에서 다치고 죽어가는 전우는 생사고락을 함께 하는 절친한 동료였다. 전우이면서 남의 집의 존귀한 자식이었고, 한 집안의 가장이면서 기둥과 같은 아버지였다. 동료와 자식과 아버지를 죽여서 얻어내는 승리는 살육과 약탈과 피를 묻힌 인간의 잔인한 속성이 물들어져 악령이 득시글거리는 허구였다.

고양이나 강아지도 아프거나 슬프면 눈물을 흘렸다. 전쟁으로 인간의 눈에서 피눈물이 나오게 하는 행위뿐만 아니라 살해까지 자행하는 권리는 그 누구에게도 주어지지 않아야만 했다.

박완주가 보는 지휘관은 죽음을 명령하는 자처럼 보였다. 많이 죽게 하는 지휘관이 영웅이 되는 현실이 전쟁의 생리처럼 여겨졌다. 전쟁에서 죽어가는 사람은 지휘봉을 가진 사람이 아니라 지휘봉이 가리키는 이름 모르는 사람이 너무나 많은 현실이 가슴을 찢어대고 있었다.

아버지의 투쟁도 대일 항전을 끝으로 멈춰야 했다. 아버지의 이념이 지고지순한 일일지라도 민족해방통일을 목적으로 사람의 목숨을 겨냥하는 수단으로 작용하는 이상 이미 순수성은 상실되고 쓰레기에 불과했다. 민족해방통일전쟁에 단 한 사람의 목숨이라도 희생되었거나 단 한 사람이라도 상처를 입었다면 이념을 바탕으로 한 민족해방통일전쟁은 합리화될 수 없기 때문이었다.

아버지가 선택한 이념은 동지들과의 도리를 중시하고 경우에 맞은 처사로 존중받아야 마땅했다. 성향이 같은 사람들끼리 큰 뜻을 도모하는 게 일의 효율성과 추진력을 확보하는데 성과를 올림은 틀림없을 터였다.

지금 전장은 아비규환 그 자체였다.

적군 쪽에서 발악적으로 총격을 퍼부어 오더니 이내 총성은 잦아들기 시작했다. 아군 쪽의 총포 소리도 간헐적으로 메아리를 울릴 뿐 멈추어 갔다. 전선은 잠시 소강상태로 접어 들어간 듯했다.

"서 병장님, 아까 봉게로 자꾸 총알이 서 병장님을 조준허고 삐융 삐융 날라 오는거 같는디 몸을 더 낮추십쇼."

"박 일병, 고맙데이. 박 일병도 납쭉 엎드리그라. 여게서 밥 숟가락 놓아 뿔면 암것도 아닌기라. 목심보다 중한기 어딨긌노. 박 일병나 내나 살아서 고향 가야 될기 아인가."

서 병장은 짙은 눈썹에 하얀 이가 전선의 고지를 뒤덮고 있는 포탄의 화력과 연기 속에서도 유난히 또렷하였다. 서 병장의 거칠거칠한 입술에는 총탄에 튀어 오른 마른 흙이 덧입혀져 하얀 이와 대조를 이루면서 서글프게 보였다.

"서 병장님, 인자 전역이 얼마 안 남었는디 몸 조심조심 살핌서 전투에 임허십쇼. 귀향허시면 잘 사시기를 바라겠습니다."

"하모, 우앴든 꼭 살아 갈기라. 그라고 박 일병 말 맹키로 잘 살기다. 내사 고향에 가믄 부쳐 먹을 땅 뙈가리 한 쪼각도 읎다

만서도 요런 전쟁판에서도 지금꺼정 죽지 않고 살아 삐리지 않았
겄나. 그라니 어떤 힘상시러븐 일이라도 해낼 자신이 있으니께니
박 일병이나 내나 끝까지 몸 살피구로 싸우자."

　적진을 노려보던 서 병장이 하얀 이를 으드득 갈아붙였다.

　"박 일병, 내가 가심 속에 묻어 놓았든 말을 박 일병에게 뱉아
내야만 씨언허겄다."

　서 병장은 잠잠해진 전선을 죽 둘러보면서 짙은 눈썹의 미간
을 찡그렸다.

　"울 아부지가 언자쩍에 세상을 떠 비리덜 안 했더나. 참말로
기맥히고 절통시러버 그때만 생각카먼 자다가도 뻐떡 일어난다
안 카나."

　서 병장은 당시의 광경이 생생하게 떠오르는지 몸서리를 쳤다.

　"아부지는 일본놈 지주에게 땅을 빌어 농사지음서 살았는기
라. 참말이제 보리죽이라도 겨우 먹음서 지내는기 다행이다 싶들
안 했드나. 박 일병도 매한가지로 어렵고 심들게 살았겄제. 안 그
라나. 헌디 일본놈 지주가 벼라별 명목으로 손을 안 벌리겄드나.
아부지한테만 그란게 아이고 땅 부치는 소작인들한테 다 그랬겄
지. 그라논게로 아부지는 몇몇 소작농과 일본놈 지주 집을 찾아
갔다등마."

　화약 연기를 실은 가는 바람만 불 뿐 전선은 적막감이 돌 정도
로 아군과 적군의 움직임이 없었다. 참호에 엎드린 서 병장의 표
정이 심하게 일그러졌다.

　"그란게로 일본놈 지주가 주재소에 도움을 청했던기라. 연락

을 받은 주재소 일본놈 순사들이 착검을 하고 달려왔다는기라. 순사놈덜은 일본놈 지주 집에 있던 소작농들을 수레에 싣고 주재소로 가분졌다카고."

서 병장은 치밀어 오르는 분을 이기지 못하는 듯 주먹을 부르르 떨었다.

"박 일병, 이놈아덜이 얼매나 매타작을 놓았는지 끌려갔던 사람들 몰골이 사람 형상이 아닌기라. 거게다 아부지는 주동했다는 혐의가 씌워져 이틀을 더 밥도 안 주고 뚜들기 팼다 아이가. 그라니 아부지가 어찌 되았겄나. 아부지는 매를 맞은 곳곳 상처에 독기가 오른다다가 죽도 삼키지도 몬허게 허해져 뿐기라. 주재소에서 나온 지 나흘 만에 돌아가셔 뿐졌다."

서 병장은 철모의 턱끈을 와짝 조이면서 하얀 이를 다시 한번 와드득 깨물었다. 분을 이기지 못하고 참호를 박차고 나갈 기세였다.

"아부지를 장사 지낸 다음 날 참말로 미치고 환장헐 일이 또 안 일어났더나. 어무이가 주재소로 찾아가서 억울헌 사정을 가심을 쳐감서 하소연 혔는갑제. 그라니께 일본놈 순사들이 이번에는 어무이를 주먹질이고 발길질이고 마구다지로 휘둘렀다는기라. 어무니는 화병까지 겹쳐서 아부지맹키로 가셔분기라."

서 병장의 짙은 눈썹 아래 이글이글 불이 타오르는 듯한 눈에서 분노가 끓고 있었다.

"박 일병, 마 내가 그때 일본놈 순사 한 놈이라도 쥑이뿔고 내도 죽었어야 되들 않았겄나. 내가 좁쌀 썰어 먹을 놈보다 못헌 하질 중에서도 제일 더러븐 하질 쫌팽이였던기라. 그람든서 이제야 살라고 발작대고 있으니 안 우숩나."

"서 병장님, 지의 어무이도 일본놈들 손에 죽은거와 마찬가지구만요. 일본놈들헌티 더럼 안 탈라고 어무이가 목심을 던졌응게요."

엉망진창이 되어 버린 서 병장은 태연하고 침착하려고 애를 썼지만, 후들후들 떨고 있었다.

"박 일병, 박 일병이나 내나 이 전선에서 저그 저눔아덜과 총질허고 있지만서도 알고 보면 저눔아덜도 일본놈들의 피해자 중한 사람아이가. 그라고 박 일병이나 내나 저눔아덜이나 한때는 일본놈들을 여그 이 땅에서 몰아 낼라고 싸우덜 안 했더나. 그란디 어찌 이리도 요란시럽게 편이 완전히 짜개져 갔고 요꼴로 서로 총질을 해대는지 통 모리깄는기라."

서 병장은 어느 정도 감정이 가라앉으면서 차분해져 갔다.

"적이 퇴각하고 있다. 삼 소대는 각개 약진으로 적의 고지를 향하여 나아가라."

소대장의 악쓰는 소리가 귀청을 두드렸다.

박 일병과 서 병장은 은폐물을 찾아서 포복으로 기어갔다. 거리가 있는 전방에 제법 큰 바위가 보였다. 상체를 일으켜 달리려는데, 왼쪽 다리가 휘어지는 듯하더니 털썩 주저앉았다. 가물가물한 의식 속에 복부를 움켜쥔 서 병장의 손가락 사이로 붉은 피가 줄줄 흘러내렸다.

길 위의 여행

　연호는 홍자색의 영산홍이 무더기로 피어 있는 마당에 찾아온 나비와 벌에게 눈길을 쫓기에 바빴다. 나비는 특유의 대칭을 이루는 예쁜 날개로 느리고 낮게 비행을 즐겼다. 도도록하게 살이 오르고 엉덩이를 씰룩거리며 꽃잎에서 윙윙대는 벌은 쉼 없이 귀여운 날개를 쳤다. 나비는 나래를 살랑이며 꽃들과 너울너울 춤을 추었고, 벌은 이 꽃 저 꽃으로 왔다 갔다 하면서 앙증맞은 몸을 놀렸다.

　머리에 막대 모양의 더듬이로 꽃을 찾은 나비가 부드러운 가슴의 솜털을 꽃잎에 비비자 고양이가 조름이 가득 묻은 몽롱한 눈으로 나비를 쳐다보았다. 벌은 왜소해 보이는 가슴을 툭 내밀고 앞뒤가 짝을 이룬 투명한 날개를 나풀나풀 나부끼듯 흔들며 입으로 부지런히 꽃을 빨았다. 꿀을 아주 조금 따기 위해서 나비와 벌은 날개를 움직이는 모양만 다를 뿐 수북하게 피어 있는 꽃 속을 마음껏 유영하고 다녔다.

나비와 벌은 생존만을 위하여 꽃밭이나 허허로운 공간을 날아다니는 것만은 아니었다. 나비와 벌은 부지런한 천성을 바탕으로 삶의 영역을 넓혀 가면서 살아가는 여행자이면서 탐험가였다.

오만과 편견에 사로잡혀서 극단적이거나 부정적이지 않은지 성찰의 기회를 제공하는 기획자였다. 자신을 구속하거나 타인을 억압하고 있지나 않은지 점검하는 안내자였다. 인식의 틀에 왜곡된 이미지가 심어져서 뿌리 내리고 자라나고 있다면 잘라내 주는 농부였다. 끊임없이 솟아나는 욕망을 버리고 비우고 없애도록 다독여 주는 수도승 역할도 해 주었다. 어두운 거리를 방황하면서 올바른 지점으로 가지 않는 사람에게 자기 점검을 하도록 인도해 주었다. 불을 밝혀 선악을 구별해서 실천을 유도해 주는 하늘의 등불과도 같은 존귀한 은총이었다.

나비와 벌은 신비로운 자연이자 작은 우주였고, 인생의 의미를 깨닫게 해 주는 인간의 교사였다.

연화의 섬세한 배려는 거의 정지 상태에 있던 연호의 감각계를 외부의 자극에 능동적으로 반응하도록 많은 도움을 주었다. 연화의 성품에서 우러나오는 향취나 섬섬옥수의 손길만이 아니었다.

연화의 가정사는 오랜 수련 뒤에 얻은 깨달음보다 크게 연호의 감각을 적극적으로 작용하도록 만들었다. 연화의 할아버지는 개인의 영달을 위한 삶이 아니었다. 멀지 않은 시기에 닥쳐올 나라와 민족을 걱정하며 올바른 방향과 바람직한 행동으로 살아가는 삶이었다. 연화의 아버지와 어머니는 나비와 벌처럼 치열했고, 독자적인 영역만큼은 철저하게 실행하며 삶을 영위하고 있었다.

연호는 나비와 벌처럼 여행을 떠나기로 했다.

연호의 의식 속에 아련하게 떠오르는 스무 살 청년으로 자라온 시간이 꿈속처럼 아득하게 자리 잡았다. 그렇다고 스무 살까지의 시간이 험하고 눈물을 흘릴 만큼 굴곡지지도 않았다. 특별하거나 위험천만한 일도 없었다.

해방 이후에 태어나서 유년 시절, 전쟁이라는 민족적인 비극이 있었지만, 그 와중에 심한 정신적 충격을 경험하지도 않았다. 중학생일 때 거국적으로 발발한 4·19 혁명을 가깝게 느끼지 못할 만큼 아직은 소년이었다. 뒤이은 5·16 정변도 관심의 대상이 아니었다. 평범한 유소년 시절이 까마득하게 여겨질 뿐 가슴을 채우는 뚜렷한 실체는 남아 있지 않았다.

연호는 얼마만큼 어디로, 어떻게, 무엇을 바라고 가야 하는지도 흐릿했다. 스무 살 다음의 삶이 어떤 성과를 내야만 하는가에 대한 문제의식도 불확실했다. 삶의 진행 속도에 맞춰서 어떤 순차적인 결과를 얻을 것인지에 대해서도 무감각했다. 짙은 안개 속에 가려져 보이지 않는 여러 개의 길 가운데 먼저 보이는 길을 따라서 조심조심 가야 한다는 것만 알았다.

연호의 스무 살까지 생활을 제약해 왔던 장애물은 불의한 환경과 정당하지 않은 인식의 대상에 있었다. 확연하게 단정하기는 어려워도 아버지의 뒤틀린 삶의 방식에 대한 반발 심리와 어머니의 통절한 죽음을 알고 난 후로 다치고 찢어진 감정일 개연성이 짙었다.

연화를 만나고 나서 일어나는 연호의 변모는 짧은 시간이었지만 놀라웠다. 연화는 연호를 나비와 벌처럼 여행을 떠나도록 결심하게 만들어 주었다. 방학을 이용하여 연호는 한 달간의 일정으로 무전여행이면서 도보 여행을 계획했다. 위태로울지 모르나 꾸밈이 없는 길 위에서 만들어지는 생생한 삶을 만나기 위해서였다. 여행을 통해서 상처가 나 있는 마음을 치료하고 싶었다.

"연호의 사색적이고 지성적인 분위기가 풍겨오는 게 더 멋져 보이고 근사했는데, 샘도 나고 그러는걸."

연화는 여행에 필요한 물품들을 준비하느라고 바쁜 연호의 밝은 표정을 보면서 말끝을 맺지 않았다. 연화는 깜빡하면 놓치기 쉬운 자질구레한 용품을 챙기는 동안 표가 나게 달라진 연호가 좋아 보여 물끄러미 쳐다보았다.

"연화, 그러면 지금까지 내가 좀 우울해 보이고 마음이 편하게 보이질 않았다는 뜻 아니야."

"연호, 난 연호의 사려 깊은 말과 행동에서 배운 게 많아. 그런 연호를 무어라 표현할까 고심 끝에 선택한 말이야."

"그런데, 오늘과 같이 연호의 활력이 넘치고 시원스레 보이는 모습도 자연스러워서 연호의 감정과 어울리는 게 근사하고 좋아 보이기도 해."

"어디 숨을 데가 없나. 연화가 나를 부끄럽게 만드는 바람에 뭘 먹으면 체하겠는 걸."

연호는 홍조 빛으로 물들어진 얼굴을 애써 감추며 연화의 손놀림을 아늑한 시선으로 지켜보았다.

연호는 배낭을 챙기면서 전에 없이 생기가 돌고 발랄하였다.

"연화, 막상 여행을 떠나려고 생각했을 때만 해도 까닭을 알기 쉽지 않은 여러 상념의 그림자가 드리워졌었어. 과거의 시간. 즉, 오래되어서 희미하지만, 기억의 줄기에 매듭지어져서 풀 수 없는 안타까운 사람은 아닐 테고."

연호는 가볍게 미소를 지으며 배낭의 끈을 조절했다.

"연호가 스무 살 나이에 처음으로 집을 떠나서 길 위에 선다는 부담감이 마음의 저 밑바탕에서 작용하고 있었던 거겠지. 아마 길 위에 땀방울이 한 방울 두 방울 떨어지기 시작하면 막연했던 걱정은 걷히지 않을까?"

"연화의 말이 옳다고 생각해. 내가 길 위에서 마주한 현장에서 무언가 형상화 시켜야 한다는 막막함이 강하게 영향을 미쳤던 거야."

연호는 흔쾌하게 맞장구를 치며 손바닥을 마주쳤다. 연호의 안면이 환해지면서 웃음이 피어올랐다.

여행지의 냄새가 콧속을 가득 채웠다. 눈 가장자리에 물기가 젖어 있음을 느꼈다. 슬피 우는 듯 손가락이 바르르 떠는 울림이 배낭의 어깨끈을 타고 가느다랗게 전해 왔다. 먼저 하늘의 별집으로 자리 잡아 간 열여덟의 싱싱하고 향기로운 여인, 어머니의 미소가 마음을 한곳에 두기 어려울 만큼 출렁거리게 했다.

연호는 나비와 벌처럼 여행을 떠났다. 흙먼지 풀썩이는 길, 자갈돌이 뒹구는 길, 불볕이 내리쬐는 길 위를, 사람들의 사연이 쌓이고 다져진 길 위를 걸어서 여행을 떠났다.

길과 길은 앞으로 나아가기만 하는 것이 아니었다. 여행자가 걸어가는 앞길을 열어 주되, 길은 만나면 저만치에서 헤어졌고, 헤어지면 저만큼에서 다시 만났다. '회자정리 거자필반會者定離 去者必返'이라는 말씀과도 같았다.

연연세세 변하지 않는 진리는 여행자가 오가는 길 위에 있는 듯했다. 궁극적인 이치를 깨쳐 개안을 연 선각자들도 길 위를 걸었을 터였기 때문이었다. 선사는 체득하기 위해서 떠나는 여행자들의 발걸음을 인도하며 쉬게 하고, 속세인들이 현실의 삶을 살아가기 위해서 걸음걸음 밟으며 길 위에서 영원한 진리를 깨달은 것은 아닐까 싶었다.

길 위를 한참 걸어가면 여행자를 위한 길잡이 안내판이 방향을 알려 주었다. 그리고 말없이 길 위를 걷는 여행자에게 말 없는 말을 나눌 수 있는 친밀한 말동무이기도 했다. 길잡이 안내판은 여행자를 나그네라고 귓속말로 소곤거렸다. 걸어온 만큼 또 걸어가면 거기에 새로운 길잡이 안내판 친구가 기다리고 있을 테니 소식을 전하라며 가만가만 친절하게 설명해 주었다.

길잡이 안내판이 가리키는 대로 길 위에 땀방울을 묻혀 발자국을 찍었다. 한낮의 타는 듯한 더위에 고개 숙인 길가의 풀잎을 세우며 앞으로 갔다. 간간이 흙먼지를 일으키면서 지나가는 차들은 손만 들면 주저 없이 멈추고 탑승을 허락했다. 그러나 도보 여행답게 흙먼지를 마시고 자갈돌을 밟으면서 길 위를 걸었다.

밥은 도로변 어느 집을 찾아 들어도 한 끼는 꾹꾹 눌러 담아

내놓았다. 고추와 깻잎과 된장과 김치가 상차림이었다. 나이가 들어 보이는 아주머니는 엄마려니 여기라면서 등목으로 우물에서 퍼 올린 두레박을 통째로 쫙쫙 끼얹어 더위를 식혀 주었다. 발바닥에 물집이 잡히기 시작했다. 목덜미와 등과 엉덩이에서 땀띠가 돋아 올랐다. 발바닥과 사타구니가 짓물렀다.

연화의 울음 섞인 듯한 송별 인사 겸 당부의 말은 등줄기를 타고 흐르는 땀방울이 불러일으켰다.

"연호, 물을 충분히 마셔 줘."

연호가 까마득하게 멀어질 때까지 꼿꼿하던 연화는 연호의 모습이 점점 멀어지자 벌겋게 물든 눈자위를 훔쳐내며 속울음을 삼켰다.

"연호, 소금도 조금씩 섭취해 주는 게 좋다는 말을 들었어."

연화가 왼쪽 손바닥으로 코와 입을 가린 채 여리게 어깨를 들먹였다. 연호는 잔뜩 들뜬 표정을 하고 씨익 웃음을 지어서 연화를 바라보았다. 연호의 의식 속엔 복받쳐 올라오는 뜨거운 울음을 주체할 수 없었다. 꼿꼿하게 보이려고 배낭끈을 바투 잡고 허리를 곧추세웠다.

"연화, 공부 열심히 하고 돌아올게."

연호가 말을 마치고 돌아섰다. 눈에 홍건히 고여 있던 눈물이 앞가슴으로 떨어졌다. 연호는 뒤를 돌아보지 않고 그대로 길을 밟아 길 위에 서고자 했다. 독서 모임에서 장미 송이만 한 주먹을 쫙 펼치며 사랑하는 삶을 실행하는 우리가 되자던 당차고 다부졌던 연화가 길 위에 그려졌다.

산자락의 모퉁이를 막 꺾어 돌자마자 몸을 뒤로 돌렸다. 연호가 걸어왔던 길에는 눈물과 발자국의 흔적만 뚜렷할 뿐 연화는 보이지 않았다. 연호는 연꽃을 닮은 연화가 연꽃처럼 활짝 피어난 웃음을 가득 담고 길 위를 달려오고 있는 환상에 빠져들었다.

전주에서 출발한 후 며칠은 들판에다 잠자리를 마련했다. 밤하늘의 작은 별들이 쏟아져 내렸다. 줍고 쓸어 담아도 표가 나지 않을 만큼 넘쳐났다. 장중하면서도 감미로운 한 여름밤 개구리 울음소리와 함께 하는 소형 텐트 안은 세상에서 가장 아름다운 선율이 흐르는 음악회를 방불케 했으며 칠흑 같은 어둠 속의 지상 낙원이었다.

하늘에 별똥별 하나가 기다랗게 꼬리를 늘어뜨리며 떨어져 내렸다. 열여덟의 향기로운 여인, 어머니 주정임인 듯했다. 오늘도 열여덟의 붉은빛 어머니의 넋이 밤하늘 별집에서 나와 어두운 세상을 내려다보고 있는 것만 같은 초롱초롱한 밤하늘이었다.

어머니의 선택에는 도 아니면 모밖에 없었다. 아버지가 요구하는 잠자리의 청을 거절하고 소작을 떼이고 온 가족이 거리에 나 앉느냐, 그렇지 않으면 아버지의 강제에 의한 부당한 요청을 받아들여 어머니가 희생하여 가족을 지킬 것이냐, 두 가지 중 하나였다.

정임이는 헐벗고 굶주리는 생활이 얼마나 비참한지 뼛속 깊이 잘 알고 있었다. 소작을 떼인다는 것은, 그야말로 불지옥에 떨어지는 최악의 형벌이었다. 소작농은 지주의 기분 여하에 따라 소작을 떼이고 유지하는 여부가 결정되는 하루살이와 같았다. 정임이는 불지옥 앞의 수문장에게 시험을 치르는 심정이었다.

지주 최 씨가 맘껏 돋운 목청으로 악쓰는 능수능란한 말 잔치는 주청수를 대상으로 부리는 포악이 아니었다. 별채에 있는 정교술에게는 동업자적 밀어일 테고, 자신에게는 무조건 항복하라는 강력한 경고임이 틀림없었다. 지주 최 씨가 불시에 기획한 음모는 위기에 몰린 그가 살아남기 위한 궁여지책의 술수였다.

정임이는 정교술의 성적 포만감을 채우려는 행동을 피하려면 여러모로 생각해야만 하는 위급한 상황임을 직감하였다. 정임이가 정교술의 의중을 탐지하기 위해서 놀라는 시늉으로 멈칫했다. 그러나 정임이의 속마음을 벌써 알아 버린 노련한 정교술은 잠시의 틈도 주지 않고 구석 쪽으로 몰아붙였다.

정교술은 소작을 떼겠다는 지주 최 씨의 핏대를 세운 우락부락 신경질 섞인 목소리를 잘 들으라는 듯 한동안 큼큼거렸다. 정교술은 지주 최 씨에게 화답이라도 하듯 색정이 배어든 헛기침을 거푸 하고서 정임이를 턱짓으로 꿇어 앉혔다. 가자미눈을 해서 째려보며 퉁명스럽게 안으로 들어오라고 쏘아붙였다. 부르르 팔을 떨어대면서 행동이 굼뜨다고 호되게 핀잔을 놓았다. 정교술은 이미 남성으로서의 공격적인 충동을 억제하지 못하고 우악스럽게 덤벼들고 있었다.

정임은 가임기와 맞물린 시간에 일어나고 있는 현재의 일들이 자신의 사정만 보아 가면서 처리할 계제가 아니라는 점을 알았다. 저들을 상대로 맞서 싸워 새로운 결과를 얻어내 보겠다고 덤비는 행위는 달랑 호미 한 자루 들고 호랑이를 잡겠다는 격이었다. 그들은 오랜 시간 동안 특권을 누리며 선민의식과 지배 의식이 골수에 박힌 천박한 기득권 세력이었다.

정임이는 별채의 무시무시한 분위기나 정교술의 살벌한 눈초리와 정면 대응은 불가능하다는 판단을 내리고 차선책을 행사하기로 결심하였다. 만약, 정임이의 우려대로 아이가 들어선다면 끔찍한 불상사임은 불 보듯 뻔한데, 후속 대책만이라도 세워서 뒤를 이어 따라올 장애나 난관을 이겨 내 보자는 간절한 생각이었다.

정임이는 시집갈 나이가 꽉 찬 처녀였다. 딸의 혼례식을 치러 주지 못해서 땅이 꺼지도록 한숨만 내쉬는 아버지를 모른 척 피해오곤 해 왔었다. 어머니가 조마조마 가슴을 졸이는 기색을 눈치채지 못할 만큼 둔한 정임이가 아닌 바에야 어머니 모르게 혼자 애태워야만 했다. 정임이는 남동생 만복이와도 혼인 문제를 상의하지 못하고 가슴앓이로 속을 태우는 게 전부였다. 우선 당장 특별한 방법을 찾기도 어려웠다.

정임이는 현재 별채에서 벌어지고 있는 상황은 아버지와 어머니의 노심초사와는 별개로 자신의 혼사는 개의할 정황이 아니었다. 씨를 뿌린 남자는 제멋대로 제 갈 길을 가 버릴 게 분명할 터였다. 그러면 메마르고 팍팍한 자신은 그렇다 치더라도, 입이 하나 더 늘어버린 집안 형편과 가난 위에 놓인 굶주린 자식이 머릿속을 극도로 어지럽혔다. 정임이는 지금 경황이 없는 중에도 숟가락 하나 더 올려야 한다는 미망 속에서 허우적거렸다. 가혹한 시련이었다.

선택지를 받아 든 이상 자신이 결심해야 별채의 상황이 그래도 순조롭게 끝날 것이었다. 정임이는 정교술의 성적 흥분에 도취되어 있는 틈을 놓치지 않고 비집고 들어갔다. 임신했을 경우 어떻게 하겠느냐는 의견을 정교술에게 말했다. 정교술은 의외로 순순하게 정임이가 내놓은 안을 받아들였다. 정교술의 성품이나 그가 현재 행하고 있는 처세를 감안하면 정임이로서는 최악의 지경을 벗어난 듯하였다. 그러나 정임이는 위기를 벗어나기 위한 순간적인 미봉책이었음을 너무나 잘 알고 있었다. 애초부터 흑과 백을 구별하라는 문제였기 때문에 앞으로 전개될 일들은 하나같이 넘기 힘든 산봉우리의 연속이었다.

아들만 낳아 준다면 그 아이를 잘 키우겠다는 정교술의 제안대로 산고 끝에 아들을 출산했다. 일 년을 젖을 물린 아들은 큰 병치레 없이 건강하게 자랐다. 정교술은 약속을 어기지 않고 아들을 안고 갔다. 설마 데려가지 않을까 하는 우려의 마음이 내심 많았음도 사실이었다.

정임이는 날이 가면서 조금씩 동요하기 시작했다. 손가락을 꼼물거리며 품에 있던 아들이 떠나간 젖무덤은 불필요한 살덩어리로 여겨졌다. 발가락을 꼼지락거리며 누워 있던 마른자리에서 차가운 바람이 불어왔다. 몸이 녹아 나는 듯한 열병을 앓았다. 정신적 공황 장애도 뒤따랐다. 식음을 전폐하고 자리에 누웠다. 열에 들뜬 헛소리가 튀어 나왔다. 한밤중에 벌떡 일어나 젖가슴을 쥐어뜯으며 "아가아아, 아가아아."를 신음처럼 입속말로 중얼거리다가 까무러쳤다. 정임이의 심리적 충격이 불러온 비정상적인 파멸은 가족들의 근심 걱정에도 불구하고 오래 가지 않았다. 정임이는 뒷산 나무에 매달린 채 발견되었다.

할아버지, 할머니, 삼촌도 어머니와 같은 길을 갔거나 실종되었다. 어머니는 자신만의 희생으로 가족을 살리고 모든 일이 해결되는 줄 알았지만, 결과는 한 가족의 몰살과도 같은 참사로 끝났다.

길 위에는 연일 지글거리는 땡볕이 쏟아졌다. 소나기를 기다리는 길가의 호박꽃은 지치지도 않은지 고양이 엉덩이만 한 호박을 줄기에 달아매고 생글생글 웃어 보였다. 연호는 흙먼지가 풀썩이는 야트막한 고갯마루를 오르면서 호박꽃에게 손을 흔들었다. 이글대는 불꽃을 용케도 견뎌낸 구름 한 장이 멀지도 가깝지도 않은 곳에서 잠시 걸음을 멈추었다. 연화에게 달려가서 그늘이 되어 주기를 바란다며 두 손을 높이 들어 어서 가라는 손짓을 해 보였다. 태양이 지글지글 타는 하늘에 꾸밈없는 연화가 방긋이 웃으며 손을 흔들었다.

연화가 신입생 환영 독서 토론 모임에서 '사랑하는 삶을 살아가자'라고 열기 넘치게 외쳤던 발제는 청아하고 곱살한 그녀의 외양을 더욱 압도하게 만들었다. '사랑이란 무엇일까요?'라는 질문에 독서 토론 모임방은 갑자기 떠드는 소리와 웃음으로 왁자하였다.

"사회자님, 사랑이란 뜨거운 입맞춤이라고 후배님께 전해주십시오."

사 학년 선배가 손을 들어 무뚝뚝한 표정 그대로 굵은 저음으로 응대하자 독서 토론 모임방 회원들은 모두 와르르 폭소를 터뜨려 버렸다.

"무슨 사랑이 그렇게 쉬워. 나는 이 학년 때 만난 수정이를 지금 사 학년이 되었는데도 손목 한 번 잡아 보질 못했다고."

바로 옆에 있던 선배가 심통이 난 듯 불퉁하게 맞받았다.

"그러면 맹자에게 가르침을 받은 고자와 동급이겠구먼."

책상을 손바닥으로 탕탕 두드리거나 발을 통통 구르며 포복절도하는 남학생들과는 달리 여학생들은 얼굴이 발갛게 달아올라 어쩔 줄 몰라 했다. 발제자인 연화도 안절부절못하고 고개를 숙였다.

"이거 참. 밤도 아닌 대낮에 보여 줄 수도 없고."

"아니, 밤에만 나오는 물건도 있나 그래. 한밤에 핀 꽃은 어둠에 가려서 예쁜지 고운지 모르잖아. 한낮에 보아야 제대로 꽃의 모습을 볼 수 있다는 걸 모르나. 보여주면 누이 좋고 매부 좋지. 그러고 임도 보고 뽕도 딴다는 말도 맞으려나 어쩌려나. 알쏭달쏭 하구만. 그렇지 않나."

"선배님들 조금만 자중해 주시기를 바랍니다. 다음 발제자들의 순서도 있고, 토론 모임이 끝나면 선배님들이 좋아하시는 막걸리가 통기타와 함께 기다리고 있습니다. 선배님들께 버릇없이 말씀드려서 송구합니다."

사회자의 정중한 요청으로 독서 모임 토론방은 다시 정숙해졌다.

연화는 마지막으로 '나를 사랑하지 않고는 남을 사랑할 수 없다'라는 문장으로 정리하면서 끝을 맺었다.

"나를 사랑하라는 것은 동성연애하라는 뜻인가."

사 학년 선배의 짓궂은 농담은 자칫 딱딱하게 전개되기 쉬운 독서 토론 모임의 중간중간에 끼어들어 윤활유 역할을 하고 있는지도 몰랐다.

사 월이 지나면서부터 연호에게 연화는 소중한 사람으로 다가왔다. 연화는 귀퉁이가 깨어져 있는 연호의 마음을 부드러운 손길로 다듬었다. 시린 가슴에 따뜻한 온기를 불어넣었다. 저민 가슴을 봄 같은 향기로운 숨결로 닦아내고 채워 넣었다. 금이 가고 파인 영혼에 사랑을 입힌 입김을 불어서 깨지고 시리지 않도록 부드럽고 따뜻하고 향기롭게 어루만졌다.

"연호 어머니는 불확실한 시대의 격랑 속에서 노도 닻도 없이 칼날처럼 날카롭게 출렁이는 파도 위에 떠 있던 조각배였다고 보는 게 맞을 것 같아."

연호는 어디에도 누구에게도 말 못 하는 속사정으로 심신이 지쳐 있었다. 언제나 과거는 현실을 지배하며 괴롭게 만들었고, 현실은 과거의 테두리 안에 갇혀서 사고와 행동을 제약해 왔다. 과거는 자신의 실체를 인정하지 않으려 들 뿐 아니라, 존재 자체에 대한 회의나 부정에 이르기가 일쑤였다. 앞으로 살아가야 할 일이 난감할 때가 많았다. 짓누르고 있는 무력감에서 벗어나려는 몸부림과는 반대로 쌓여 가는 불만과 불신을 차단하려고 애를 쓸수록 무력감은 소리 없이 자라만 갔다. 가슴이든 어디든 뾰족하게 구멍을 내어 터뜨려야 하는데도 그렇게 할 수 없는 현실이 답답하기만 했었다.

"내가 살아오면서 겪어야 했던 사정과 어머니에 대한 내력은 상당히 오래전부터 내 가슴을 갉아대고 있었어. 그런 심정을 연화에게 말해도 될지 고민을 많이 했던 것도 사실이야."

의식 깊숙이 감춰두었던 흉금을 털어놓은 연호는 이전보다 한결 편해 보였다. 고단하게 지내오면서 쌓였던 과거 오랜 시간의 얘기에 심신은 활기를 찾아가는 것만이 아니라, 연화에 대한 신뢰감이 여러 겹 더 쌓여 갔다. 숨기기에 급급했던 과거를 속속들이 들춰냄으로 마음의 평온을 얻었다. 내밀한 세계에서 일어나던 갈등과 분열과 불화는 어느 정도 가셔지고 있는 듯 보였다.

"그런데 속마음을 시원하게 털어놓고 나니까 기분이 깨끗해지고 후련해서 좋아."

연호는 편안함을 찾은 듯 보였지만 일시적인 피로감으로 지치는지 쓰러지듯 의자에 몸을 부렸다.

"어머니의 죽음을 불러온 배경의 선후 관계에 어머니가 가졌을 고통은 상상을 초월했을 거야. 삶과 죽음이 결정될지도 모를 아버지와의 부자연스러운 대면부터가 어머니에게는 피를 말리게 하는 싸움판이라고 생각했겠지. 어머니는 그런 절체절명의 순간에 머리를 섬돌에 부딪쳐 죽음으로 순결함을 지키고 싶었을 거야. 그런데 연호가 자주 언급했던 바대로 가족이 있었잖아."

연화는 입안이 타들어 가는 갈증을 달래려는 듯 침을 두어 번 삼켰다. 농밀한 감정이 북받쳐 오른 열기가 두 볼을 발갛게 물들였다.

"다음으로 비록 약속을 지키기 위한 계약 관계였으나 할시라도 출산한 자식에게 젖을 물린 자연스러운 만남이었잖아. 어미와 자식이라는 신이 내린 축복. 아니, 아니야. 모든 살아 있는 생물들의 환희. 그중 인간이 가지는 생명의 존귀함. 먼저 일어난 부자연스러운 대면과 뒤에 만들어진 자연스러운 만남의 차이는 하늘과 땅의 길이 만큼 헤아리기 어려운 일이었을 거로 생각해."

복숭앗빛을 띠고 있는 연화의 고운 뺨에 가느다란 눈물이 흘러내렸다.

"여기에서 나는 혼란스러워져. 어머니의 정결한 죽음을 분석해서 따지려고 하는 게 아니야. 이제 미혹에서 깨어나고 있는 나를 좀 더 똑바로 보기 위한 어리석은 의문이라고 생각해 줘. 연화가 정확히 정리한 대로 그 부자연스러웠던 위급한 국면을 벗어나기 위해서 어머니가 행했던 고육지책도, 자연스럽게 품에 안은 자식과의 지고지순한 인륜을 심장을 도려내면서까지 실행으로 옮겨야 했던 장면들이 너무나 가혹한 슬픔으로 내 정신을 짓이겼거든."

연호가 이마의 땀을 닦아내며 마른 음성으로 침통한 표정을 감추지 않고 입을 열었다.

"어머니는 어쩌면 그 시대를 관통하고 있던 모순을 일찍부터 깨달은 외롭고 고독한 자연인이었을 거야. 그리고 불일치한 시기에 갈등하며 괴로워하는 너무나 인간적인 강인한 여자였을 테고."

172

연화는 특유의 움켜쥐었던 손가락을 쫙 펼쳤다가 연호를 응시하던 시선을 거두어서 다시 움켜쥔 자그마한 주먹으로 옮겼다. 자그마한 주먹에 가느스름하게 움직이는 떨림이 잡혔다.

"신분제 사회에서 농토는 신분의 높이 만큼 대부분 크기를 달리했잖아. 그러다가 농토는 그대로인데 나라는 없어져 버렸고. 일본은 마치 저희 땅인 양 총독부를 중심으로 이 땅을 제멋대로 금을 그어 소유해 버리는 통에 농토를 빼앗긴 농민들도 부지기수였던 게 사실이었고. 내 농토에서 농사짓던 농민이 소작농이 되어 버린 억울함이란 어쨌어. 원통하고 절통한 일이었겠지. 그러니 소작농이었던 농민들은 소작마저도 얻지 못해서 산속으로 들어가 화전민이 되어서 목숨줄을 연명해야 하는 농민들도 많았다잖아. 조선인 지주만이 아니라 일본인들이 이주하면서 일본인 지주까지 합세하는 형국이 되어 버렸고. 그야말로 농토는 일부 지주만이 소유하는 전유물로 둔갑해 버렸으니 이런 비참한 현실에서 농민들은 통곡만으로 부족했겠지. 경배하며 우러러보고 빌어야 할 하늘을 원망했을 거야. 소작도 부치질 못해서 도시로 나간 농민들은 도시 부랑자로 전락해 가는 실상을 아는지라 소작이라도 떼이지 않으려는 농민들은 아수라가 따로 없었을 거야. 씨앗을 심는 게 아니라 목숨줄을 땅에 묻는 심정이었을 테니까. 이러한 소작농들의 형편을 알고 있었던 어머니가 어떤 심리적 상태에서 어떤 결정을 내려야 했을지는 자명하지 않을까? 거기에다 지배 계급과 사회 전반에 걸쳐있는 가부장적인 남성 본위와 여성으로서 갖는 숙명적인 불합리. 어머니는 나이는 어렸지만 이러한 현실을 뼈에 사무치게 체득해 왔었던 여자였어. 어머니는 자기를 희생함으로써 기존 질서와 변하지 않는 사회에 절절하게 저항하는 몸짓을 행동으로 옮겼던 여자로 평가해야 옳다고 봐."

연화는 깊숙이 숨을 들여 마셨다. 채워지질 않을 것만 같은 허전함이 갈증을 불러왔다.

"어머니는 부자연스러운 외부적 억압에 저항하였고, 자연스러운 천륜을 저버린 내면적 행위에 대해서 항거의 뜻을 담아내었겠지. 어머니는 내가 말하는 자신을 사랑하는 삶을 살아간 진정한 용기를 가졌던 시대의 여인이라고 생각해. 어머니는 불확실성 속에서 확실성을 찾기 위해서 일찍부터 혜안을 가지고 사랑하는 삶을 살다간 참다운 사랑의 실천자였을 거야."

연화는 본래의 청초한 모습으로 돌아가고 있었다.

"나의 아버지 박완주, 나의 어머니 이혜경도……."

연화는 말끝을 맺지 못했다. 아버지와 어머니가 가졌던 신념 체계를 부정하거나 욕되게 하는 바와 다를 게 없었다. 아버지와 어머니가 시대의 질곡 속에서 시대와 정면으로 맞서기 위하여 단행한 사실들은 아버지나 어머니가 자신을 사랑하는 믿음이 선행한 행위였기 때문에 존중해 주어야 마땅했다. 아버지나 어머니는 자신을 절대적으로 사랑하며 살아왔고 살아가는 이행자였다.

길 위에는 흙먼지와 자갈돌만이 아니라 찌는 더위도 여행자의 가는 길을 따라서 동반자가 되어 주었다. 감자나 고구마를 삶을 때 기를 쓰며 뚜껑을 열고 나오는 수증기와 같은 열기를 내뿜어

숨이 막힐 지경이었으나, 더위는 사람 없는 길 위에서 여행자와 동행하는 소중한 친구였다. 뜨겁게 달아오른 더위가 후끈하게 끼쳐 올라 온몸은 땀으로 범벅이 되었고, 얼굴과 살갗은 번들번들 붉게 익었다.

여행자가 가는 길 위의 길가에는 어김없이 여유롭게 굽이치는 능선을 머리에 인 고만고만한 키의 산들이 끊임없이 이어졌다. 두렁에 아담하게 둘러싸인 보자기만 한 밭들은 넉넉한 산줄기를 타고 내린 어디에나 있었다. 제 몸과 색깔이 다른 붉은 햇볕을 받아 통통하게 살을 올리느라 애를 쓰는 고추며 깻잎이며 콩이며 토란이며 옥수수들이 파란 손짓으로 여행자를 맞아 주었다.

여행자에게 기쁨을 선사하는 이들은 푸르름을 유지하고 제 새끼들을 세상으로 내보내기 위해서 불덩이일망정 제 자리를 떠나지 않고 오로지 제게 주어진 몫만 맘껏 빨아들였다. 작고 순박하지만, 두렁 안에서 벌어지는 향연을 보고 들으면서 세상에 실재하는 생명 있는 존재들에게 경외감이 느껴졌다.

이들을 위한 영양식으로 뿌려 놓은 분뇨 냄새가 후끈후끈 코를 찔러왔다. 하얀 수건으로 머리를 동여매고 콩밭에서 김을 매면서 연신 땀을 훔쳐내는 아낙네의 몸피를 두렁 안의 생명은 말없는 고마움으로 바라보았다.

산자락을 감고 돌아 자리 잡은 키 작은 초가집 대여섯 채 또는 예닐곱 가구가 정겹게 앉은 산골 풍경이 여행자의 고독감을 달래주었다. 길 위를 걷는 여행자의 눈에 익은 소박한 풍경이지만 눈에 잡힐 적마다 가슴을 울먹하게 만드는 아름다운 풍치의 내 나라 내 땅이었다.

길 위에는 연호만의 걸음만 있을 뿐 적요한 침묵이 흘렀다. 뿌연 흙먼지를 풀풀 날리며 오래되어 보이는 트럭 한 대가 털털거리며 연호를 지나치는가 싶더니 길가에 멈추었다.

"학상인갑제라. 어디까지 가슈."

사십 대로 보이는 운전수는 선이 굵은 주름이 잡힌 낯과 햇볕에 그을리어 팔뚝이 거무튀튀하였다. 온갖 신고를 겪으며 고생한 흔적이 역력한 운전수는 다소 퉁명스러웠으나 사람은 좋게 보였다.

"그냥 길 따라서 갑니다."

"에헤, 학상 친구. 이거 도 닦을라고 나선 도사님이신갑소 이. 거 머시냐. 거거, 잉, 도력 높은 시님들 똑 선문답허는거 맹키로 말이 영 싱겁고 알쏭달쏭 허고 그요."

"아닙니다. 우선 말씀부터 낮추어 주십시오. 어르신께 다른 뜻을 두고 말씀드린 게 아니라 정말 길 따라 걸어서 가는 여행 중입니다."

"잉, 그려, 그려. 글면 말은 착 깔아 뿌지더라고. 엥이, 근디 학상 말은 찬물 먹고 헛방구 꾸대끼 개심심허니 꼬독꼬독헌 감칠맛이 안 난다 이 말이시. 글면 학상이 질 따라 가고 있제, 물 짚은 스로 가고 있능가. 그랑께로 어디서보텀 와 갔고 어디까지 간다고 북장단에 소리꾼 창허대끼 착착 아구가 맞게끔 이약을 혀야 찰진 맛이 나될 안 허겄다고. 궁가? 안 궁가?"

운전수는 연호에게 금세 친근감을 느끼게 다가왔다.

"네에, 제가 대학생이라고는 하지만 이제 일 학 년이기 때문에 아직 잘 모르는 게 많습니다. 어르신 기분 언짢게 해 드렸다면 용서하십시오."

"이잉? 학상이 시방 무신 소리럴 허고 근디야. 대학상이라 근가 어쩐가 경우가 발라서 좋긴 헌디, 용서는 무신 용서럴 허고 근당가. 학상 말작시나 질만 따라서 걸어가고 있는 거 뿐인디. 글고 거 학상이 자꼬 어르신 어르신 그랬쌌는디, 귓구녕에 걸려 갖고 안 들어온께로 싹 빼버리드라고. 기냥 아자씨라고 허먼 좋겠구만."

연호는 머쓱하여 머리를 긁적였고, 운전수는 골 깊은 주름이 펴질 만큼 호탕하게 너털웃음을 터뜨렸다.

"네에, 어디 볼 일이 있어서 다녀오시는 길입니까? 바쁘실 텐데, 덥기도 하고 그러니까 이제 그만 가 보시지요."

허리를 접어서 인사를 마친 연호는 땀에 전 배낭끈을 움켜잡고 천천히 발걸음을 움직였다. 남부시장에서 출발하여 한벽루에 앉았다가 전주천을 건너 승암산을 바라보며 시작한 여행이었다. 길 위에는 여행자와 흙먼지와 자갈돌과 더위와 고적감이 동반자였다. 이 다섯은 지향하는 목표는 달랐지만 길 위에서 상호작용하는 정다운 집합체였다. 서로에게 수시로 위로의 말을 건넸고, 위안을 받았다. 얼마만큼 가다가 길잡이 안내판을 만나면 여섯이되어 소리 없는 대화가 길어졌다.

지글지글 끓는 길 위에서 처음으로 만난 사람이자 처음 입을 열어 대화를 나눈 상대였다.

"기냥 가겄다 그 말 아니드라고. 나도 읍내 장에 갔다가 속상혀서 주막으로 가는 질잉게로 쪼매만 가먼 되니께 거그까정만 차 타고 가드라고 이."

태양이 뜨겁게 작열하는 길가에 서 있던 트럭은 겨우 두 사람만 앉게 되어 있는 공간인 데다가 잡동사니까지 널브러져 있다 보니 차 안은 열통이나 다름없었다.

"나가 말이시. 형겊 쪼가리만헌 땅뎅이에다 농새를 짓다 봉게로 하품만 나오제, 배때지는 날이 날마동 골골거린단 말이시. 아니, 아니 배가 말이시. 이거 조카 아들만헌 대학상 헌티 너무 쌍시런 말을 씨부린게로 머시기 허구만. 조깨 이해 잠 혀 주소 이."

"아닙니다, 아저씨. 편하게 말씀하십시오. 저도 친구들 만나면 심한 욕설을 하는데요."

운전수는 흠칫 놀라 흘러내리는 땀을 닦았다. 담배에 불을 붙이더니 볼이 오목하도록 빨아 연기를 들이마셨다. 새끼줄을 연상케 할 만큼 굵은 주름에는 짙은 검정빛의 분노가 묻어서 꿈틀거렸다.

길 위의 허름한 주막은 점심이 한참이나 남았는데도 두 패로 나뉜 칠팔 명의 주객들로 떠들썩하였다. 하나같이 남루한 행색인 그들은 얼큰한 국밥에 해장술로 시작해서 몇 되를 비워냈는지 눈알이 충혈되었거나 게슴츠레 풀려서 취해 보였다.

술청의 벽면과 술판은 파리똥과 기름때에 절어 지저분할 뿐만 이 아니라 바닥도 반질반질 윤기가 돌았다. 막사발을 비우고 털어낸 나머지 술에다가 수시로 쏟아지는 국밥의 국물이 범벅이 되어 지나간 세월의 흔적을 반영하는 듯했다. 윙윙대는 파리 떼들은 술잔에 앉아 주둥이를 내밀고 쪽쪽거렸으나 주객들은 아랑곳하지 않고 손가락으로 저어낸 막걸리를 벌컥벌컥 들이켰다.

"캬아, 술 내앰새 쪼오타아."

아저씨가 들척지근한 뜬 내와 뭉텅이져서 확 끼쳐오는 더위를 몰아내듯 잔뜩 기를 세운 목소리로 길게 뽑았다.

"어여 오시쇼. 요리 쨞아 대는 뜨건 날에 어디서 오신당게라."

설거지하던 주모가 비죽비죽 웃음을 물고 땟국물이 질질 흐르는 치마폭 앞자락에 손을 쓱쓱 비벼대며 술동이로 걸음을 옮겼다.

"그란디 통통허던 금산댁 젖통도 더우 앞에서는 벨 수가 없구만. 복중에 개 불알 쭈우욱 늘어지대끼 축 쳐져 내린거이 영판 맥아리가 없고 꼬락서니가 볼 품이 없구만 그랴."

"하이고, 변사 새살까는 소리 말고 이녁 거그나 단도리 잘 허슈. 글고 말이요. 그만만 허면 다행이겄소. 밑구녕에는 남정네 물이 소복허니 들어차도 끕끕헌게로 깨끔허니 씻쳐내야 헐 복중 더우 아니당게라. 근디 요놈의 땀뎅이가 찔찔 싸댐시로 하루 죙일 밑구녕에 땀뿍 담게 놔 있은게로 귀찮허고 성가시고 그요. 이잉, 그려도 임자가 다 있응께로 변샌이 꺽정헐거이 하나도 없수."

주모는 어느새 술 주전자를 술청에 올려놓으면서 걸쭉한 말솜씨로 넉살을 떨며 술잔을 채웠다.

"워메, 워메. 웬 총각이다냐. 나가 총각을 못 보고 시답잖은 사설을 까불기렸다냐, 어쨌다냐."

늦게서야 연호를 보았는지 주모는 한 손으로 입을 가리는 시능을 해 보이고는 다른 손으로 치맛자락을 추스르며 의자를 끌어다가 앉았다.

풍물 판에 꽹과리, 징, 북, 장구가 어우러져 흥겨운 잔치 마당이 펼쳐지듯이 길 위의 어디든 사람 사는 세상은 말과 행동이 마주치고 행동과 말이 엇갈리면서 인정이 쌓이고, 사람 사는 세상을 구수하고 넉넉하게 살아가도록 하는가 보았다.

주객들의 술판은 거의 음담패설로 옮겨졌다. 그러다 보면 짓궂게 꺼내 풀어 가는 말장난은 자연스럽게 주모의 신체와 비교하거나 얄궂게 음부까지 더듬었다. 주모는 주객들의 세련된 언어의 유희와는 별개로 악의적이고 천박한 언어 구사나 행동을 저지르는 취객들에게서는 진저리 쳐지고 넌더리가 났다.

주객이 술꾼이라면 주모는 장사꾼이었다. 장사꾼의 꾼은 전문 직업인이었다. 십 원짜리 한 장을 허리춤에 찬 전대에 넣기 위해서 남정네들이 퍼붓는 욕지거리도 받아 주어야 했고, 속곳을 파고드는 손등도 밀어내야 했다. 매출을 올리기 위해서 외상을 준 주객이 딴전을 부리면 멱살잡이라도 마다하지 않았다.

장사꾼은 장인이었다. 술맛을 돋우기 위해서 제철에 맞는 밑반찬을 맛깔나게 준비해 술탁에 올려놓아야 했다. 그 중에도 주객들의 술맛을 좌우할 국밥을 말아내는 기술은 단순한 기술이 아니라 예술과도 같았다. 장인이라는 게 무형물을 유형물로 만드는 사람만을 가리키는 습속은 속 짧은 사람들의 생각이었다. 밑반찬과 국밥이라는 정성과 주막을 찾은 주객들을 위한 분위기 전환이 제때 맞아떨어지게 만들어야 하는 고급한 장인이었다.

"그랑께로 나가 손끝을 야물딱지게 놀려감스로 음석 뒷맛얼 막음혀야 허고, 허리 꾸부려감서 한 번이라또 더 울거진 국물을 뒤적기리야 지대로 된 국밥이 만들어진다 이 말이요. 허고 말이요. 에비 달구 새끼가 앞장스고 에미 달구 새끼럴 뒤 따르게 헌 다음 삥아리덜얼 쫄쫄 한 줄로 세와서 다정시럽게 델꼬 마실얼 안 나가등가요. 그란 다음 에비 달구 새끼가 지 발꾸락으로 땅을 뒤집어 파 놓고 먹을게 뵈이기만 혔다 허먼 아가리로 제까닥 삥아리덜 먹기 좋겠시리 짤게 뿌시덜 안 허등게라. 글먼 에미 달구 새끼가 새시로 빠수어 놓고 삥아리덜헌티 꼬꼬꼬 무신 신호럴 보내먼 삥아리덜이 쪼르르 달게와서 풀 잎새기보담 에린 깜찍헌 입이로 아베, 어메가 맹글어 놓은 먹이럴 맛나게 먹덜 안 헙디여."

주모는 들고 있던 파리채로 분주히 맴돌이하다가 날개를 접어 술청에 앉아 뒷다리를 까불거리는 파리 한 마리를 찰싹 내리쳤다. 정통으로 맞은 파리는 으깨어졌는데도 뒷다리는 꼬물거리며 바둥거렸다.

"나가 에비, 에미 달구 새끼맹키로 두 노릇얼 혀야만 우리 집얼 찾어 온 손님덜이 술맛나게 먹음스로 오늘 젂었던 시상의 시름 꺽정을 딱허니 떨쳐냄서 잊어뿔고, 니얄 또 심지게 일얼 허덜 않컸소."

주모는 말을 마치고 아까와는 달리 젖무덤에 붙어서 더듬이를 날름대는 파리를 본체만체 무시하고 막걸리를 휘휘 저어 목울대 너머로 밀어 넣었다.

"나가 대학상 앞에서 문자 써 번졌는갑네 이. 자, 나 술 한 잔받더라고요 잉."

주모는 사람들이 자신의 직업을 천시하는 경향이 있다면서 사람 사는 세상의 더럽혀진 밑바닥을 닦아내고 상처 난 마음을 어루만져 주고 얼크러져 난잡한 인간관계를 정리하는 자신과 같은 장인들이 주춧돌을 놓고 있다는 사실을 잊지 말아 달라고 당부했다. 대학교를 졸업하고 사회인이 되어서 세상을 경영하게 되면 세상 사람들이 하찮게 여기는 어떤 분야든 다 장인들이 건재한다는 점도 명심해 주었으면 좋겠다는 부탁까지 곁들였다.

폭넓은 인생 경험을 하였고, 산전수전 다 겪은 이력이 생생하게 묻어 나오는 주모는 문턱을 넘어오는 다른 주객을 맞으려고 자리에서 일어났다.

"총각, 아적까정은 내 살꽃도 시들지 않았다우."

주모는 야릇한 눈길을 연호에게 보내고는 풍성한 엉덩이를 발박자에 맞추어 사분사분 움직이며 술동이로 걸음을 옮겼다.

연호는 주모가 따라 준 술맛보다 길 위의 주막 분위기에 취하기 위해서 막걸릿잔을 들어 올렸다.

아저씨는 오늘이 읍내 장날이라서 짙은 녹색 껍질의 머리통만 한 수박 삼 십여 개를 덩굴에서 따냈다. 길쭉하게 뻗어내린 자드락에 밭을 일구어 온지라 난생처음 장에 직접 나가서 팔아 보기로 작정해 왔던 터수였다. 얼마 되지 않은 농토에서 농사만 지어 왔던 아저씨는 고생 끝에 낙이라고 작년에 오십여 평 정도의 밭을 살 수 있었다.

아저씨는 처음으로 밭에다 씨앗을 심는데, 재배 작물을 무얼로 할까 고심했다. 어린 시절 수박을 먹는 자기를 쳐다본다는 이유로 빈정거리고 악담을 퍼붓던 일본 아이 나카노가 떠 올랐다. 그때 생각을 하자 부르르 치가 떨렸다. 그래도 수박을 심기로 했다.

처음 해보는 수박 농사였기에 퇴비와 닭똥 같은 밑거름으로 흙갈이를 하여 밭을 만드는 것에서부터 씨뿌리기, 싹 솎아주기, 웃거름 주기, 수확하기 등을 마을 어른이나 친구 또는 후배에게 묻고 보고 실습하였다. 아저씨는 수박을 재배하는 동안에도 농사란 척박한 땅에 씨앗을 뿌려 그곳에서 자란 수확물을 얻어내는 인간의 창조적 예술과도 같다는 생각을 했다. 그뿐 아니라 농사를 짓는 농부는 여러 방면에 걸친 전문가여야만 했다.

농부는 잠자리에서 일어나면 먼저 문을 열어 새벽 여명이 밝아오는 동쪽 하늘부터 바라보았다. 첫새벽의 땅 위를 덮고 흐르는 기운을 맛보았다. 촉수를 세우고 몸에 와 닿는 온도를 감지하였다. 담배 연기를 뿜어내며 구름의 모양이나 색깔을 살폈다. 바람의 세기나 이동 방향을 가늠해 보았다. 바람에 묻어 있는 습기를 손가락으로 비벼서 습도의 정도를 알아보았다. 축사의 가축 울음소리와 분변 냄새를 맡았다. 담배 한 대 물고 반나마 타들어가는 짬 사이에 하루의 기상 상태를 판단했다. 반복되는 농부의 일상적인 감각의 자료로 오늘 해야 할 농사 일정을 조정하는 기상관측자였다.

농부는 끊임없이 쌀, 보리, 밀, 좁쌀, 수수, 콩, 옥수수와 대화를 나누었다. 사람을 괴롭게 만드는 해충들이 있듯이 움직이지 못하는 농작물을 집요하게 공격하는 메뚜기, 노린재, 벼멸구, 나방, 진딧물, 응애에게 어떤 시달림을 받고 있는지 묻고 귀를 열고 들었다. 쭉정이나 잡것만 남기고 알갱이를 생산하지 못하는 농작물을 보면 안타까웠다. 그들을 살피고 치료해 주었다면 토실토실 살진 낱알들로 성장했을 터였다. 시름시름 앓다가 시들거나 비틀어지거나 바닥에 배를 깔고 누워버린 채소들을 볼 적마다 가슴이 저미어 들었다. 더 묻고 더 듣고 더 살펴서 튼실하게 생육하도록 보살펴 주어야 하는 상담사이자 의사였다.

농부는 사람의 분뇨도 삭이고 썩혀 천연 비료로 가공하였고, 풀과 짚과 가축의 분변으로 퇴비를 만들어 쌓아 놓았다가 때가 되면 밭으로 져 나르는 제조업자였다.

농부는 용도별로 달리 사용하는 농기구를 수리하는 능수능란한 기술자이기도 했다.

농부는 철저하게 장인 정신으로 무장한 꾼이었다.

"농새꾼이 맹무식허다고 아무짝에도 쓸모가 없넌거넌 아니제 만 요리 뜨건 날 불뎅이 담과 논 화로나 한가지는 아닌 게 분명혀."

아저씨는 길 위에서 차를 세워 연호를 태우면서 걷잡을 수 없을 만큼 사로잡혀 있던 분노는 말끔히 가셔져 보였다. 아저씨가 주막의 문턱을 넘으면서 주모와 주고받던 노골적인 육담과 막걸리 한 사발을 목울대가 출렁출렁 움직일 만큼 벌컥거리는 순간 억울하고 원통한 심정이 사라졌는지 몰랐다. 아저씨는 마음이 옹졸하고 유치하지 않았다. 세상을 살아가는 처세도 꾼 다운 장인이었다. 불편한 관계에 처한 타인과 영원히 남으로 돌아서는 인간 세계에 대한 장인 정신에 기인한 너그러운 용서로 보였다.

미움과 화해는 그렇게 만나서 함께 달려갔다. 아저씨는 삶이란, 나그네가 길 위의 흙과 자갈돌과 만났다가 헤어지고 또 다른 흙이나 자갈돌을 만나는 것과 같다는 참된 이치를 깨닫게 해 주고 있었다.

아저씨가 트럭에 수박 삼십여 통을 싣고 읍내 장터에 도착한 시간은 그리 이른 편이 아니었다. 벌써 장터에는 골골에서 걸음을 한 사람들로 북적거렸다. 아저씨도 생활에 필요한 이런저런 물건들을 사기 위해서 장터를 찾은 경우가 더러 있었으나 손수 농사지은 재배 작물 그것도 밭작물을 팔기 위해서 장터를 걸음 하리라고 꿈속에서조차 생각한 적이 없었다.

아저씨는 수박을 팔 수 있을 만한 맞춤한 장소가 어디 없나 목을 길게 뽑아서 장터 여기저기를 기웃거렸다. 장터는 아낙네들이 머리에 보따리를 이고 온 다양한 용품들과 장꾼들이 등에 짐을 지고 온 물건으로 난전을 꾸리며 자리 잡기 시작하는 수효가 점점 늘어나면서 구색을 갖추어 나갔다. 장터는 폭염에도 아랑곳하지 않고 장터를 찾은 사람들이 잔칫집 마당처럼 출렁거리며 흥청댔다. 어제 먹은 술에 해장이 지나쳤는지 볼썽사나운 주정꾼의 술 취한 욕설이 거칠게 장터를 떠돌았다.

난전에 좌판이 거의 들어차 가고 있는데도 장터나 장꾼들의 묵계적 상행위를 알지 못하는 아저씨는 마땅한 자리를 잡지 못하고 거푸 담배만 빨아 댔다. 담배를 막 끄려던 참인데, 엿장수의 가위 소리가 나더니 펑 하면서 귓볼을 흔드는 튀밥 튀기는 소리가 들려왔다. 아저씨는 고소한 강냉이 튀밥 맛에 팽팽하게 눈을 모았다. 튀밥 집에서 왼쪽으로 돌아가는 과자를 얹은 좌판 옆에 포장을 치기 위해서 박힌 막대 여러 개가 눈에 들어왔다. 막대는 이제 막 떠오르는 햇빛을 받아서 장터 바닥에 그림자만 드리우고 있을 뿐 아직 포장을 두르지 않고 있었다.

아저씨는 텅 빈 공간을 곁눈질해 보면서 틀림없이 장꾼에게 개인적인 사정이 생겨서 천막을 치지 못하는 것으로 추측했다. 더군다나 구석지기는 했지만 줄지어 선 천막들의 맨 가장자리여서 주위의 이목을 덜 의식할 수 있으리라 싶었다.

아저씨는 묵직하게 달려드는 부담감을 털어내고 수박을 하나 둘씩 포개어 쌓아 갔다. 삼 십여 통의 수박이 소복한 모양새를 갖추자 든든하고 탄탄하게 구축된 견고한 성처럼 보여 흐뭇하고 넉넉한 기분이어서 좋았다. 금세 팔릴거라는 기대감이 쪽빛으로 갠 맑은 하늘과 같았다.

목에 걸쳤던 수건으로 줄줄 흐르는 땀을 닦고 있을 때였다. 제법 우람한 덩치에다 생긴 것부터가 험상궂고 우락부락한 데다가 표독스러움이 가득 감겨 있는 사내가 찢어진 눈꼬리를 치켜세우더니 아저씨를 한참이나 꼬나 보았다. 사내는 대뜸 욕지거리를 내뱉더니 땅에 박혀 있던 막대기 하나를 뽑아 들고서 냅다 수박 무더기를 발길질로 서너 번 걷어차더니 나뒹구는 수박을 사정없이 두들겨 패기 시작했다.

"씨팔 눔, 여그가 워디라고 수박을 쟁여 논거여. 좆 겉은 새끼야."

186

그의 아내인 듯한 중년 여인이 사내의 발길질과 막대기질에 맞추어 손바닥을 짝짝 때리며 파란 눈을 켜고 째려보았다.

아저씨는 다짜고짜 들이닥쳐 행패를 부리는 사내의 난동에 아연실색하였다. 아저씨의 노기 띤 얼굴이 붉으락푸르락 달아올랐다. 아저씨의 눈앞에 수박을 재배하기로 하던 때와 마찬가지로 눈앞에 어린 시절 일본 아이 나카노가 사내와 겹쳐졌다. 아저씨가 사내의 복부를 걷어찬 것은 삽시간의 일이었다.

아저씨는 몇 대를 이어서 굶주리고 고단하게 살아왔던 소작농 집안의 아들이었다. 부모의 소작을 무슨 업보처럼 내리 물림으로 짊어진 소작이란 멍에는 그야말로 마소와 다를 바가 없는 처참한 생활이었다. 거기에다 딸린 입이 많아서 헐벗음이야 그렇다 하더라도 당장 배가 꼬이고 뒤틀리면서 속을 긁어대는 굶주림의 고통은 차라리 살아 있다는 게 죄악을 짓지 않고 무간지옥에 떨어진 죄인이나 다름이 없었다.

소작농들은 끝없이 끓어 오르는 지주에 대한 원망스러움이 가슴 깊숙이 또아리를 틀고 풀어지질 않았다. 정당한 노동의 대가를 요구하는 행위는 어리석은 정도가 아니었다. 아예 소작이란 무기는 비수보다 날카로워서 노동에 대한 일정한 몫을 간청하려는 기미만 보였다 하면 곧바로 밥줄을 끊고 그도 부족해서 목까지 찌르겠다고 덤벼들었다.

소작농들은 투입되는 노동의 양만큼 저울의 기울기가 수평이기를 아예 기대하지 않았다. 그렇다면 저울의 기울기를 소작농에게 약간 쏠리게 함으로써 지주가 빌려준 농토에 대한 보상은 충분하리라 싶었다. 그런데 대부분의, 지주들은 저울의 한쪽이 거의 땅바닥에 닿을 정도가 돼야 흡족해하며 다음 해의 소작을 보장해 준다며 선심 쓰듯 제시해 왔다. 저울의 기울기에다 지주의 대소사를 챙겨야 하는 소작농들은 주린 배를 다스리기도 힘든 형편에 저축하여 자작농으로 가는 길을 염두에 둘 수가 없었다. 소작농은 합당한 대가를 받지 못하는 증오가 칡덩굴처럼 친친 감겨 심리적 부담과 경제적 궁핍을 부채질하여 굶주림을 더욱 가중시켰다.

소작은 천벌과 같아서 대를 이을 수밖에 없었다. 가난이 자랑이 될 수도 없었지만 그렇다고 흉 거리도 아니었다. 살림이 도토리 키만큼이나 고만고만했지만, 너도나도 이웃을 살폈다. 끼니때가 되었는데도 담 넘어 근처 굴뚝에 연기가 나지 않으면 보리죽 한 그릇 들고 사립을 열었다. 이부자리 말고는 아무것도 없는 방안이나 솥 하나 덩그렇게 걸려 있는 부엌을 둘러보며 아프거나 굶는 건 아닌지 애를 태우며 종종걸음을 쳤다. 그들도 한참 꽃처럼 피어야 할 나이로 보였지만 잔주름이 가득했고 얼굴이 부석부석했고 마른버짐이 하얗게 피어 있는 마을의 촌부들이었다.

연호는 잠시 말을 멈추고 쌀뜨물처럼 가라앉은 막걸리를 손가락으로 휘젓는 아저씨를 물끄러미 바라보았다. 아저씨의 얼굴은 아까 평온을 찾았던 때와는 달리 유년 시절을 회상하자 굵다란 주름에 솟아오른 콩알만 한 땀방울에 색깔이 다른 회한이 묻어나왔다.

아직도 보릿고개가 태산보다 높다는 한탄이 기세를 늦추지 않고 사람 사는 세상의 움직임을 전하고 있었다. 연탄가스 중독으로 일가족이 사망했다는 산동네 소식이 심심찮게 들려왔고 기아와 궁핍에 시달리는 계층이 많다는 심각한 걱정이 사방에서 날마다 돌아다녔다. 연호가 길 위를 걷는 지금도 그랬다.

그전이라고 쌀밥 한 그릇 제대로 먹어 본 적이 없는 소작농들이었다. 더군다나 백성들을 보살펴 주어야 하는 주체가 사라져 버리고 타국의 지배를 받는 현재 상황은 정확한 영문도 모른 채 신음만 내뱉어야 하는 세상이었다. 거기에다 외지인 일본인이 이 땅에 발을 붙이면서 백성들의 삶은 더 비참해졌다. 백성들은 세상 통속을 도대체 알 수가 없었다.

아저씨가 아홉 살 되던 해였다. 푹푹 찌는 더위가 한창일 무렵 허기진 배를 달래며 소년의 키와 비슷한 지게를 지고 고샅을 빠져나왔다. 산에 가서 나무를 한 짐을 해 올 요량이었다. 소년은 휘청거리는 두 다리에 힘을 모으려고 안간힘을 쓰며 지게막대기를 잡은 팔을 허우적거렸다. 골짜기를 따라서 칠 부 능선쯤 손길이 덜 간 남산에 오르려면 일본인들의 가옥이 예닐곱 채 들어앉은 들판을 지나가야만 했다.

뱃속은 쓰리고 아렸지만, 불덩이를 삼키며 몸집을 키워가는 들녘의 볏 잎들이 대견스러웠다. 탁 트인 푸른 벌판에는 바람 한 점 없었다. 멀리서 보면 아이들 키만 한 벼는 살짝 휜 잎사귀들이 서로서로 어깨를 맞대고 빼곡하게 들어차서 움직일 틈도 없어 보였다. 그런데 벼잎들은 미풍만 불어도 살랑살랑 남실거렸고, 너울대는 모습이 새색시 허리를 타고 내려간 치맛자락이 나부끼는 것처럼 부드러웠다. 부끄러워 고개 숙인 감나무 집 누님의 뺨처럼 곱게 보였다.

소년은 죽이라도 끓이지 못하는 날이면 푸른 벌판에 나와서 고운 물결이듯 살랑거리는 벼 잎을 바라보는 것만으로 허기진 속을 채우곤 했었다.

"근디 느그들은 부자들 입으로 들어간게로 불쌍도 허고 밉기도 허고 근다."

소년은 푸른 벌판을 바라보며 혼잣소리로 푸념을 늘어 놓았다.

소년이 쓰린 속을 쥐어 잡고 터벅거리며 푸른 벌판을 벗어날 때쯤 일본인 거주 지역에서 소년 정도의 나이로 보이는 일본 아이가 걸어 나왔다. 일본 아이는 삐질삐질 흘리는 땀을 닦아내며 손에 든 수박을 게걸스럽게 배어 물었다. 소년의 꾀죄죄한 입성이나 형편없는 몰골이 더럽다는 듯 비웃음 가득 담긴 눈으로 째려보았다.

"조센징, 불결한 거지 새끼."

"머시야. 니 다시 한분 말혀봐라."

"조센징, 돼지보다 더러운 새에끼."

일본 아이의 입이 닫히기도 전에 지게를 벗어 던진 소년은 일본 아이의 복부를 걷어차 버렸다. 순식간에 벌어진 일이었다. 주먹으로 일본 아이의 면상을 쳐서 코피를 낸다든지, 머리로 턱주가리를 으스러지게 치받아 버린다든지, 손에 쥐고 있던 지게막대기로 대갈통을 후려칠 수도 있었는데, 왜 하필 복부를 정통으로 겨냥하여 내질렀는지 소년도 몰랐다.

소년은 죽도 제대로 못 먹어 다리가 후들거려 걸음을 겨우 뗄 정도로 기력이 쇠잔하였다. 소년이 일시적으로 화가 치밀어 모아진 힘이 일본 아이의 신체 중심 부분을 정확히 가격하여 단방에 쓰러뜨리는 폭발력이 어디서 나왔는지 참으로 이해하기 어려운 일이 아닐 수 없었다.

　소년은 이미 푸른 벌판을 걸어오면서 일본인 촌에서 이쪽 길을 향하여 걸어오는 수박을 손에 든 일본 아이를 보았을 터였다. 소년에게 일본인 지주 아들이라는 극도의 혐오감이 끓어 올랐을 것이다. 또한, 시비를 걸어 올 것에 대비하여 급소는 아닐지라도 일본 아이에게 타격을 가하겠다는 의식이 잠재하였음이 분명하였다. 그렇지 않다면 애초부터 일본 아이의 낭심을 겨누고 거꾸러뜨리겠다는 확실한 목적을 가지고 맞닥뜨리기를 바랐는지도 몰랐다.

　사타구니를 차인 일본 아이는 ‘억’ 소리와 함께 그 자리에 거꾸러졌다. 두 손으로 급소를 움켜쥔 일본 아이는 데굴데굴 굴렀다.

　“아이고, 아이고, 나 죽네. 엄마, 엄마. 사람 살려.”

　소동은 바로 뒤이어 또 일어났다. 일본인 촌을 향하여 길길이 소리를 지르면서 발버둥 치던 일본 아이는 푸른 벌판 길가 두렁을 타고 구르더니 논바닥에 거꾸로 쑤셔 박혔다.

　푸른 벼 잎들이 몸부림치는 순간 소년의 머릿속에서 친구에게 들었던 말이 번뜩 떠 올랐다. 일본인과 스치기만 해도 신고를 겪는다는 것이었다. 소년의 등줄기에 인두로 지지는 듯한 전율이 흘렀다. 공포감도 엄습해 왔다. 소년은 목적지를 정하지 않고 줄

행랑을 놓았다.

"나가 해방이 되자마자 고향얼 달려가지 않았더라고. 고향언 변한거이 없더만."

"아버님과 어머님은 무고하시든가요?"

연호가 먼저 궁금증을 참지 못하고, 미간을 찌푸리며 굳은 안색으로 막걸릿잔을 들어 올리는 아저씨에게 물었다.

"아부지, 어무이는 죽었어. 주재소로 낄레가서 매 맞고 고문받고 허다가 죽었어. 나가 뜀박질험서 고향얼 찾어 갈 적이는 아부지 어무이가 설마 죽기나 혔을라디야 생각허고 갔지 않았겠는가. 근디 마을 사람덜이 허넌 말이 원통시럽게 죽어 부렀다넌거여. 일본 순사놈덜헌티 직살나게 매 맞고 험상시런 고문 당헌 뒤탈로 말이여."

아저씨의 굳었던 얼굴은 까맣게 그을린 낯빛보다 더 어두워지더니 끝내 포도알만 한 울음 덩이를 막걸리에 실어서 사무친 원한과 증오의 가슴 속 깊이 밀어 넣었다.

한 개인의 의지가 현실의 부조리를 저항 형태로 표출할 때, 거기에는 피할 수 없는 운명이 내재 되어 있었다. 운명이라는 실체를 받아들인다면 나라가 파탄 날 운명에 처한 상황이었음에도 그것이 운명이라고 자학한 사람들에 의해서 한 개인과 개인의 가정은 절망적인 운명에 처했다고 보아야 옳았다.

연화는 지난 오 월 남부시장 근처에 있는 찻집에서 낮은 목소리였지만 다부지게 말했다.

"나는 숙명적이고 결정론적인 세계관을 강조하는 건 일원적인 사고체계를 강요받고 있다고 보아. 세계는 불변하는 것이 아니라 변화하고 있다는 세계관으로 인식의 지평을 넓혀야 한다는 게 내 생각이야. 하늘 세계와 땅의 기운은 물레방아처럼 계속 돈다고 믿고 있어. 그래서 우린 하늘과 땅이라는 두 개의 세계를 순환하는 대상으로 바라봄으로써 숙명이나 불변하는 결정론적인 고정된 의식을 버려야 한다고 생각해. 이것은 나의 운명이 아니라 우연적인 사건의 연속성에서 치열하게 싸우는 개인의 의지만 있을 뿐이라는 자발성 말이야."

길 위에 있는 세계는 개인의 의지와 운명, 운명과 개인의 의지가 처절한 싸움을 벌이는 현장이었다.

흐릿하게 색이 바랜 나주 읍이라고 쓰인 안내판에 보랏빛으로 변해 가는 서편 하늘의 노을이 비쳤다.

길 위에서 만난 가옥들은 거의 초가집이었다. 초가는 여행자에게 뭉쳐져 있는 피로를 풀어 주는 내 집이나 다를 바가 없었다. 어느 초가든 대문은 열려 있어서 다소곳이 인사하면 그로 족했다. 초가들은 크든 작든 싫어하는 내색을 보이거나 귀찮아하는 표정 없이 나그네를 무척 반갑게 맞아들였다. 길 위의 초가에서 마시는 물 한 사발은 세상의 어떤 맛과 견줄 수 없는 감로수였고, 세상의 어떤 약과 비교할 수 없는 약수였다.

해 질 무렵 방문하는 길 위의 초가들은 물을 청하든 밥을 청하든 오늘 밤 잠자리를 걱정하면서 방 하나가 비어 있으니 자고 가라며 손을 꼭 붙잡았다. 초가의 인심은 집을 나서는 나그네가 극구 사양해도 십 원짜리 한 장을 꼬깃꼬깃 접어서 주머니에 넣어 주었다. 채마밭의 고추나 깻잎을 길 위에서 먹으라며 고추장에 김치까지 더해서 배낭에 넣었다. 초가마다 감미롭고 부드러운 사랑의 밀어가 소곤거렸다.

길 위의 인심은 맑은 샘물처럼 넘쳐흘렀다. 오늘은 초가에서 하룻밤 머물기로 했다. 큰길에 접한 골목 안쪽에서 저녁 짓는 연기가 보랏빛으로 물들여져 피어올랐다. 골목 안쪽으로 몇 걸음 더 옮겼다. 대문이 활짝 열려 있는 첫 초가로 들어갔다.

"안녕하세요."

여느 초가와는 다르게 온기가 돌지 않는 듯했다. 마당 여기저기에 녹이 슬어 보이는 농기구나 잡동사니 가재도구들까지 어수선하게 널려 있어서 마당과 초가는 산만하게 보였다.

"길 가던 학생입니다. 오늘 하룻밤 자고 갔으면 합니다."

"예, 누구세요?"

연호가 용무를 밝히며 재차 소리를 높이자 잠을 깼는지 가느다란 소녀의 목소리와 기척이 들려왔다. 소녀는 머리와 옷매무새가 부스스하였다. 저녁노을을 조명 삼아서 평상이나 마루에 놓인 밥상에 둘러앉아 도란도란 이야기를 나누며 저녁 식사를 해야 하는 시간의 풍경과는 사뭇 달랐다. 뒤이어 중학생으로 보이는 아이가 마당으로 나왔다.

"어머님은 어디 가셨어요?"

"아랫마을에 볼 일이 생기갖고 가셨구만요."

"그럼 언제쯤 오실까?"

"그건 잘 모르겠구만요."

"저녁밥 먹을 시간인데 저녁은 어쩌지?"

"이따가 엄마 오면 먹고 안 오면 기냥 대강 먹을라느만요."

학생의 말투로 보아서 꽤 오래전부터 일상화된 듯한 느낌을 주었다. 우울하면서 의기소침하여 제법 큰 체구임에도 어깨를 잔뜩 움츠려 왜소하다는 인상을 풍겼다.

"그럼 다른 집으로 가봐야겠어. 학생 잘 있어."

연호는 신경을 곤두세우고 학생을 지켜보며 빠른 결정을 내렸다.

"아니구만요. 저희 집에 오신 손심인데 기냥 가시면 저나 저 동생의 도리가 아닌디요. 그리고 쪼끔 있으면 엄마가 오실란지도 모른게요."

학생은 진심으로 난색을 보이며 연호가 뒤돌아서려는 발길을 잡았다.

"그럼 어머님이 이른 시간 안에 오실지도 모르니까 조금 더 기다려볼까?"

"고렇게 해 주세요. 그래야만 저희들 마음도 편하지요."

소년은 읍내 중학교 이 학년으로 통학을 하였고, 소녀는 국민학교 오 학년 재학 중이었다.

소년의 아버지 양 씨는 6·25 전쟁이 한창이던 1952년 1월에 징집되어 전선으로 나갔다. 소년이 세상에 나오는 울음소리를 듣지 못하고 집을 떠났다. 소년의 어머니 채 씨는 전쟁터로 떠나는 남편 앞에서 눈물을 감추려고 뱃속에서 발로 톡톡 차는 아기를 애틋한 감정으로 쓰다듬으며 남편을 떠나보내야만 했다. 아녀자가 함부로 훌쩍훌쩍 눈물 바람을 한다면 사지나 다름없는 전쟁터에서 남편에게 변괴가 생기고 액운이 낄지도 모른다는 걱정과 염려 때문이었다. 채 씨는 자꾸 태동하는 아기를 생각해서라도 살아서 돌아오기를 바란다는 울음 덩이에 섞인 속말을 목젖까지 끌어 올렸다가 삼키고 말았다.

양 씨는 전쟁의 와중에 죽음은 멀리 있는 게 아니라 바로 눈앞에 있다는 사실을 수없이 목격했다. 죽음은 눈 깜짝할 사이에 다가왔다가 주검만 남겨 놓고 사라졌다. 바위를 엄폐 삼아서 파 놓은 참호에 수류탄이 떨어졌다. 양 씨보다는 조 상병 가까이 떨어진 수류탄으로 조 상병은 붉은 피를 쏟아내며 으깨졌고 양 씨는 파편으로 손목이 떨어져 나갔다. 양 씨는 죽음은 피할 수 있었으나 수술 끝에 팔을 절단하고 제대했다.

양 씨는 귀향하여 한쪽 팔이 없는 신체장애에도 불구하고 난관에 흔들리지 않고 고난을 극복했다. 워낙 천성이 부지런한 데다가 몸이 불편하다는 이유로 천대하고 무시할지도 모르는 사람들에게 대등하다는 것을 보여주기 위해서라도 몸이 성한 사람 두 몫의 일을 해냈다.

누가 보아도 억척스러웠다. 땀을 두 배로 흘려 허리가 반으로 접혔다. 모진 고생을 꿋꿋이 이겨 낸 결과로 곳간을 조금씩 늘려 나갔으며 논 마지기도 사들였고 밭두렁도 쌓아 올렸다.

아랫마을에 홍가라는 읍사무소 서기가 살았다. 일제시대부터 이런저런 못된 짓거리를 일삼아 마을 사람들에게 원성의 대상이 되어 왔던 인물이었다. 홍가는 해방을 맞아 밥줄이 끊어지는가 싶더니 수완 좋게 자리를 이어나갔다.

쫓겨나갈 듯하다가 다시 서기 자리를 꿰차고 앉은 홍가는 해방 정국에서 갑자기 극렬적인 반공주의자가 되었다. 공산주의 물을 한 모금이라도 마신 자들은 이 잡듯 잡아내야 한다고 공공연하게 떠들어댔다.

홍가는 읍내에서 하던 짓거리를 마을에 들어와서도 누가 빨갱이와 내통하고 있는지 다 알고 있다면서 나발을 불고 다녔다. 그놈은 나라를 두 동강 낼 인간말종이라면서 게거품을 물고 술주정뱅이처럼 상스럽게 욕설을 내뱉었다.

"호로 자석일세. 어쩌크롬 저런 요상시런 넘이 우리 마실에 사까 잉."

"저런 날벼락 맞고 뒈질 넘이 있으까. 하필허고 요리 수상시런 시국에 지랄발광얼 떨고 그런디야."

"쥐새끼 때레 잡는거 맹키로 대갈머리럴 바숴버릴 넘 아니까이."

"비얌이 깨구락지 멕디끼 콱 씹어 생겨서 먹얼 넘 아니더라고."

"아닐씨. 똥통에 빠처갖고 구데기 밥얼 맨덜 넘일씨."

"읍네 서기면 우리 마실얼 단도리 험서 무신 일이 인나면 지케 줘야 헐 넘이 되레 분란질이 머시여. 참말로 자근자근 짓밟아 으깨서 쥑일 바쿠벌레 같언 넘일씨."

마을 어른들은 하나같이 홍가의 방약무인하는 언행에 입을 모아 쑤군대며 혀를 찼다.

거기다 홍가는 주색잡기에 이골이 나 있던 인물이었다. 홍가는 일제시대 읍사무소 서기때부터 행정 사무와 관련하여 자주 구설에 올랐다. 서기라는 공적 지위를 이용해서 부정한 수단으로 재물을 긁어모은다는 소문은 사무소 내부에서는 쉬쉬하며 은밀하게 움직였고 주변에서는 공공연하게 돌아다녔다.

홍가는 딱히 물려받은 재산이 없음에도 서기 월급으로는 충당하기 어려울 정도로 기생집 출입이 잦았다. 홍가는 취기가 돌고 주흥이 무르익어 가면 기생 속곳으로 듬뿍 돈을 집어넣어 살을 비비며 밤을 새웠다. 해가 뜨고 난 뒤 푸석하고 누렇게 들뜬 얼굴로 살에 괸 땀을 닦으며 기생이 나긋나긋하게 배웅하는 홍가를 보았다는 사람도 있었다. 그중에는 새벽에 눈을 비비고 막노동으로 일하는 막일꾼들이나 장꾼들도 있었는데, 공직자가 밤을 새우고 기생집에서 나오는 장면이 나라 잃은 설움만큼 아프게 가슴을 찔렀다.

고위 공복은 나라를 팔아먹고, 하위 공인은 그 치욕도 모른 채 제 뱃속에 기름때를 씌우는 행태가 이들의 기를 꺾게 만들곤 했다.

한번은 홍가가 읍내 처녀를 겁간한 사건이 발생하였다. 확인할 수는 없지만, 홍가는 정작 피해자인 처녀나 처녀의 집은 사건을 감추기에 급급했기 때문에 별반 신경을 쓰지 않아도 되었다. 그런데 피해 당사자가 아닌 다른 인물들에게 목이 달아날 뻔한 서기 자리를 지키느라 거금을 들여서 유야무야 덮어 버렸다. 이 사람 저 사람 입을 봉하기 위해서 제법 많은 돈을 풀었을 텐데, 이 돈도 다 홍가가 뒷돈을 받아서 축재한 돈이 아니면 어디에서 그만한 돈이 나왔겠느냐는 꽤 그럴듯한 추측들이 읍내 사람들의 입을 건너다녔다.

이내 읍내의 소문은 바람 따라 입을 타고 홍가의 마을에까지 전해졌다. 홍가의 몰상식하고 파렴치한 작태가 쌓이면서 마을 사람들의 눈총질과 따끔하게 쏟아내는 야유는 자연스레 홍가 아내의 귀에 들어가기 시작했다. 홍가의 아내는 홍가를 지켜보면서 남편의 개과천선을 기대하였으나 오히려 더 흉흉한 입소리만 높아질 뿐이었다. 낯부끄럽고 꾸짖는 손가락질을 참다못한 홍가의 아내는 결국 짐을 싸서 홍가의 귀가가 늦은 날 집을 떠나 버렸다.

홍가는 그러거나 말거나 아내의 가출 따위는 아랑곳하지 않았다. 홍가는 외견상 괜찮은 것처럼 보였으나 실상은 가슴앓이하는지 이전보다 말과 행실이 더욱 고약해져서 마을 사람들도 냉가슴만 앓고 특별히 손을 쓸 수 없는 골치가 아픈 존재였다.

해방 정국과 남한만의 단독정부 수립 과정에서 극우적 성향으로 원성을 높이 샀던 홍가는 전쟁이 발발하면서 갑자기 입을 다물었다. 홍가는 전쟁 개시 초기부터 아군과 적군이 밀리고 밀어올린다는 전황을 드문드문 접했다. 여느 때와는 달리 사무소를 비우지 않고 전선에서 날아오는 경과를 예의주시하면서 몸을 사렸다. 입을 함부로 나불대거나 방자하게 굴었다가는 어느 쪽 총알받이가 될지 모르는 최악의 사태에 대비하자는 보신책이었다. 전시 상황은 정확히 모른다더라도 사무소에 있다 보면 아무래도 읍민보다야 귀동냥이라도 할 수 있는 조건이 되었기 때문에 그저 몸을 진뜩 웅크리고 고개를 아래로 처박는 게 최선의 방책이라는 생각이었다.

파죽지세의 공방전이 있고 난 뒤 전쟁은 정체 상태로 들어갔다는 이야기가 읍내 사람들 사이에서 떠돌았다. 최전선에서 아직도 적과 아군의 전사자나 부상자가 속출한다는 전쟁의 잔인한 실상과는 달리 후방인 읍내 사람 중에는 계층에 따라서 불만을 토로하는 목소리의 높이가 다르기도 했다. 나와는 전혀 상관이 없는 양 그까짓 괴뢰군 나부랭이 정도를 빨리 퇴치하지 못하고 질질 끌기만 하느냐면서 주절주절 푸념을 늘어놓았다.

지금까지 많이 죽고 다쳤는데 그까짓 몇 명 더 죽으면 어떠냐면서 마구 몰아붙여야 한다는 섬뜩한 말을 예사롭게 하는 사람도 있었다.

"워어따, 아적까정 우리 읍네에 요런 훌륭헌 충신, 열사가 있는거럴 모리고 살었구만 이. 어찌케 혀 갖고 뻘속이서 숨거진 보석맹키로 광빨 안 내고 살었으까. 예 말이오. 근디 부처님이 진짜배기로 말씸 허싰는가 어쪘는가는 모리겄는디 살어서 꿈지락기리는 생멩얼 괴롭히덜 말라고 안 혔답디여. 그 말씸이 천만번이나 옳다고 생각허는디 당신도 그렇게 생각허고 그요."

"머가 그래라. 복날 개새끼 장작개비로 떼레 잡어서 폭허니 쌂어설랑 막걸리럴 됫박째 마시넌 맛도 모르요. 쥑일넘덜언 쥑이기도 허고 그려야 맞요."

"잉, 참말로 학식께나 갖춘 맹언이요. 글먼 요번 인공 나기 전

200

에 일번넘덜이 우리 읍네 사람덜얼 갱찰서로 낄고 가 갖고 개 패 대끼 때리서 고것 땀시로 쥑기도 허고 그렀는디 그것도 쥑일만헌 일이었을께라.”

“모리겄소. 나 일이 아니논게로.”

“그려요. 지당헌 말이요. 나 오짐 누기도 바쁜디 머시다고 아 구맞춤서 넘 오짐 싸라고 지둘리고 그러겄소. 근디 딱 한나만 물 어볼께라. 거 머시냐. 요번 난리통에 이녁 아덜이 낑게 갖고 죽었 으먼 어찌 혔겄소?”

“머시 으쩌고 으째. 시방 나 염장 질르넌 거시여 머여. 나 아덜 이 전방에서 총메고 싸우는건 아니제만 논일허다가 다리가 뿐질 러져 죽을똥살똥 갱신못허고 있어논게로 영 자랄겉언 마엄인디 어디다 부애를 질르고 지랄을 떨고 자빠졌어. 시바앙.”

타인의 죽음이 방패가 되어서 내가 살아야 한다는 사고작용이 사실이라면 타인의 죽음 중에 나의 아들이 포함된다면 어찌하겠 느냐는 지적을 하자, 내 아들 죽는 꼴이 그렇게도 좋으냐면서 함 부로 말하지 말라고 몸을 부르르 떨면서 우격다짐으로 제압하려 고 했다.

국내 곳곳에서 휴전 협상을 반대하는 궐기 대회를 하든 말든 죽음의 공포로부터 해방된 현실을 가장 반기던 홍가는 맘껏 기지 개를 켰다. 가슴 졸이며 자제해 왔던 몸가짐과 행동거지는 차츰 예전으로 돌아갔다.

홍가는 양 씨가 전장으로 떠나고 얼마 되지 않아 소년의 어머 니 채 씨에게 군침을 삼켰다. 남편은 생사의 기로가 엇갈리는 전쟁터로 출정하였기에 아이를 배어 만삭의 임산부가 겪을 근심과 걱정을 위로해 줘도 충분치 않을 시기였다. 홍가의 부도덕한 추파에 아낙들은 하나같이 경멸하는 눈초리로 쏘아보았다. 노루 제 방귀에 놀라듯 하는 홍가의 경솔한 처신을 마을 아낙들은 푼수 없는 놈으로 낙인을 찍었다.

홍가는 주색으로 여편네가 집을 나갔는데도 반성 없이 교만했던 파렴치에다, 8·15 해방 이후 반공주의를 앞세워 보였던 작태는 마을 사람들의 기억에 또렷이 박혀 있었다. 홍가가 마을의 임신 중인 새댁까지 비린내를 풍기며 엉큼한 수작을 부리자 마을 아낙들은 하나같이 멸시하는 감정을 노골적으로 드러내어 외면하였을 뿐만 아니라 찬바람이 일어나도록 경계한다는 표시를 내비쳤다.

홍가는 소년의 아버지 양 씨에게 읍사무소에서 시행하는 사업 중에 혜택을 줄 수 있는 게 많다면서 접근해 왔다. 그 조건으로 홍가는 긴히 쓸 데가 있어서 그러니 돈을 빌려달라고 양 씨에게 요청했다. 꽤 큰돈이었다. 양 씨는 차용증을 받음은 물론이고 이권 사업의 내용까지 명기하여 돈거래가 이루어졌다는 후문이었다. 실제 혜택을 주었는지는 둘 사이의 관계니까 그렇다손 치더라도 양 씨는 이 부가 넘는 이자로 홍가에게 빚을 놓았다는 말들이 바람결에 떠돌았다. 금세 홍가와 양 씨의 관계는 마을 사람들의 입에서 입으로 초가의 담장을 타고 넘어 부부의 잠자리 베개에 얹혔다.

홍가는 읍내에서 도박에 빠져 손해를 보았다. 음성적으로 모아 둔 돈까지 거액을 날렸다. 원전을 보충하기 위해서 여러 군데 손을 벌려 보았으나 매번 허탕이었다. 성정이 비뚤어진 홍가를 신임하는 사람이 없었다. 지푸라기도 잡겠다는 심정으로 양 씨에게 바짝 다가가 무릎 꿇고 읍소했다. 읍사무소에서 시행하는 사업의 이권을 미끼로 돈을 빌려 갔다. 마을을 빙빙 돌고 있는 소문의 진상이었다.

홍가가 도박에 빠져서 실제로 손실을 본 것은 사실인 모양이었다. 읍내 사정에 꽤 귀가 밝은 아랫마을 신 씨는 놀음판에서 구전을 뜯어먹고 살아가는 자가 귀띔해 주더라면서 친구인 곽 씨에게 자네만 알고 있으라는 말과 함께 입을 놀렸는가 보았다. 신 씨는 액수까지 상세히 밝히고는 놀음에서 발생한 손해가 쌀로 치자면 삼 백여 가마에 상당하다는 것이었다.

홍가는 몇 번 더 양 씨로부터 돈을 가져갔다. 홍가의 채무가 점점 늘어나자 둘 사이에 목에 핏대를 세우는 격한 고성이 자주 담장을 넘었다. 눈을 내리깔고 팔을 걷어붙여 침을 튀기면서 다투는 횟수가 늘어갔다. 양 씨는 안 마시던 술을 입에 대기 시작하면서 술을 마신 날이면 싸움질은 더욱 격렬해졌다.

양 씨가 홍가에게 이권을 매개로 차용증을 받고 돈을 빌려주었다 하더라도 홍가의 어떤 면을 보고 수백 가마에 이르는 돈을 빌려주었는지 마을 사람들은 이해할 수 없었다.

양 씨에게 변고가 생겼다. 양 씨는 저녁을 준비하고 있는 채씨에게 잠깐 누군가를 만나고 오겠다며 큰길로 나갔다. 밤이 깊어졌는데도 양 씨는 집에 돌아 오지 않았다. 의아하게 여긴 채 씨가 까만 어둠을 밟아 큰길로 나갔다. 양 씨는 의문의 뺑소니 교통 사고로 큰길 가에 피범벅이 된 채 쓰러져 있었다.

남편이 죽은 후에 채 씨는 홍 가집을 찾아갔다. 차용 증서를 내밀면서 홍가에게 빚 갚기를 독촉했다. 홍가는 콧방귀를 뀌면서 아예 돌아앉아 담배만 빨았다. 어느 때는 외간 여자도 개의치 않고 벌러덩 방바닥에 누워 버렸다.

그렇게 채 씨는 번번이 헛걸음을 치고 돌아왔다. 다음에 보자는 말만 들었을 뿐이었다. 채 씨가 홍가 집에 발길 한 지 그럭저럭 삼 년이 되었다. 채 씨가 만삭이던 시절 입맛을 짭짭거렸던 홍가는 끝내 차용 증서를 내미는 채 씨 손목을 덥석 잡고 아랫목으로 뉘였다.

참, 별일이었다. 채 씨는 아무런 몸부림 없이 홍가를 받아들였다.

"어머니는 아랫마을에 갔어요."

소년의 나지막한 목소리가 침울하였다.

길 위에서 만나는 사연은 저마다 사연을 가지고 있었다.

연화는 여행 계획을 세울 때 연호와 시간과 여행 경로를 교환하면서 신안군 임자도의 부속 섬인 대태이도를 가 보았으면 좋겠다는 의견을 제시했다. 임자도에서 거주하다가 우여곡절 끝에 전주로 이사 온 같은 과 학우가 있는데, 연호가 도보 여행을 떠난다니까 대태이도도 갈 수 있는지 의향을 물어보라는 것이었다.

뭉게구름이 탐스럽게 피어오른 섬과 섬이 잇대어 있는 풍경은 산봉우리를 따라서 끝닿은 자락마다 듬성듬성 초가가 놓인 정경을 연상케 했다. 길 위의 내 나라 내 땅이었다. 섬과 섬은 바다 위에 떠 있는 게 아니라 바다에 수줍은 몸을 깊숙이 담그고 머리만 내밀고 있었다. 광막한 해역이었지만 섬과 섬은 제 몸을 담그고 있어야 할 자리가 정해져 있어 그곳에서 떠나지 않았다.

바닷바람에 이마를 씻은 섬에 부드럽게 날갯짓하던 갈매기가 살을 비비더니 입맞춤으로 인사했다. 섬은 갈매기가 날아오면 언제든지 자리를 내주었다. 섬은 가끔 다리나 몸을 다쳐서 거북한 몸짓을 하는 갈매기가 날아오면 바닷바람과 섬의 열기와 햇볕의 도움을 받아 치료해 주었다.

섬은 외롭지 않았다. 갈매기는 섬에 올 때마다 오손도손하며 이야기를 나누었다. 섬은 듬직한 체구답게 입도 무거워 함부로 말하지 않을뿐더러, 여간해서 입을 열지 않았다. 섬은 갈매기가 본 세상을 전할 적이면 귀를 열어 바닷바람 소리를 갈매기에게 들려주며 갈매기의 지저귐을 들었다. 갈매기에게 고개를 끄덕이며 찰싹거리는 파도 소리로 대답을 해 주곤 했다. 갈매기가 오지 않는 날 쉼 없이 주절거리는 바닷바람만 있어도 섬은 외롭지 않았다.

보이지 않는 물속의 섬은 무척 바빴다. 갈색의 톳, 미역, 다시마나 빨간색의 김 우뭇가사리와 또 파란색의 파래가 한껏 몸을 살찌게 하도록 듬직한 말 친구가 되어야 했다. 물속에서 마음껏 헤엄치는 물고기들과도 살과 살을 부딪으며 정담을 나누어야 했다. 물에서 섬을 연모하여 섬에 정착하려는 작은 생물들도 쓰다

듬으며 받아 주느라 바빴다. 섬은 물 밑에서 살아가는 모든 생명
을 안아야 하기에 바빴다.

정엽이는 여수가 고향이었다. 정엽이의 아버지 전상철은 여순
사건 당시 조선 국방경비대 14연대 소속이었다. 전상철도 제주
4·3사건을 진압하라는 정부의 출병 명령이 부당하다고 생각하
여 반란군에 가담하였다.

전상철의 명령 거부 이유는 단순하면서 명료했다. 길게 뻗어
있는 이 땅에서 이 민족이 수 천 년을 살아왔다. 세계로 웅비해
야 할 시점에 백성들과 위정자들의 뜻이 합해지지 못했다. 그 결
과는 너무나 참담했다. 거머리처럼 육지에 붙으려고 안간힘을 쓰
던 일본의 침탈은 현실이 되었다. 끈질긴 민족의 저력으로 일본
을 이 땅에서 쫓아냈다. 타민족은 이 땅에서 몰아냈는데 내 민족
이 두 패로 나뉘고 내 땅이 두 쪽으로 갈라져 버린 어처구니없는
일이 발생했다. 땅을 치고 발을 굴러 통곡해도 조상님들께 무어
라 할 말이 없었다.

"어이 말이시. 근디 이넘에 시상이 으짤라고 이러까."

"아니 자네 자다가 무신 봉창 뚜딜기리는 소리를 허고 긍가.
이넘으 시상이먼 어떤 시상을 말 허는 거여."

"어이 말이시. 우리가 일본넘덜이 이 땅 우게서 총칼로 윽박질
험서 왈길 적으 어찌크롬 혔는가. 아, 목심이 두 개도 아닌디 한
목심 내놓서 싸우덜 안 혔다고."

"이잉, 이 사람언 시상 헛살었구만. 아, 일본넘이 똥싸먼 밑씻

206

개 혈라고 귀헌 종우때기럴 몰아갖고 일본넘 똥구녕 딲어주던 넘덜이 있었다넌걸 모리고 허는 소린가, 암스롱도 모른칙기 허자넌 소린가."

"아아, 고 개씨부랄 같언 넘덜언 뭘라고 야그 허고 그려."

"잉, 근디 자네 시방 뭔 야그 헐라고 긍가."

"긍게 말이시. 일본넘덜이 지랄발광헐 적에도 니나내나 심 모타 싸움시로도 한 땅이서 사넌 한 민족 아니었다고. 아, 근디 이거이 먼 짝이냔 말여. 일본넘덜을 싹 몰아냈으먼 서로서로 고상혔응게 손잡고 잘 살어야 그거이 옳덜 않겄다고. 고런 당연시런 순리도 모리고 인자는 내 땅얼 두 동가리로 째개 놓더니만 그것도 모지래서 총질로 싸와갖고 서로 죽이겄다고 으르렁대니 참말로 미치고 환장허덜 않겄다고. 지미 씨부랄넘으 시상."

"아먼, 아먼. 자네 말 마디마동 옛 적으 성인덜 말씸이 꽉꽉 백혀 있네. 나 생각언 말일시. 욕심 싸나운 몇몇 넘덜이 짝짝꿍 패럴 짜 갖고 종당에넌 저그덜 이문나게 헐라고 허다봉게로 안 죽어야 헐 목심덜도 죽었으까 싶은 생각이 들기도 허고 그네. 손톱 발톱 뽑히고 살꺼죽 벗기넌 고문 당험서 나라 찾겄다고 죽은 목심덜이 얼매나 원통허고 절통헐 일이냔 말이시."

정치적이라는 언사로 반쪽만 우선 차지하고 나머지 반쪽은 차후에 논의해 보자는 두 세력은 이미 심장에 총을 들이대기 시작한 철천지원수의 적이었다. 반쪽 땅에서 사는 사람들끼리라도 의견을 정리해서 나머지 반쪽에 사는 사람들하고 차근차근 대화해야 당연했다.

나라를 빼앗겨 불량하고 광기 넘치는 타국인에게 자국인의 농토와 가옥은 그렇다 하더라도 상상을 초월한 수단과 방법으로 신체를 유린당했다. 주연을 마치고 배부르고 취하여 여흥을 베풀어 보자는 타국인에게 자국인의 심장이 처절하게 도려내 졌다. 이름도 생소한 무슨 법을 어겼다는 말과 함께 미친개처럼 날뛰는 타국인에게 자국인의 눈알이 뽑혔다. 칼집에 있어야 할 시퍼렇게 날이 선 칼을 꺼내 칼맛을 보라는 망나니인 타국인에게 자국인의 목이 뎅겅 잘렸다.

책임이 있는 사람이라면 품격을 지켜 혀를 깨물고 죽어야 추락한 자존감을 조금이라도 회복할 수 있었다. 그럴 배짱이 없었다면 짓밟히고 으깨어진 지난날을 창피하고 낯부끄러운 줄 알고 참신하고 건강한 사람들에게 나라의 미래를 맡겨 경영토록 해야 그나마 속죄하는 길이었다.

바쁜 농사철이면 강아지 엉덩이도 차더라고 손 하나 더 잡고 입 하나 더 모아야 했다. 민족의 중흥을 위해 갈 길이 바쁠 때, 발목 잡힌 삼십 육 년의 틈을 메우고 보충하기 위해서 힘을 모아야 했다. 수백만의 인명이 살상된 경천동지할 변고를 겪었다면 그 이상의 또 어떤 교훈도 필요 없었다. 먼저 하나가 되는 게 우선이었다. 제정신이 든 사람이라면 당연히 그랬어야 할 일이었다.

기묘한 조합이었다. 절묘한 결합이었다. 혀를 깨물어야 할 자와 능력이 없는 자가 연합하는 기이한 현상이 벌어진 이 땅에 이제는 타민족이 아니라 같은 민족끼리 피 냄새를 풍기기 시작했다.

할머니의 지극한 정성을 먹고 자란 정엽이는 품성이 밝고 바르고 영특했다. 할머니는 날마다 조그만 보따리를 이고 시장에 나가 하루하루 벌어서 근근이 살림을 꾸려나갔다. 어린 정엽이는 허리가 굽은 할머니가 옷 속을 파고드는 새벽바람을 무릅쓰고 시장에 나가는 날이면 할머니가 더없이 측은하게 느껴졌다. 나어린 정엽이는 꾀죄죄한 입성을 푸념 섞어 늘어놓는다든지 보리밥일 망정 삼시 세 끼 이외의 군음식은 찾지 않았다.

영민한 정엽이가 여섯 살이 되던 해에 할머니는 혼잣말처럼 웅얼거렸으나 정엽이는 똑똑이 알아들었다.

"느그 어메는 고상고상 허믄서 니럴 낳다가 죽어뻔졌지 뭐냐. 느그 아베한잘라 집에 없었는디. 참말로 이 할메 속이 씨리고 저린다. 그라고 느그 아베는 빨, 아그야, 아니다. 아니다. 전쟁에 나가 갖고 싸우다가 죽어뻔졌다."

할머니는 손자의 초롱초롱한 눈망울에 고인 눈물을 닦아 주며 말끝을 흐렸다. 뒷말을 잇지 못하는 할머니의 몸에서 부모의 역할을 하느라 오그라져서 애쓰는 모습이 감동으로 다가왔다. 할머니는 '빨······' 이라는 말에서 멈췄지만 여섯 살 정엽이의 내심에는 할머니의 말눈치를 짐작하였다.

어린 정엽이는 아버지가 죽었다는 실체 없는 풍문이 꼬리를 물고 다닐 때마다 인정도 부인도 하지 않았다. 인정하지 않으려는 것이야 부모가 곁에 없다는 표면적인 이유 말고 천륜에 이끌리는 그리움과 아버지의 따뜻한 품에 안겨 보고 싶은 정이었다. 그러함에도 굳이 부인하지 않으려 했던 이유라면 정엽이 나이 또래의 꼬마들이 쉬쉬하면서 입속말로 종알종알 지껄이는 소리를 들어 왔던 이유가 작용하고 있었다.

"짜네 아부지는 죽었데."

"군인덜찌리 총쌈허다가 죽었다디라."

"근디 어떤 어런이 그러는디, 여그서 안 죽고 얼로 가 갖고 죽었다디라."

정엽이는 아버지가 여순 사건 당시 죽었다는 사실을 반신반의해 왔었지만, 유언비어처럼 떠돌던 아버지 죽음은 국민학교에 입학하면서 확실하게 알게 되었다. 또한, 아버지가 죽었다는 장소가 지리산이었다는 신빙성 있는 정보까지 확인할 수 있었다. 만수가 아작아작 씹어 뱉는 말을 통해서였다. 만수는 유독 정엽이에게 너무하다 싶을 정도로 냉정하면서 정엽이가 하는 행동마다비웃었다.

국민학교에 입학하여 삼 월이 지나갈 무렵이었다. 만수가 마음에 들어 있는 얘기를 쏟아내려고 작심한 듯 검지손가락으로 정엽이의 눈을 찔러 보이면서 파르르 떠는 입술을 훔쳐냈다. 안면근육도 가볍게 떨렸다.

"쩌 정엽이 지기미 씨발눔, 빨갱이 아덜 새끼."

"우리 사춘 성얼 쥑인 빨갱이 새끼덜."

"지리산 꼴짝서 까마구 밥이 되았단게 씨언허다."

만수가 욕지거리를 섞어서 내뱉는 말에 정엽이 가슴에서 뜨거운 불덩이가 솟아올랐고, 거짓일지도 모르는 사실을 참으로 단정지은 만수의 눈에서는 파란 불빛이 지글거렸다. 누가 만수에게 사실 여부의 확인 과정을 생략하고 하나의 사안만이 진짜라고 확연하게 주입했는지는 몰라도 만수 역시 광분하고 있는 것만은 틀림없어 보였다. 그 후로 만수는 '빨갱이 새끼, 정엽이'라고 질겅질겅 씹었다. 선과 악을 구분하고 결정하는 기준은 너무나 간단하고 쉬웠다.

아이들의 머릿속에서 꿈틀대며 나불댈 기회만 기다리던 빨갱이 뭉치를 만수가 공개적으로 터뜨리자 아이들은 기다렸다는 듯이 주절주절 입을 놀렸다. 입을 열지 못하고 갑갑해 있었던데다가 아이들 특유의 호기심까지 합해져서 한꺼번에 쏟아진 빨갱이라는 빨간 조각은 정엽이 앞에 붙는 수식어가 되었다. 멸시와 조롱이 뒤범벅되어 '정엽이는 빨갱이'라는 빨간 딱지가 산더미처럼 쌓여 갔다.

어린 정엽이는 아이들이 시간과 장소를 구별하지 않고 빨갱이 정엽이를 떠들어대도 개의치 않고 의연하였다. 어린 정엽이는 분노와 수치감보다 도리어 연민에 찬 눈빛을 보냈고 동정 어린 눈으로 아이들을 바라보았다.

아이들은 하늘이 어머니를 통해서 내려보낸 선물이었다. 아이들이야 무슨 말이든 꾸미거나 숨기지 않고 속엣말을 꺼내 놓았다. 아이들은 미숙하고 위태로운 듯 보이지만 청정하고 단순하며 호기심이 강했다. 아이들은 졸졸졸 흐르는 시냇물이었다. 앞서가는 친구의 손목을 놓치지 않고 길 이외의 길은 가지 않고 길만 따라가는 시냇물이었다. 아이들은 순진무구했다.

어른들이 일으킨 전쟁이 끝난 지 몇 년 지나지 않았기 때문에 아이들은 배가 고팠다. 너도나도 몸이 강팔랐다. 만수는 눈치가 빠른 데다 영악했다. 전진난만하게 졸졸거리며 흘러가는 시냇물 위에 과자 부스러기나 엿가락을 얹었다. 아이들이 일시적으로 현혹될 수밖에 없는 어려운 시절이었다.

정엽이가 빨갱이라면 만수는 개똥 밟은 게다짝이었다. 만수가 돌아서면 아이들은 만수의 뒤통수에다 주먹질을 날리고 침을 퉤퉤 뱉으며 혀를 빼물었다. 만수가 보일락 말락 하면 아이들은 개똥 밟은 게다짝이라며 목청을 높였다.

만수의 아버지 모기성은 일제시대 제법 큰 양조장을 운영하고 있었다. 모기성은 우리 조선인은 일본 제국의 백성임이 자랑스럽다며 거리낌 없이 떠들고 다녔다. 황국신민화 정책에 협조하지 않는 조선인은 불령선인이라고 스스럼없이 굴었고, 이시카와로 일찍부터 창씨개명을 했다.

'일조 관계 발전을 위한 시민 모임'과 '내선일체 고취 시민 연합'이라는 단체를 결성하여 동생 모기항과 회장 자리를 나눠 가졌다. 게으르고 미개하고 열등한 조선인은 조선 발전을 위해서 조선 땅에 들어온 선지자인 일본국에 머리 숙여 감사하는 마음으로 신사참배를 해야 한다며 부끄럼 없이 떠벌렸다.

일본 관청의 비위를 맞추려고 허리는 늘 접혀 있었다. 때가 돌아오면 일본 관리의 주머니에 두둑한 돈 봉투를 찔러 넣었다. 양조장 사업권도 이때 얻어낸 것으로 거저먹은 것이나 다름없다는 후문이었다. 양조장 개업식에 기모노를 입고 게다를 신은 모기성은 빈번히 돌아오는 술잔을 사양하지 않고 받아 마신 탓에 거나

하게 취했다. 술독에 빠진 듯이 보이는 모기성의 꼬락서니는 가관이었다.

아이들 대여섯 명이 담장 너머로 보이는 개업식 식탁 위에 차려진 음식에 군침만 꼴깍꼴깍 삼켰다. 하나같이 푸석푸석 들떠서 부어오른 얼굴에 궁기가 역력했다. 먹을 게 있어서 먹자고 모여 있는 게 아니라 기름진 음식 냄새라도 맡아 보자는 심정이었다. 점심도 굶은 데다 땅거미까지 자욱하게 퍼지기 시작했다. 허기가 진 뱃가죽이 쪼그라들어 속이 쓰린 아이들은 적개심 같은 부아가 치밀어 올랐다. 해가 지자 한 아이가 제안했다. 각자 흩어져서 개똥을 조금씩 담아서 모기성 집 앞에서 만나자는 것이었다. 말이 떨어지기 바쁘게 아이들은 산지사방으로 달렸다.

모기성 대문 앞에 아이들이 모아 놓은 개똥은 족히 한 바가지는 되어 보였다. 눈알이 게슴츠레 풀리고 일본 노래를 흥얼거리며 비척비척하면서 대문을 열려던 모기성은 길바닥에 나뒹굴었다. 넘어지는 결에 공중에서 빙그르 두어 번 돌던 개똥 묻은 게다짝이 모기성 얼굴에 철퍽 떨어졌다. 엎친 데 덮친 게다짝의 개똥에 모기성의 코피가 묻어서 흘러내렸다. 한바탕 수선을 떤 광경을 이웃들이 보았고, 그 후로 '개똥 밟은 게다짝 모기성'이라는 긴 이름이 붙여졌다.

두말할 나위 없이 개똥 밟은 게다짝 모기성은 해방 후에도 전쟁이 끝났어도 일제 시대와 마찬가지로 꽃길을 걸었다. 책임져야 할 사람이라고 판단되는 모기성은 극적인 장면마다 가지고 있는 역량으로 자신의 존립 기반을 위협하는 요소를 철저하게 제거했다.

오래전부터 누려왔던 영광에 흠집이 나지 않으면서 앞길의 생존 기반을 다져 놓아야 했기에 시시각각 변하는 국내 정세를 빈틈없이 살펴보려고 시간을 집중하였다. 요동치는 국내의 제반사에 눈을 뜨고 귀를 열어 능란한 솜씨로 완전하게 분석해서 머리에 담아 실행하고자 했다. 사람과 시대가 변하자 모기성은 고민하고 고심하던 끝에 일본 사람 세상에서 하던 대로 입과 몸만 잘 놀리기로 결단을 내렸다. 그건 변신이라고 보기가 어려웠다.

상대하는 사람이 달라진 상황에서 그 사람의 특성이나 기질 같은 면면들을 나누고 따져서 자신에게 유리하게 만드는 것은 시대의 변화를 읽을 줄 아는 유능한 사람이라면 당연히 취해야 할 자세였다. 급격하게 변하는 국내 정세가 예사롭지 않았다. 격동에 휩싸인 시대를 앞서 살아가는 방법을 실천적인 행동으로 보여 명확성을 지향하는 처세술의 전범이 되도록 노력했다. 단순하게 생각하면 일본인과 미국인이라는 차이점이었으나, 한 어머니 뱃속에서 나온 쌍둥이도 성격이 다른데, 하물며 국적이 다른 사람들인 이상 사고체계나 행동 방식에도 이질성이 많을 것은 분명했다.

해방되어 친일 매국 행위에 대한 단죄의 소리가 높아지자 빨갱이처럼 산으로 들어갔다. 그도 잠깐이었다. 미군이 이 땅에 발을 들여놓았으니 산에서 내려와도 좋다는 전갈을 받았다. 미군이 요직을 꿰차고 대리인을 내세워 군정을 펴자 미군이 밤송이 길을 가도 미군의 발뒤꿈치만 잡고 따라갔다. 미군이 진흙탕으로 들어가도 미군의 꽁무니에 찰싹 붙어 불알을 찔거덕거리며 졸래졸래

쫒아갔다.

전쟁이 터졌지만, 별거 아니었다. 한참 아군이 밀릴 때 이번에는 지난 시절 여가 활동을 위해서 몇 번 갔던 섬으로 들어가 버렸다. 가장 안전한 피난처였다. 또, 섬에서 나와도 좋다는 기별을 듣고 사람이 왔다. 함부로 코 피리 불면서 나대거나 주둥이를 나불거리지 않았다. 넙죽 엎드려 있다가 정권이 공산당을 입에 올리면 그것을 계기 삼아 북쪽 빨갱이들을 모조리 압록강에 처박아 죽이자는 말만 떠들어 댔다.

끝없는 욕망이 꿈틀대는 인간이기에 그랬다. 욕망은 인간을 성자로 만들 수 있는 원천이었고, 타락한 폐인의 길로 이끌 수 있는 근원이었다. 욕망은 불과 물이 가진 생명력을 모두 갖춘 인간의 삶의 양과 질을 견인하는 역동적인 힘이었다. 모기성도 독립적인 인격체로 나름대로 소망하고 지향하는 세계관과 가치 기준을 가지고 살아가는 고독한 존재였다.

정엽이는 고심 끝에 국민학교 졸업을 마지막으로 학업을 그만두기로 했다. 학교에서 배운 공부에 열중하여 좋은 학습 성과를 올렸다고 할지라도 빨갱이 아들이라는 손가락질을 대놓고 하면서 노골적으로 비아냥거리는 현실은 의외로 따갑고 차가웠다.

일제 치하에서 친일했거나 민족에게 악행을 자행하여 득세하고 부를 축적한 부류들이 주종을 이루어 정엽이를 입으로 매질하며 떠벌리고 다녔다. 그들은 정엽이가 교묘하게 남한 당국의 감시망을 피해 북한 공작원과 비밀리에 접선하고 있을지 모르니 관리 감독을 게을리해서는 안 된다는 속마음을 노골적으로 드러냈다. 심지어 남한 전역에서 지하공작을 하는 세포 조직의 일원으로 활동하고 있을지도 모른다는 말을 거리낌 없이 내뱉었다.

대내적으로 북한체제에 대항하기 위하여 일찍이 등장한 반공산주의는 살벌한 사회 분위기를 만들었다. 이 땅을 적대 세력인 북한의 남침에 대비하여 보호해야 한다는 반공주의는 어느 가치보다 우위에 있는 불문율과 같아서 무소불능의 힘으로 작동했다. 시류에 편승하여 주류 세력에 빌붙은 소영웅주의의 아류 야심가들까지 의식의 독재화에 열을 올렸다.

정엽이는 경멸에 찬 눈초리로 쏘아보면서 세간에 알려진 소문에 대해서 눈을 모로 뜨고 바라보는 짱짱한 시선과 불필요한 오해를 일으키도록 나불거리는 입방아를 주의 깊게 살폈다. 한 곳만 바라보려는 비뚤어진 눈과 자기 과시를 위해서 함부로 떠벌리는 입에 공통점이 있다면 과거의 행적이나 품행이 파렴치하고 간교했다는 점이었다.

적대적인 사고가 작용하고 있는 사회에서 학업 중단을 선언함으로써 이 사회를 떠나고자 했다. 정엽이는 애써 갖춘 실력이 정당하게 평가받을 수 없을지도 모른다는 우려감이 크게 가슴을 후벼 파고들어 통증을 만들어 냈었다. 할머니는 상업학교에 진학하여 은행원이 되었으면 좋겠다는 소망을 비치곤 했다. 생죽음을 당한 아들이 바윗덩이가 되어 가슴에 얹혀 있을 할머니의 간절한 기대를 이루어 주고 싶었다. 은행원이 되어 할머니가 기뻐하며 통한으로 보내온 삶의 무게를 줄여 보려는 소원은 불가능했다.

현실 사회에서 빨갱이 아들이라는 연좌는 할머니 가슴에 들어앉아 있는 바윗덩이와도 같은 너무나 큰 걸림돌이었다.

아버지의 신념은 존중되어야 마땅했다. 동족을 살해하라는 지시에 아버지는 항명으로 거부 의사를 나타냈고, 그러자 죽였다. 아버지가 가졌던 소신을 자식까지 영향을 주어서 본보기로 뿌리 뽑아야 한다는 발상은 인간과 인간이 누려야 할 권리에 대한 예우가 아니었다. 미개한 시대에 날뛰던 미친개들과 마찬가지인 자들이 혼란한 시대를 이용하여 욕망을 채우려는 포악한 짐승과 같은 악독한 행위였다.

"짜는 북한이서 내리온 간첩하고 만난다고 허드라."

"아녀, 간첩허고 북한까정 갔다 왔다고 허디랑게."

"글먼, 총도 갖고 있을랑가 어쩔랑가."

"어떤 아그가 그러든디, 아조 북한으로 가서 살 거라고 허디라."

시정에서 떠돌아다니는 근거없는 소문들을 아이들은 가감없이 길바닥에 떨어뜨렸다.

섬은 외롭지 않았다. 모래사장을 끼고 있는 섬은 하늘과 구름과 바다와 바람과 자그락 거리는 조약돌의 노래가 조화를 이루어 외롭지 않았다. 섬은 질시하거나 배척하거나 모략하지 않았다. 섬은 너와 나로 편을 가르지 않고 너와 내가 하나가 된 우리였다.

정엽이는 고기잡이 어선을 타고 연안 어장으로 출어에 나서는 날을 무척 기다렸다. 고기잡이를 나가야 할 날이 잡히면 정엽이는 어선에 싣고 갈 일용할 식량과 그릇과 어구를 준비하였다. 꼬리를 파드닥거리는 살이 오른 고기들을 흐뭇하게 떠올리면서 그물에 구멍이 나 있으면 그물바늘에 노끈을 꿰어 그물코를 매만지며 꿰맸다. 정엽이가 서툴게 그물눈을 꿰맬 때면 은화 아버지는 빙긋 웃어 보이면서 맞춤하게 기우고 그물코를 매듭짓는 방법을 꼼꼼하게 알려 주었다. 은화 아버지의 솜씨는 바닷바람과 햇볕에 그을린 고동빛 연륜만큼 부드럽고 매끄러웠다.

어장은 인근 섬에서 온 몇 척의 작은 배들로 한가하고 여유로 웠다. 어제였거나 며칠 전에 눅눅하고 찐득거리는 갯가의 해물 내음이 풍기는 갯바람을 맞으며 교우를 나누던 다정한 친구 배들이었다. 넉넉하게 뱃고동을 부웅 길게 울리며 인사를 나누었다. 갯바람에 실려서 은은히 뱃머리에 닿았다가 귓가에 들려오는 뱃고동은 아름답게 울리는 음악 소리보다 더 감미롭고 향기로웠다.

뱃고동의 긴 여음을 갯바람이 실어 나르면서 서로의 안부를 전했다. 뱃고동은 오늘 날씨와 조류의 흐름과 바닷고기의 이동 방향까지 교환하는 역할을 했다. 연안 어장은 뱃전을 부딪는 잘 잘한 물결과 바다 위로 갈매기가 비상하고 아침 햇살이 쏟아지자 활기가 넘쳤다. 닻을 내리고 물결에 일렁이는 정엽이의 작은 배도 부지런히 움직였다.

만선의 꿈을 안고 출발했지만 공선이라도 좋았다. 출어 날짜에 기상 상태가 고르지 못하여 발이 묶이는 것에 비하면 빈 배로도 족했다.

정엽이는 추운 날씨에 사나운 파도 위에서 고기잡이하는 게 좋았다. 바람은 차가웠지만 한바탕 웃고 난 기분과 같이 가슴은 탁 트였기 때문이었다. 낙조를 받아 감빛으로 물든 친구 배들을 보면서 하루의 작업을 마치고 뱃머리를 섬으로 돌렸다. 수평선 밑으로 해는 떨어졌지만, 어둠을 막아내려고 하려는 듯 수평선과 하늘은 온통 선홍빛으로 채색되어 있었다.

"아빠 구름 아기 구름."

정엽이는 구름 두 조각이 나란히 떠 갈 때면 아버지에 대한 그리움을 노래로 읊조렸다.

"엄마 구름 아기 구름."

정감이 어린 낮은 목소리로 노래했다. 아버지의 얼굴도 어머니의 얼굴도 몰랐다. 정엽이는 유독 청명한 날 하늘에 떠 있는 구름이 더욱 가엾고 애잔하게 보였다. 여러 조각으로 나누어 가거나 잇대어 줄을 맞추어 가도 언제나 구름은 애처로웠다. 조각구름에 감정이 이입되어 조각구름을 바라볼 적이면 왠지 모르게 가슴이 미어지면서 슬펐다.

"집으로 가는데, 언제나 만나려나."

정엽이의 노래는 항상 거기서 멈추었다. 그렁그렁 고였던 눈물방울이 툭 떨어지곤 했다.

국민학교 육학년인 은화는 정엽이에 대해서 궁금한 게 많았다. 섬을 떠나 도시에서 살기를 부러워하는 섬 아이들의 입장에서 보면 도시를 떠나 작은 섬으로 들어온 정엽이를 이해하기가 쉽지 않았다. 정엽이는 밝은 듯했지만 깊은 우수에 젖은 눈이 가끔 섬 동쪽 끄트머리에 있는 두견 바위에 앉아서 하늘과 바다를 번갈아 바라보며 구슬프게 노래를 불렀다. 은화는 약간 굽어진 정엽이의 애련한 뒷모습에서 무슨 사연을 담고 있을 것이라고 속마음을 가늠해 보았다.

정엽이가 부르는 노래는 한 곡밖에 없었다.

"아빠 구름 아기 구름."

"엄마 구름 아기 구름."

"집으로 가는데, 언제나 만나려나."

같은 노래를 반복적으로 입에 올리는 은화는 정엽이에게 어떤 피치 못할 개인적인 사정이 무엇인지 알 수 없어서 안타까웠다. 섬에 들어온 그만한 연유가 있으리라는 헤아림은 가득했지만, 속 시원한 대답을 해 줄 리 없다는 걱정이 앞서는 바람에 말할 엄두가 나지 않았다.

은화는 해거름에 연호를 찾아왔다. 은화는 외지에서 섬을 찾은 연호를 낯가림을 않고 여행길에서 만난 좋은 길동무처럼 가깝게 다가왔다. 은화는 성격이 사근사근하여 금방 친숙해져 이야기를 나누었다.

"오빠, 어디에서 왔어요?"

순영이네 집에서 보릿짚을 태우는 모깃불 냄새가 싸하게 코끝을 자극했다. 보릿짚에서 자욱하게 피어오르는 연기를 바라보던 은화는 호기심을 가득 문 입을 열고 나지막하게 물었다.

"여기 은화가 사는 곳이 대태이도니까 전라남도이잖니? 으음, 그러니까 같은 전라도인데 대태이도보다 북쪽에 있는 전라북도 전주에서 왔지. 좀 복잡하고 까다롭게 설명한 건 아니니?"

은화는 임자면의 장날에 서너 번 갔다 온 거 말고는 섬을 벗어나 타지에 나가본 적이 없다고 했다. 은화가 생각하는 것보다 더 멀리 떨어진 곳에 자리한 전주를 설명해 준다는 게 퍽 어려웠다.

"그렇게 먼 데서 어떻게 오셨어요?"

"은화가 믿어 줄지 모르겠는걸. 걸어서 왔거든."

호기심이 가득 차 있던 은화가 신기하다는 듯 깜짝 놀란 표정을 지으면서 눈빛을 반짝였다.

"정말요. 아유 멋져라. 팔이랑 다리랑 아프지 않아요?"

은화는 가녀린 목으로 흘러내린 머리카락을 뒤로 쓸어내며 앉음새를 고쳤다.

은화는 정엽이가 섬에 발을 디딜 때부터 배를 타며 생활해 왔던 지난 시간을 간추려 설명했다. 정엽에 관해 이야기하는 은화의 최대 관심은 정엽이가 왜 섬에 들어왔느냐는 것이었다. 연호는 난감했다. 은화의 정신 수준을 넘는 참담한 역사를 이해시키려면 은화에게 많은 배경 설명이 있어야 했다. 그러자면 시간도 많이 필요했고, 자칫 잘못하면 한 방향으로 치우쳐질 위험성이 있었다.

"은화가 올해 육 학 년이니까 몇 년에 이 세상에 나왔을까?"

"1953년에 태어났어요."

"그래 맞지. 그런데 숙녀 나이를 묻는 오빠가 예절이 없는 사람은 아닐까 걱정인데, 이해할 수 있지?"

"아유 무슨 숙녀예요, 징그럽게. 저는 항상 섬에 사는 소녀이고 싶어요."

은화의 꾸밈없고 해맑은 얼굴에 산뜻한 향기가 묻어 나왔다. 밤

하늘에 하얗게 뿌려진, 수많은 별이 은화를 축복해 주는 듯했다.

"그럼 은화가 세상에 나왔던 1953년에 어떤 일이 있었을까?"

"으응, 그래 맞아요. 삼 년간 우리 민족끼리 싸우던 전쟁을 그만 멈추자는 휴전 협정요."

은화는 초롱한 눈망울을 반짝이며 바싹 다가앉아 연호의 속마음을 빤히 들여다볼 것처럼 야무지게 또박또박 대답했다. 6·25전쟁의 상흔이 어디라고 피해갈 리 없었기에 임자도 역시 전쟁이라는 아픈 과거의 상처가 남아 있었다. 그러기에 이미 지나버린 전쟁을 은화에게 상기시킬 필요는 없었지만, 정엽이에게 쏠려 있는 관심을 조금이라도 해소하려면 전쟁을 이야기할 수밖에 없었다.

"6·25전쟁은 일어났어야 하는 전쟁이었을까? 아니면 일어나지 말아야 할 전쟁이었을까?"

"오빠는 무슨 그런 질문을 하는 거예요. 사람도 많이 죽은 세계 전쟁처럼 나라와 나라가 맞서서 죽고 죽이는 전쟁이라는 게 너무나 잔인하고 끔찍한 행위잖아요. 그런데 우리는 같은 민족끼리 총부리를 겨누어서 죽게 하고 다치게 하고 가족을 떨어지게 했기 때문에 저는 6·25전쟁을 너무나 싫어하거든요. 왜, 어른들은 우리 아이들에게 이렇게 아픈 비극을 남겨 주었는지 미울 때가 많아요."

"그래, 은화 말이 정확하다. 오빠도 그때 어른은 아니었지만, 피해자였으면서 가해자일 수도 있었던 나이니까."

"아유 오빠가 누구에게 어떤 가해를 하겠어요. 오빠의 얼굴에

딱 쓰여 있는걸요. 나는 하늘나라의 천사이다."

살가운 바닷바람이 은화의 옷자락을 흩트렸다.

"은화야, 있잖니. 우리 태이도 마을 주민들이 내편 네편 갈라서 싸우면 어쩌겠니. 정말 끔찍한 일이 아니겠어."

"그럼요. 그런데 우리 태이도 어른들은 편 가르고 끼리끼리 어울리고 그럴 일 없어요."

은화는 영원한 섬 소녀이고 싶은 소망을 가진 만큼 섬 어른들의 의식 속에 담겨 있는 명확한 공동체 생활과 협동심을 믿고 있었다. 어른들은 사려 깊은 언행을 통해서 마음을 다치게 하거나 양심에 반하는 선택을 강요하지 않았다. 섬마을 어른들은 마을 사람들이 어느 한쪽으로 치우치지 않도록 균형을 잡으려고 노력했다. 섬마을 사람들은 나누고 베풀고 배려하는 우리가 되기 위해서 서로가 지켜야 할 일을 실행하며 살아갔다.

내가 사는 대태이도의 한 사람 한 사람은 인간다운 삶을 성실히 살아갈 수 있도록 서로 존중해 주어야 한다. 개별적인 소중한 생명체이기에 그렇다. 민주주의는 인간 존중으로부터 출발한다. 내가 국민학교 삼 학년 때에 있었던 일이다. 우리 섬마을은 미역과 톳을 날짜를 정해서 공동 채취하기로 약속하고 있다. 그런데 어느 날 철민이 어머니가 어둠이 가시지 않은 시간에 갓 바위 근처에서 미역 몇 가닥 따오는 장면을 옆집 준한이 어머니가 보았다. 그만 머쓱해진 철민이 어머니가 부득이한 사정을 이야기하고 공개 사과를 하겠다는 의사를 표시하였다. 철민이 어머니는 섬마을의 약속을 지키지 못한 잘못을 인정하고 꾸짖어 달라며 눈물을 흘렸다. 섬마을 사람들은 규칙을 위반한 사실을 상기시키며 관용으로 마무리 지었다.

"이상한 일이네. 오빠가 무서워서 그런지 오늘은 모기가 날아들지 않네. 얘네들이 사람을 잘못 본 것 아니야."

그런 일이 있었다고 해서 섬마을 아이들이나 섬마을 사람들은 철민이를 헐뜯거나 비난하는 단 한마디 말도 입에 담지 않았다.

"오빠, 저기 하늘에 은하수가 흐르는 가운데에서 별똥이 떨어지네요. 까만 어둠 속의 반딧불이가 나란히 줄지어 날아가는 거 같아요. 오빠가 태이도를 와 줘서 고맙다고 인사를 하나 봐요."

사람은 한 알의 알곡처럼 독립된 존재다. 신념도 다르다. 지향하는 목표점도 다를 뿐만 아니라 개인의 능력도 다르다. 자유의 가치도 다르다.

"아이 참, 모기가 나는 따끔하게 찌르네. 애가 나를 오빠하고 치별하나."

한 개인이 신봉했던 이념을 개인의 발전 원리로 삼고자 시도했던 방식 역시 존중되어야 마땅하다.

그러함에도 개인이 추종했던 이념이 한 집단이 정한 이념과 상치된다고 해서 그 집단이 정한 규율의 잣대로 개인을 소거했으면 그만이다. 그런데 처벌받은 개인의 이념을 빌미 삼아 다음 세대까지 영향을 주려는 저열한 시도는 인간이기를 거부하는 선언과 같다고 본다. 개인은 낱낱의 낱알이되 알곡처럼 상품화할 수 있는 물품과 같지가 않다. 낱낱의 낱알들은 가마니에 넣어 계량화시켜 수단이나 방법의 대상이 가능하지만, 개인은 인간이기 때문에 불가하다. 아버지와 다른 정엽이라는 낱알을 가마니에 넣어 묶어버리는 행위도 있어서는 안 되지만 아버지와 아들을 하나의 낱알로 간주하여 집단화하려는 전근대적인 사고작용은 민주주의를 전면으로 부정하는 것과 다름없다. 개인을 기계의 부품 정도로 여겼던 미개한 시대의 역사의식을 현대의 미개한 자들이 범하는 극렬한 이념의 구현 방식이다.

"오늘따라 우리 태이도 밤하늘의 별빛이 유난히 빛나네요. 오빠를 축하하려고 맑은 별들이 산책을 나왔나 봐요."

산 자들이 자신들의 사회적 입지와 역할을 극대화하기 위해서 죽은 자를 이용하는 방식은 패륜아와 다를 바가 없다. 산 자들은 불순한 의도를 가지고 자신들의 목적을 최대화하려는 방책으로써 상호 의존 관계를 바탕으로 집단을 형성한다. 이들은 사회 중추 세력으로 자리잡아 가려는 몸부림으로 누군가를 희생물로 삼고자 한다. 그 일환으로 난국의 역사 앞에 죄지은 자들을 송두리째 말살해야 한다면서 침을 튀긴다.

이들은 전체주의가 집단을 위해서는 개인의 희생이 불가피하다는 주장을 깨달은 자들이다. 그래서 이들도 집단의 이익을 실현코자 개인의 권리를 침해하는 일을 당연하게 받아들인다. 이들의 공격 방식은 수법도 치밀하고 교묘하지만 주로 개인과 집단이라는 대결 구도로 만들어서 몰이 사냥에 나선다. 이들은 탄탄한 조직력과 월등한 경제력으로 상부구조를 이룬다. 결국, 사회의 상부구조로 전환된 이들은 개인은 흑이고 집단은 백이라는 이분법적 공격 방식을 취한다. 우리 편이 아닌 개인을 포식자인 하이에나가 피식자인 가젤을 집요하게 공격하여 먹이 사냥을 하듯이 이들도 개인을 끈덕지고 질기게 몰아세우는 악랄성을 보인다.

나라의 법을 지키지 않았다고 처벌받았던 정엽이 아버지를 상징적인 표적물로 삼은 이들은 욕망을 충족하기 위해서 수많은 활시위를 무작정 정엽이에게 잡아당겼다. 집단은 정엽이를 잡기 위해서 그물코가 촘촘한 그물을 쳐 놓았다.

정엽이도 집단주의를 강조하는 현실 사회의 명백한 피해자이다. 그런데 생각해 볼 문제가 있다. 그것은 정엽이 앞에 놓인 극도의 긴장된 상태를 소극적인 방법으로 대처했을 뿐만 아니라 적대시하여 피해 버렸다는 점이다. 달리 말하면 정엽이는 은둔의 길을 택한 것이다. 그게 저항의 한 방법이라고 생각할 수도 있다. 그러나 세상일을 피하지 말고 정면으로 맞서서 다투어야 옳았다. 개인의 자존을 지키기 위해서 그리고 개인의 자유 의지를 훼손하는 집단과 당당하게 맞서서 싸워야 똑바른 정신이고 올바른 길이다. 그런 사회가 되어야만 6·25와 같은 전쟁을 다시 겪지 않을 것이다.

어느새 연호와 은화는 밤하늘의 별들을 세고 있었다. 대태이도의 집집마다 흰 연기를 내며 피워 놓았던 모깃불이 사위어갔다. 바닷바람에 몸을 씻은 별들이 더욱 하얗게 대태이도로 내려와 초롱초롱 반짝였다. 별을 세던 은화는 잠이 들었는지 새근새

근 숨소리를 내고 있었다.

연화가 대태이도를 여행 방문지로 삼았으면 좋겠다는 의향을 더듬어 보았다. 정엽이가 선택한 삶의 한 형태를 '시대의 환경이 개인에게 미치는 영향'과 '개인과 집단의 부조화 상태와 변화에 따른 개인의 선택 방향'을 성찰할 수 있을지도 모른다는 연화의 귀띔이 들려왔다.

개인의 사연은 개인의 행위에서부터 출발하는 것이 아니라 개인을 둘러싸고 있는 환경에 이미 싹터서 자라나고 있는지 몰랐다. 개인의 영속적인 삶이 우연적인 사건에 있다고 하더라도 우연도 필연성으로 일어나는 하나의 사태라면 삶은 필연적인 인과성으로 귀결되는 섭리로 받아들여야만 하는가 보았다.

인간의 자유 의지는 신이 인간에게 운명이라는 이름으로 부여해 준 가장 귀한 선물이었다.

길 위에는 사람이 있으면 사연이 있었다.

강과 바다는 둘이 아니고 하나였다. 섬진강 어귀에 도착하자 시원한 강바람이 땀에 젖은 옷 속으로 파고들었다. 강바람에 길 위의 풀썩풀썩 피어오른 흙먼지가 나그네를 반겼다. 쌍계사로 가는 길의 아름다운 시작이었다.

강과 바다는 쏴아 부는 바람에 은은하게 일렁이는 솔잎처럼, 청아하게 울려 퍼지는 피아노의 선율처럼, 득음한 소리꾼의 소리처럼, 선이 부드러운 한복을 차려입은 무용수들이 탄생시킨 부채의 아름다운 모양처럼 넉넉하게 남실거렸다. 강과 바다는 어떠한 형태의 조건에도 굴하지 않고 싸안아 버리는 놀라운 포용성을 가졌다는 점도 하나였다.

강도 바다도 앞으로 나가기만 하는 게 아니었다. 강은 흘러가는 듯했지만, 다시 뒤로 왔다가 앞으로 나아가기를 반복했다. 강은 고만고만한 물비늘을 띄워서 양극단의 미망과 좌절에 빠진 사람들에게 반짝이는 기지와 굳센 용기를 갖게 했다. 바다도 오면 반드시 갔다. 가면 꼭 왔다. 길 위에서 선사가 깨달았던 만나면 헤어지고 헤어지면 만난다는 참된 이치를 어쩌면 파도를 보고 도리를 깨우쳤는지도 모를 일이었다.

강과 바다는 불변하는 정체성을 싫어하고 변화하는 가변성을 좋아했다. 강과 바다는 일찍부터 변하지 않으면 고정된 의식이나 체계 속에서 허우적거린다는 진리를 세상에 설파하는 지혜의 등불이었다. 강과 바다는 하나이면서 세상의 모든 사연을 담는 큰 그릇이었다.

그건 분명 내 삶에서 또 하나의 새로운 세상을 눈 뜨게 하는 경이로운 정경이었다.

이쪽과 저쪽을 이어주며 얇은 듯 두껍고 가는 듯 굵으며 힘이 많은 도도한 물줄기가 눈가루 같은 물비늘을 뿌리며 섬세하게 흘러가는 섬진강. 강바람을 맞으며 벚나무 잎새들은 쨍쨍한 햇볕과 지글지글 볶아대는 더위와 맞서서 짙은 남 녹색으로 위풍이 넘치게 기 싸움을 벌이고 있었다. 한 치의 양보도 없었다. 햇볕이 뜨겁게 달아오를수록 강가의 잎새들은 더욱 짙은 푸르름으로 자태를 드러냈다. 그러면서 햇볕과 강가의 벚나무들은 악수하며 서로의 등을 두드려 주었다. 햇볕과 강가의 벚나무 잎새들은 다툼도 싸움도 아닌 하늘과 땅의 자연의 질서대로 섬세한 물결이 흘러가 듯이 말 없는 자연의 신비를 보여 주었다. 연호는 순결한 행위의 그들에게 힘껏 박수를 보냈다.

섬세하게 흐르는 물결에도 물이랑이 조금씩 달랐다. 물결 위에 스르르 쥘부채를 펼쳐 놓은 것처럼 가지런한 물살이 손에 손을 맞잡고 쪼르르 짜르륵 화음을 만들어 내었다. 다리쉼을 할 틈이 없어 보였다. 하긴 강바람이 사이를 두지 않고 연신 어루만져 주다 보니 그러할 터였다. 강 물결의 물비늘들은 수없이 많은 조가비를 띄워 놓은 듯 얕게 떠서 춤사위를 펼치며 은빛 조명처럼 한낮을 밝혀 주었다. 부드러운 듯, 고운 듯, 아니 쓸쓸한 듯했다.

거기에는 분명히 정갈하게 빗질이 된 댕기 머리와 녹색 햇볕이 스며들어 잘 다듬어진 청록의 긴 치마가 강바람을 맞으며 나부끼고 있었다. 양쪽 강변에 걸린 동아줄을 당기며 움직이는 조각배 안에 엄숙한 여인이 미세하게 떨리는 나의 눈동자에 한 아름 채워져 들어왔다.

연호는 앞선 계절이었던 강가의 벚꽃이 향연을 펼쳤을 때, 섬진강 강가의 벚꽃 길을 버스를 타고 가면서 저 고운 여인의 모습을 보았더라면 더 좋았을 것이라는 상념에 젖었다.

꽃이 벙글어 화사한 자태를 뽐내기를 손꼽으며 강바람에 몸을 씻은 벚나무는 소담스럽게 영근 봉오리들을 하늘을 향해 자꾸 쓰다듬었다. 가지마다 꽃망울을 소복 매단 사이사이로 차창에 스치는 여인은 초록 잎새처럼 고아해 보였다.

투덜투덜 돌밭 길을 달리며 일어난 뿌얀 먼지가 차내로 짙게 들어왔다. 민지에 싸인 메마른 눈자위에 여인은 선명한 모습을 유지하며 동아줄과 조각배가 만들어 내는 움직임에 맞춰가며 바른 자세로 자리 잡고 이곳을 바라보며 세심한 동작을 이어가고 있었다.

문득 차를 멈추게 하고 이곳에 내리고 싶었다. 이곳에 오느라 거칠어졌을 여인의 손바닥을 따뜻하게 해 드리고 싶었다.

이곳으로 오셔서 어디로 가시려는 것일까.

구례 방향으로 손차양을 하신 모습으로 저 멀리 전주 쪽을 올려 보시면서 외씨버선 같은 가녀린 걸음을 떼시며 마음과 함께 춘향고개를 넘으실까. 아니면 굽이굽이 휘어 돌며 산들거리는 강바람을 좇아서 남쪽 하동을 바라보시며, 부처님의 지혜와 중생의 화락을 담은 쌍계사에서 흘러내린 화개천의 감로수에 목을 축이시고 화개장터를 지나실까.

떨어지는 가을

연호가 여인 촌을 찾아갔을 때 저녁 여덟 시가 되어 가는 시간이었다. 조금 이르다 싶지 않을까 걱정을 했는데도 여인 촌은 취객들의 발길로 흥청흥청하였다. 골목길에 들어서자 여인 촌의 체취가 연호의 감각 신경을 자극하였다. 사내들이 꺼어억 트림으로 끌어올린 시큼털털한 술 냄새와 하루 종일 일을 하며 몸에 밴 땀내, 아무 데나 방뇨한 찌든 지린내, 수채에서 풍기는 거슬림과 여인들이 찍어 바른 잡다한 화장품 냄새가 뒤섞여 민감하게 다가왔다.

골목길에는 간간이 박혀 있는 키 낮은 전봇대에서 촉광이 낮은 알전구가 가늘고 애처로운 빛을 발하고 있었다. 여인들과 사내들의 말싸움을 하루도 거르지 않고 번연히 내려다보고 있는 알전등은 언제나 그래왔듯이 미소 없는 감정으로 여인 촌의 깜깜한 골목의 어둠을 겨우 밀어낼 뿐이었다.

미로처럼 얽히고설킨 비좁은 골목길 곳곳에서 여인들과 취객들의 적절한 사랑의 흥정이 이루어지는 장면들이 눈에 띄었다. 여인들의 교태와 아양을 떠는 선정적 몸짓과 나긋나긋한 미소에 사내들은 바지 주머니에서 꼬깃꼬깃 접힌 돈을 꺼냈다. 여인들은 벌써 발기한 사내들의 샅을 쓰다듬으며 사내들을 품에 안았다.

사내들은 술기운을 빌어서 여인 촌을 찾아서인지 불그죽죽한 얼굴에는 어느새 숫기가 사라졌다. 사내들은 스스러운지 고개를 숙이고 여인들의 여유 있는 손놀림에 코뚜레를 꿴 어린 송아지처럼 여인들을 뒤따랐다. 사내들은 여인들의 손에 이끌려 희미한 불빛이 새어 나오는 게딱지만 한 여인들의 방으로 들어갔다.

여인들은 눈물이 많았다. 헤퍼 보이는 웃음은 웃음이 아니라 눈물이었다. 여인들은 화내지 않았다. 화가 나 있지 않아 보였지만 속은 새까만 숯덩이였다. 여인들은 짙게 화장을 했다. 화장은 화장이 아니라 얼굴을 뚫고 나오려는 분노를 저지하는 방어막이었다. 여인들은 설움을 말하지 않았다. 고향 집에는 그녀들보다 더 어려운 가족의 설움이 있었다. 여인들은 시기하지 않았다. 시기하면 여인 촌의 누군가가 불행해진다는 걸 알았다. 여인들은 고향을 그리워하지 않았다. 고향을 잊어야만 어머니가 꿈속에 나타나지 않았다. 여인들은 상처를 입었다고 생각하지 않았다. 상처를 입어야만 내 가족이 입은 상처를 조금이라도 치료해 줄 수 있었다. 여인들은 세상을 원망하지 않았다. 세상을 원망하면 원망할수록 한만 쌓여 간다는 것을 알았다.

골목을 오른쪽으로 막 돌려는데 취기로 눈이 풀리고 혀가 꼬아진 사내가 팔뚝을 걷어 올리고 삿대질을 하더니 다짜고짜 상스러운 욕설을 내뱉었다.

"지기미 씨팔, 씹구녕에 한 번 넣었다가 빼는디 머시가 고렇게 비싼거시여."

사내는 담배를 질겅질겅 씹어 대며 이기죽거리더니 고약하게 인상을 찌푸렸다. 못마땅하다는 기색을 노골적으로 보이는 사내는 완전히 시비조였다. 형편이 옹색한지 아니면 불량기를 앞세워 꽃값을 타협하자는 의도인지 정확히 알 수 없었다.

라진영은 만취한 손님이 해코지할지도 모른다는 두려움으로 잔뜩 긴장해 있었다.

라진영은 여인 촌에 들어온 날 정교술에게 죽음의 공포를 느끼게 하는 잔인한 행동의 후유증으로 몸을 움츠리곤 했다. 머리카락을 자르고 불침을 놓고 담뱃불로 지지고 면도날로 긋고 송곳으로 찌르고 몸에 오줌을 싸고 성을 유린하려고 사지를 결박하는 모든 행위에 단 하나 할 수 있었던 방어는 몸을 아주 작게 움츠리는 것 말고는 아무런 방법이 없었다. 그마저도 발로 차고 손으로 쥐어 박고 막대기로 후려치는 폭력 앞에서 허물어지고 말았다.

등판이 넓고 불량기가 넘쳐나는 몸집이 실팍해 보이는 사내 두 명이 좁은 골목이 꽉 찰 정도로 건들건들 바쁘게 걸어왔다. 이들의 거들먹거리는 행동거지에서 꼴값 떨고 있는 주정꾼의 다리라도 작신 부러뜨리겠다는 표독스런 맹수의 분위기를 읽을 수 있었다. 이들은 자기들의 구역 내에서 함부로 날뛰는 주정꾼에게 위해를 가함으로써 비슷한 일들이 벌어지는 사태를 사전에 방지하자는 뜻도 담고 있는 듯했다. 이들의 두껍고 단단한 동작에서 적의가 느껴졌다.

사내들은 욕설을 퍼부은 주정꾼에게 다가서자마자 들입다 아가리를 주먹으로 두어 차례 퍽퍽 갈기더니 멱살을 잡고 땅바닥에다 패대기를 쳤다. 벌러덩 나자빠진 주정꾼은 예기치 않았던 공격을 받음과 동시에 건장한 체구의 그들이 벌이고 있는 낌새로 보아서 위기감을 빠르게 눈치챘다. 그들이 마구잡이로 걷어차거나 짓밟기 전에 꽁지 빠지게 달아나는 게 상책이라 싶었다. 그들이 심한 욕설을 입에 물고 자신을 향해서 방향을 틀자 잽싸게 몸을 일으킨 주정꾼은 어둠 속의 골목으로 허둥지둥 달아나 버렸다.

"씨이팔 새애끼, 붕알 두 개가 마주침서 쨍강쨍강 소리 냄스로 깨질랑가도 모리겄다. 퇴깽이맨치로 뛰기도 잘도 헌다. 허우대는 멀쩡헌 새끼가 워디서 영업 방해럴 허고 지랄이여."

검정색 가죽 장갑을 낀 사내는 주정꾼이 줄행랑을 놓은 골목을 바라보며 코웃음을 치더니 이빨 사이로 침을 찍찍 갈기며 왔던 길로 되돌아갔다.

"야, 저런 넘덜이 오면 제까딱 알리고, 거 머시냐, 붕알을 걷어차 버리란 말 잊어 묵었냐."

한 사내가 앙칼지게 쏘아붙였다.

라진영은 주정꾼보다는 폭력을 행사한 사내들에게 주눅이 들다 못해 헬쑥해져 표정이 굳어졌다. 연호는 두려움에 와들와들 떨고 있는 라진영에게 다가갔다. 극한의 공포 속에서 찢어진 상처는 꿰맬 수도 꿰매지지도 못하는 풀리지 않는 비극일 성싶었다

차기조와 추계녀는 연호의 집을 들락거리면서 무슨 사건이 생

기면 쑥덕거리곤 했는데 라진영에 대해서는 유별나다 싶을 만큼 소리를 높여 떠벌려댔다. 연호는 차기조와 추계녀의 대화를 또렷하게 들을 수는 없었지만 어떤 예감에서 섬진강의 고아하고 단아했던 여인을 직감했다.

예감은 암시적으로 또는 본능적으로 미리 느끼는 것이라고 했고, 직감은 설명하거나 증명하지 아니하고 진상을 곧바로 느껴 아는 것이라고 했다.

예감이라는 씨앗에서 직감이라는 열매를 따낸 연호는 몸을 부르르 떨었다. 온몸이 꽁꽁 얼어붙는 듯한 싸늘한 냉기가 전신을 싸고도는 그들의 말에서 연호는 경악하고 전율하였다.

신비하고 성스러웠던 섬진강의 조각배 여인이 갈가리 찢겨나갔다. 숭엄한 존재는 먼 곳에 혹은 높은 곳에 있지 않다는 실재성을 강바람에 나부끼는 치맛자락에서 보았던 기억이 철저하게 짓밟혔다. 짐승같은 짓이라거나 짐승만도 못한 인간이라거나 하는 말은 명백히 틀렸다고 생각했다. 짐승도 인간도 아니었다. 차기조와 추계녀가 들릴 듯 말듯 조곤조곤 나누는 탁한 음색 속에는 연호가 현실 세계에서 받아들이기 어려운 인간이 했다고 보기에는 어려운 잔인하고 더러운 악행이 담겨 있었다.

"저어, 아가씨."

라진영은 한바탕 소란이 벌어진 충격에서 아직도 깨어나지 못한 채 멍해 있었다. 입술을 오므리고 말아 쥔 주먹은 두려움과 무서움으로 여리게 떨렸다. 연호를 바라보는 눈망울에 그지없는 서러움이 가득 담겨 있었고, 눈망울에 고여 있던 눈물이 흐릿해 보였다. 이내 눈시울에 맺혀 있던 눈물이 뚝 떨어졌다. 키 작은 가로등의 무심한 불빛이 부자연스러운 동작과 어색한 표정을 짓고 있는 라진영을 흐릿하게 비추며 다가왔다.

"하룻밤은 자고 갈 수 없나요?"

라진영은 의외라는 표정을 지었다. 손수건으로 눈물을 훔쳐낸 라진영은 선뜻 대답하지 못하고 미적거리며 눈치만 살폈다. 여인 촌의 영업 구역 내에서 암묵적인 묵계가 성립되어 작용하고 있는 것으로 여겨졌다. 그래서 하룻밤을 접객해야 할 손님의 경우에는 라진영이 결정해서 대답할 사안이 아닌듯했다.

여인 촌의 특성으로 미루어 잠깐 쉬었다 가는 손님들이 대부분일 터인데 밤을 새우는 손님에게는 상당한 액수를 요구하는 건 아닐까 싶었다. 아예 하룻밤을 자고 가는 여인 촌의 규약이 없었다면 라진영은 바로 안 된다는 거절 사유를 손님에게 설명해 주었을 터였기 때문이었다. 그게 아니라면 라진영은 지금까지 밤을 새우는 손님과 한 번도 잠자리하지 않았을 경우도 생각해 볼 수 있었다. 어쨌든 라진영은 곤혹스러워했고 누군가에게 물어보아야 하고 거기에 따른 지시를 받아야 하는 기미가 동작에서 묻어 나왔다.

개인이 갖추고 누려야 할 인권이니 인격이니 하는 따위의 고급스러운 말들은 사치에 불과하다는 인상을 받았다. 누군가가 가지고 있는 절대적인 힘 앞에서 개인은 너무나 초라하고 빈약한 존재로 보였다. 그가 행사하는 권력에 항거조차 할 수 없는 연약한 한 떨기 꽃과 같았다.

어느 누가 개인의 삶에 굴레를 씌워서 한 개인을 파멸의 길로 빠뜨린 후에도 연속적으로 억압하고 착취하면서 인간이라는 존재성을 망각시키고 있는 듯 보였다. 그건 노에나 다를 바가 없다는 생각이 들었다. 추악하고 지저분하게 살아 가는 한 인간의 탐욕의 악취가 진동하면서 구역질 나게 했다.

껌을 짝짝 씹으며 한 여자가 라진영에게 다가갔다. 고개를 몇 번 끄덕끄덕 흔들며 알았다는 표정을 짓던 여자가 무어라고 손짓으로 지시를 하더니 라진영을 방으로 들여보냈다.

"나가 본께로 총각 같은디, 쩌 아가씨가 맘에 있수. 근디, 쟈나 나나 이짓히서 먹고 사는 것이야 총각도 잘 알잖우."

두껍게 칠해 놓았던 빨간 색 입술 화장이 반쯤 벗겨져 나간 여자에게서 쉰내 비슷한 술 냄새가 풍겨 나왔다. 조그만 손가방에서 담배를 꺼내 물고 불을 붙였다. 천박한 냄새가 풀풀 날리는 욕설을 무어라고 내뱉던 여자는 흥정하자는 투로 담배 연기를 뿜어냈다.

"쟈가 밤일을 허면 서너 차례, 너댓 차례는 만날 허요. 근디 많어면 대여섯 차례도 치르고 그요. 글고 바쁠 쩍에는 그 보다도 손님을 더 받을 때가 있수. 거그다가 총각이 잠꺼정 자고 안 가요. 근께로 에누리 없이 잠깐 쉬었다 가는 열 손님 값을 딱 치르먼 어쩔랑가 싶소."

라진영을 최악의 구렁텅이로 굴러떨어지게 한 꼭두각시일지 가늠하기 어려우나 여자가 벌이는 수완은 능수능란했다. 연호는 여자가 거리낌 없이 뱉어내는 흥정의 방자함에 진저리를 쳤다.

여자는 성을 상품화하는 중간책이 아니라 인간을 매매하는 노예상이었다.

라진영의 방에 발을 디딘 연호는 흠칫 놀라 한발 물러섰다. 섬진강의 고른 물결의 조각배에 올라앉아 강바람을 맞으며 이음줄을 잡아당기던 단정하고 고운 그때 그 여인이 두 손을 마주 잡고 서 있었다.

라진영의 아버지 라동수는 후덕한 성품과 성실함으로 나룻골에서 인심 잃지 않고 건실하게 살아왔다. 행실이 착실하고 건강하나 혼인 적령기를 놓친 라동수를 나룻 골 사람들은 안타까워했다. 그러던 차에 농사일로 볼 일이 있어 나룻골을 들렀던 머루 실 사람의 중매로 이 십여 리 떨어진 머루실의 처녀 신 씨와 결혼했다. 신부인 신 씨도 머루실 사람들의 우러름을 받던 아버지와 인자한 어머니의 영향으로 현숙하고 예의범절도 반듯했다.

라동수와 신 씨는 삼 년이 넘도록 후사를 보지 못해서 걱정이 많았다. 부부는 나룻골 사람들의 경험담과 나룻골에서 전해 내려오는 풍속을 잘 따랐던 덕분이었는지 아들은 아니었지만 예쁜 딸을 낳았다. 라동수가 서른이 되던 해인 1950년이었다.

늦게 품에 안은 딸이었지만 부부는 싱글벙글 애지중지 키웠다. 라동수는 꼬무락꼬무락 움직이는 아기의 손가락 발가락에 입을 맞추며 하루하루가 즐겁고 기쁘기만 했다. 거기다가 논이라도 몇 마지기를 자기 명의로 갖고 있었기에 소작농 보기가 민망했지만, 자작농으로 농사를 지으면서 만족해하며 살아갔다.

전쟁이 터졌다는 소식과 국군이 밀려 내려가고 피난민이 줄을 잇는다는 소문이 나룻골에도 날아들었다.

라동수는 사남 이녀 중 넷째였는데 장형인 라동철은 일제시대 경찰에 몸담았다가 해방 이후 행적을 감추었다 다시 경찰에 복귀했다. 그런데 라동철은 일본 순사보다 더 악질이라는 평판이 나 있던 고약한 인물이었다. 그런 그에게 면내뿐만 아니라 나룻골 사람들도 등을 돌려 침을 뱉을 정도로 악질이었다.

전쟁 초기부터 거침없이 인민군이 밀고 내려온다고 나룻골 사람들은 입을 모아 걱정했다. 곧 인민군이 면내와 나룻골에 들어올 거라는 소문이 파다할 즈음에 경찰은 상부 지시에 따라 면을 비우고 피신했다.

아버지가 라동철에게 흠씬 맞고 불구가 되어 몸져누워 버리고 어머니마저 시름시름 앓아눕자 라동철에게 복수의 칼을 갈던 청년이 있었다. 청년은 인민군이 면내로 들어오기 며칠 전 라동수를 찾아왔다. 청년은 부모를 다치게 하여 집안을 망쳐 놓은 원수 라동철의 행방을 대라며 으름장을 놓았다.

원래부터 장형의 악행으로 라동수가 형과 거리를 두고 생활하는 바를 모르지 않은 청년이었지만 시대가 변하자 사리 판단이 어두워졌던 모양이었다. 라동수는 사실대로 모른다고 할 수밖에 없었고, 청년은 하루에도 몇 차례씩 찾아와 욕설과 삿대질을 하면서 협박했다.

청년은 이성을 잃어 가는 듯했다. 인민군이 곧 면내에 진입할 거라는 말들이 나룻골 사람들의 입에서 입으로 돌아다녔다. 저녁을 먹고 갓난아이를 어르고 있던 라동수를 찾은 청년은 잠깐 보자며 마당에서 비틀거렸다. 술에 많이 취해 있었다. 청년은 다시 묻겠는데 라동철의 행적을 대라며 볏짚에 숨겨 왔던 칼을 라동수의 목에 들이밀었다. 모르는 것을 안다고 말할 수 없었던 라동수는 결국 청년에게 복부를 찔렸고 손 쓸 겨를도 없이 저승 객이 되고 말았다.

홀몸이 된 신 씨는 돌도 지나지 않은 갓난아이인 라진영을 등에 업고 농사는 물론이지만 라진영의 양육에 농사보다 더 심혈을 기울였다. 나룻골에서 드물게 읍내 중학까지 보낼 정도로 신 씨는 라진영에게 애착을 가지고 죽은 남편의 소원을 풀어 주고자 했다. 남편은 라진영의 백일 상을 차려 놓은 자리에서 흐뭇한 웃음을 입에 물고 재롱을 부리는 갓난아이에게 걸걸한 목소리를 던졌다.

"나가 빼가 으스러져도 좋은께 우리 진영이는 대학꺼정 갤칠란다."

아무래도 남자가 부재한 농사 짓기는 역부족이었고 살림은 조금씩 줄어들었다. 열일곱이 된 라진영은 혼자 몸으로 고된 나날을 보내는 어머니를 가슴 아프게 보아왔다. 어머니에게 제안이라는 형식을 취했지만 이미 결정된 마음을 통고하는 것이었다. 먼저 몇 년 돈을 번 다음 대학까지 다니겠노라고 했다. 라진영은 어머니의 극구 만류에도 불구하고 섬진강을 건너 전주로 발길을 옮겼다.

라진영은 연호가 들어와서 자리에 앉자 흐트러짐 없이 낮은 목소리로 연호에게 이야기를 건넸다. 밤은 상당히 깊어 갔다. 시끌시끌하던 술에 취한 사내들의 소리만 간간이 들려오더니 그마저도 시간이 더 흐르자 여인 촌에는 적막한 고요가 내려앉았다. 가을을 알리는 귀뚜라미의 청량한 울음소리가 밤이 깊어 가는데도 문틈으로 흘러들었다.

라진영의 품에서 남실거리는 섬진강의 푸른 바람이 불어왔다. 삶의 의미와 삶의 방향을 찾기 위해서 길 위에서 만났던 정결한 처녀가 섬진강을 건너오고 있었다. 섬진강의 푸른 물결에 나부끼던 머리칼과 치맛자락이 라진영의 얼굴에 와 닿자 연호의 눈에서 눈물방울이 뚝뚝 떨어졌다.

연호는 라진영의 볼에 새겨진 담뱃불 자국에 손을 얹어 어루만졌다. 잘려나갔던 머리카락을 매만졌다. 칼자국이 선명한 팔뚝을 쓰다듬었다.

라진영의 몸에 나 있는 사악한 탐욕이 새겨 놓은 상처 자국을 닦아내고 쓰다듬고 싶었다. 그래서 영혼 속을 맴돌며 떠도는 아픈 기억을 거두어 주고 싶었고, 시간이 흐르면 흐를수록 더 깊이 새겨질 상처와 더 넓게 맴돌 기억들을 날이 새면 다 싸안아 가고 싶었다. 그러나 눈이 부시도록 하얗게 드러날 나신은 차마 볼 수가 없었다. 스무 살 신입생 시절 길 위에서 깨달았던 삶의 의미가 연호의 눈물에 섞여 흘러내렸다.

연화는 가을이 깊어져 가면서 두 가지 문제로 가슴앓이를 했다.

첫째는 며칠 전 느지막한 오후 시간에 신분증을 제시하며 경찰서에서 나왔다는 두 사람이 있었다. 그들은 북에서 남파된 간

첩을 검거했는데, 아버지와 어머니가 남파 간첩과 관련이 돼 있는지 조사할 게 있다면서 내일 아침 경찰서로 나와 달라고 했다.

둘째는 근래 들어 연호가 예전과는 다른 언행을 보였다. 연호의 말에는 쫓기는 듯한 긴장감과 호의적인 말에도 신경질을 섞어 내곤 했다. 행동 또한 다소 이완되어 보였고 반발 심리가 드러난 태도에다 짜증을 내며 쉽게 지쳐버렸다. 신입생 시절 도보 여행 이야기를 자주 꺼냈고 자신의 삶에 회의감이 든다면서 피곤함을 빈번히 하소연했다. 게다가 아버지와 어머니가 경찰서에 갔다는 전후 사정을 들은 다음 더 충격을 받은 듯했다.

남부시장을 중심으로 형사로 추정되는 사람들이 아버지와 어머니의 과거 행적과 현재 특이한 움직임은 없는지 탐문하고 다닌다는 시장 사람들의 이야기가 속속 들려왔다. 전하는 말에 의하면 그들이 캐고 싶어 하는 내용은 주로 아버지가 최근에 거동이 수상한 자와 비밀 접촉이 없었느냐는데 질문의 초점이 맞춰진 상태였다. 그들은 아버지와 할아버지와의 사이에 있었을지 모를 미세한 부분까지 채집하고 다닌다는 말들이었다. 할아버지야 출생 연도로 보아서 병사나 사고사가 아닐지라도 자연사했다고 보아도 무리는 없을 나이였다. 그런데 어떤 연유로 부자간의 관계를 집요하게 파고드는지 이해할 수 없는 노릇이었다.

특히 그들은 할아버지의 옛 자취에 관심을 두고 집중적으로 묻고 다닌다는 전갈도 아버지와 가까운 시장 사람이 은밀하게 들고 왔다. 할아버지는 일제시대 사람으로서 독립 투쟁 대열에 나섰고 아버지는 전쟁까지 치르면서 다리를 다쳐서 불편한 몸이었다. 이런 두 세대가 받았던 상처를 치료하려 하지 않고 더 긁어 생채기를 내려는 현실을 삼 세대인 연화는 도저히 이해하기가 힘들었다.

아버지는 전쟁에서 다리를 다쳐 제대한 후 집에서 자는 시간 이외에는 시장에서 거의 노출된 상태로 생활해 온 터라 큰 걱정은 안 되었다. 그러나 그동안 할아버지에 관한 과거에 대해서 경찰서 담당 부서 관계자의 끈질긴 추궁이 있었기 때문에 도무지 영문을 알기가 어려웠다.

다른 죄명도 아닌 간첩 혐의는 상상할 수 없는 영역일 뿐만 아니라 가당치도 않았다. 소소하게 일상을 살아가는 소시민일 따름인데 할아버지의 삶을 빌미로 계속 북쪽과 연루시키려는 의도에 적이 당혹스러울 뿐이었다.

아버지나 어머니는 지금까지 살아 온대로 큰 욕심 없이 남부시장에 작은 청과점을 차려 놓고 아버지가 어머니를 자전거에 싣고 집에서 시장으로 시장에서 집으로 왔다 갔다 하는 게 하루의 전부였다. 두 분은 손님이 없는 뜸한 시간이면 바로 옆 가게 오 씨에게 잠깐 부탁하고 둘이서 손을 꼭 잡고 전주천을 바라보며 한벽루까지 산책하는 걸 가장 뜻있고 즐거워했다. 어쩌다 오모가리 집에 들러서 피라미 한 투가리를 하는 날이면 어머니의 얼굴은 발그스름한 혈색이 돌았다. 아버지는 어머니의 얼굴에 가득 잡힌 주름에 손가락을 넣어 손가락 인두라며 주름을 펼쳐 주었다.

"이놈의 주름 꽃이 나 헌티나 필 일이제 고운 우리 할망 얼굴에는 어째 피고 그런다냐."

어머니는 수줍은 표정으로 무심히 흐르는 전주천에 눈길을 보내며 다사다난했던 지난 시간을 기억 속에서 끄집어내었다. 어머니는 지금도 전쟁에서 아버지와 할아버지가 총을 겨누며 총질했을 거라며 실제 장면을 본 것처럼 몸서리쳤다.

아버지나 어머니는 품성도 품성이지만 워낙 성실하게 일하면서 주위 시장 사람들을 꼼꼼하게 챙겨서 시장 사람들에게 가장 가까운 사람이었다. 아버지와 어머니의 손을 지그시 잡아주면서 백년가약을 맺어 주었던 콩나물국밥집 홍 씨는 죽었지만, 가업을 승계하여 대를 이어가며 자리를 지키는 홍 씨의 큰아들 대승이는 가끔 푸짐하게 콩나물국밥을 말아 주곤 했다. 대승이는 내 큰 뜻도 담겨 있지만, 아버지의 마음이라고 했다.

시장 사람들의 걸걸한 육담은 손바닥으로 땅을 치게 하였으며 고개를 젖혀 하늘을 쳐다보게 하는 웃음을 만들었다. 거기다가 시장 사람들은 서툴지만 묵중한 듯 야들야들 한 잡가 하나씩은 뽑아낼 수 있었다.

"모시야 적삼 안섶 안에 연적같은 저 젖 보소. 많이 보면 병납니다. 담배씨만치 보고 가소."

구성지고 격조를 갖춘 가락은 아니었지만, 오히려 어설픈 소리가 시장을 찾는 손님들에게 흥과 함께 맛에 취하도록 해 주었다. 시장 사람들의 얼굴에는 웃음기가 가실 날이 없었고 누군가 흥얼거리는 가락은 어느새 옆으로 길게 이어졌다.

시장 사람들은 삶이 고달프다거나 괴롭다는 말을 하지 않았다. 그저 내 일이 네 일이면서 네 일이 내 일이나 마찬가지였기에

244

기쁨과 즐거움이 있을 뿐이라고 말했다. 그러니까 시장을 찾는 사람들도 흐뭇하고 만족스러웠다. 그렇다고 경계가 없는 게 아니었다. 한 살이라도 더 먹은 시장 선배는 오빠이고 누님이고 형님이고 언니였다. 시장 사람들의 입에서 진하게 우려낸 고깃국처럼 들어붓는 거친 말들은 다른 사람에게 모욕을 주려는 게 아니었다. 그것은 서로 간의 안부를 묻는 인사이고 정겨움을 표시하는 의사소통 방식의 하나였다.

시장 사람들은 파장 무렵이면 너덧, 대여섯, 예닐곱씩 짝을 지어 막걸리를 밥사발에 넘치게 따랐다. 그날 팔고 남은 두부에다 김치 한 가닥 걸치거나 된장에 고추를 박은 안주면 그로써 족했다. 시장은 시장 사람들에게 삶의 터전이자 유흥을 즐기는 적당한 장소였다.

시장 사람들은 몸짓이나 눈초리만 보아도 간밤에 있었던 일을 알았다. 꼬막 장수 강 씨가 오늘 유달리 기신기신 맥이 풀려서 허리가 구부정해 보이면 어젯밤 쫄깃쫄깃한 꼬막 맛인 각시에게 너무 호사를 시키느라고 그랬을 것이라며 입을 모았다.

반면 나이든 엿장수 황 씨의 눈초리가 내려가고 가위질이 허약하면 지난 밤 잠자리가 부실해서 각시에게 쇳소리를 듣고 속태우며 오늘 밤은 어찌하나 요량하고 있음을 알았다.

딸 부잣집 박 씨네라 불리는 아버지나 어머니도 가지런한 성품만큼 시장 사람들과 삶이 가져다주는 애환을 서로서로 부둥켜안으면서 시장을 지켜왔다. 어머니에게 올차고 다부진 총각이 있다는 은근한 중매가 들어왔고 아버지를 선술집으로 불러서 꼬치가 똘똘하고 당찬 놈이 있다면서 술잔을 채우는 시장 사람들도 많았다.

한 번은 거나하게 취한 포목점을 운영하는 강 씨가 아버지를 찾았다.

"어야 완주, 나 아덜넘이 시방 말이시. 거 머시냐 행정 고등 고시 시험공부 중인걸 알제. 그넘언 기연시 합격허고 남을 넘이란 걸 완주 자네도 잘 알잖은감. 긍께로 큰딸 연화는 나가 딱 점 찍었다는 걸 알고 있으라 그 말이시."

남부시장 사람들은 육담과 가락과 욕설이 어우러지면서 끈끈한 정으로 이어진 하나였다. 콩나물을 사러 왔는지, 두부 한 모를 장바구니에 담으러 왔는지 비싼 비단을 끊으러 왔는지 발걸음을 보면 알았다. 남부시장은 어떤 누구도 모르는 외부인이 기웃거리며 함부로 은밀하게 접촉하는 비밀스런 공간이 아니었다. 투명 유리와 같아서 낱낱이 들여다볼 수 있는 공동의 광장이었다. 아버지와 어머니는 그런 남부시장에서 자식들을 건사하기 위해서 뿌리를 튼튼하게 내리고 살아가는 시장 사람이었다.

임신 칠 개월째 접어든 연화는 병원을 찾았다. 두 가지 문제로 걱정이 많았던 만큼 혹시라도 태아에게 영향이 있을지 모를 염려 때문에 예방적 차원에서 검사를 받아보기 위해서였다. 의사는 산모와 태아는 모두 건강하니 절대적으로 안정을 취하라고 했다. 연화는 뱃속의 아기가 불안하거나 놀라지 않게 하려고 신경을 곤두세우지 않으면서 마음을 고요하고 평온하게 가지려 노력했다.

연화는 연호의 꿈을 꾸고 난 다음 적잖은 심리적 불안을 떨쳐 낼 수가 없었다. 지금까지 꿈속에 연호가 한 번도 나타난 적이 없었다. 그런데 꿈결에 말을 탄 연호가 보였는데 깨어보니 연호는 보이지 않았다. 천상에서 말을 타고 내려온 연호가 연호의 집에 도착하자마자 어머니를 부르면서 말에서 뛰어 내리는 것이었다.

　"연호, 안 돼. 말에서 내리면 안 돼."

　연화는 깜짝 놀라서 필사적인 몸부림으로 연호를 말에서 내리지 못하도록 잡으려다가 벌떡 일어났다. 시계는 먼동이 트려면 아직 이른 네 시를 가리키고 있었다. 식은땀으로 온몸이 축축했다. 혹시 놀랐을지도 모를 뱃속의 태아를 진정시키기 위해서 다시 자리에 누웠다.

　괴이하다는 생각이 쉽게 가시지 않았다. 지난봄 새벽 기차에서 선녀와 나무꾼을 숫기 없는 표정을 지으며 나지막이 들려주던 그때의 표정도 아니었다. 허둥지둥 서두르는가 하면 갈팡질팡 어쩔 줄 몰라 했다.

　연호는 부쩍 민감해졌던 언행이 자제력을 보이며 평상심으로 돌아가는 듯했다. 그러나 그것도 잠시뿐이었다. 처음에 보이던 감응들은 많이 사라졌지만 달라진 게 있다면 스스로 고립되어 가려는 듯이 보였다. 삶의 가치를 찾기 위해서 나비와 벌처럼 분주했던 모습은 사라지고 무언가 결심한 듯한 인상을 주곤 했다. 그렇게 말수가 많던 연호가 아니었지만 말하는 수효가 더 적어졌고 웬만하면 입을 열지 않겠다는 태도였다.

　연호는 혼자 있는 시간이 많아졌다. 연호는 대태이도의 정엽이가 불렀던 노래를 두 입술을 맞물고 있다가 나지막하게 흘려냈다.

"엄마 구름 아기 구름."

"집으로 가는데."

"언제나 만나려나."

사회적인 격리를 스스로 선택했던 정엽이가 안타깝다며 슬퍼하던 연호의 모습은 아니었다. 정엽이는 사회를 혼란시키는 세력들에게 대항하는 방법의 일환이었지만 연호는 자포지기와 같은 무기력함이었다.

연호는 스산하게 떨어지는 시월의 낙엽을 손바닥 위에 받았다. 교정에 줄지어 늘어선 플라타너스 잎이었다. 연호 손바닥보다 넓어서 연호를 크고 넓게 보이도록 했다. 두 손으로 덮은 플라타너스 낙엽을 발밑에 놓고 밟을까 말까 하더니 가여운 듯 낙엽을 멀뚱하게 쳐다보기만 했다. 연호는 푸르고 깨끗한 가을 하늘을 응시하면서 유리알처럼 맑은 눈물방울을 떨어뜨렸다.

연호의 발길은 꼭 문리관에서 시작되었다. 문리관에서 연화와 전공 수강 시간이 많았던 까닭에 연호의 마음속에 연화가 크게 자리 잡고 있을 것이리라 여겼다. 그뿐만 아니라 일 학년 신입생 시절 두 반으로 나뉘어졌던 인문 계열이 합반해서 몇 개의 교양 과목도 함께 들었기 때문에 연화의 향기가 그윽하게 배어 있는데다 둘만의 자취가 스며들어 있어서 아늑한 느낌을 주기 때문인 듯 보였다. 문리관은 사람과 사랑이 사람과 인정이 사람과 온기가 쌓이고 입혀지고 부풀어 오르는 연호와 연화만의 낙원이었던 셈이었다.

연호는 자꾸 과거로만 돌아가려 했다. 지나가 버린 시간에 연호와 연화 사이에 맺혀 있는 추억들을 갈피에서 하나씩 하나씩 꺼내어 돌이켜 볼 적엔 조금씩 입을 열었다.

연호는 데모대와 정문을 빠져나가던 그곳에서 우두커니 서서 무슨 생각을 하는지 자주 들렀던 정문 앞의 학사 주점을 한동안 스산하게 바라보았다. 격정이 끓어오르는지 몸을 떨면서 주먹을 굳게 쥐었다가 스르르 풀었다.

교정 한가운데 위치한 호수의 둘레를 감고 있는 정원석에 앉아 한참이나 멍한 눈길로 분수를 바라보면서 연화에게 애잔한 미소만 그려 보일 뿐 입은 열지 않았다. 연호는 분수의 물줄기 끝에서 피어난 무지갯빛을 애써 외면했다.

연화를 독서 모임에서 만날 수 있었던 행운은 스무 살 삶의 환희였다며 또 푸른 가을 하늘과 같은 푸른 눈물방울을 만들어 냈다. 연화에게서 받았던 인상과 연화의 아름다움을 힘이 들어간 억양으로 말했다. 연화와 신입생 시절 도보 여행을 떠나기 전에 배낭을 꾸리던 때가 너무나 그립다고 했다. 도보 여행 중에 연화를 보고 싶었던 마음을 이야기하면서 연화에게 좋아한다고 편지를 보내고 싶었다고 했다. 그런데 괜한 창피함과 쑥스러움 때문에 쓰지 못했다면서 왜 그렇게 소극적이었는지 아쉽다는 말을 입 속으로 삼켰다.

이제 고백하지만 제일 걱정이었던 것은 내 옆에 연화가 없으면 어떡하나 가슴을 졸이며 가끔 잠을 설쳤다고 했다. 그런데 연화는 울퉁불퉁 파였던 자신의 마음을 곱게 메워 주었고 지금도 함께 있으니까 정말로 고마운 마음이라고 했다. 연화가 옆에 없는 시간은 새벽바람처럼 을씨년스러웠고 저 낙엽이 바람에 외롭게 쓸려 다니듯이 허전하기만 했었다며 연화만 알고 있으라면서 슬픈 미소를 지었다. 삼 학년 봄쯤이었을 텐데 꽃길을 걷던 중 연화에게 입맞춤하고 싶었는데 꽃들이 부끄러워 입맞춤은커녕 손목도 잡지 못했다며 쓸쓸한 웃음으로 대신했다.

연호가 연화에게 남부시장 사람들 몇 명을 만나 보았다고 했다. 이번에 남부시장을 찾기 얼마 전 여름 방학 때 친구들과 나눈 술자리가 길어져 다음 날 아침에 친구들의 숙취를 해소하기 위해서 콩나물국밥을 잘한다는 남부시장을 찾았다고 했다. 남부시장 먹거리 골목에 들어서자 이른 시간인데도 풍성한 냄새가 코끝에 와 닿았다. 콩나물국밥집에 막 들어가려는데 대폿집이라는 간판을 달고 문이 열린 선술집에서 요란스러운 아녀자의 악쓰는 소리가 들려왔다.

"니, 시방 머시라고 혔어. 니얄 술값얼 주겄다고. 야이, 니기미 씨부랄놈아. 나넌 속곳 내려 밑구녕 폴아서 이 장시허는 줄 아냐. 마수도 안 혔는디, 해장부텀 무신 외상은 외상이여. 돈뿌시레기가 없으면 처먹덜 말었어야지. 카악 잘근잘근 씹어 삼킬 놈."

나중에야 알았지만, 대꼬챙이보다 더 날 선 카랑한 악다구니를 퍼부었던 사람은 악바리로 소문께나 난 욕쟁이 주모였다.

콩나물국밥과 모주 한 잔을 곁들인 알딸딸한 기분으로 전주천과 나란히 이어진 좁장한 길로 나섰다. 길 양쪽에는 늙수그레한 할머니들이 모둠모둠 쌓아 놓은 자두나 참외나 복숭아나 수박 몇 통을 포개 놓고 쪼그려 앉아서 지나가는 사람들을 불러 세웠다.

"워메, 워메, 잡녀르 것들 영 쏭허네이. 요 포리 새끼들 잠 보소이. 복송이 달디 단께 쌧바닥을 쪽쪽 내밀고 뽈아대쌌네. 워메, 복송에 똥구멍 찍 깔겨대서 쉬쓸어 뽈면 복송 때깔이 홱 변했뿐디이. 한 놈만 잽히면 가랭이고 폴다리고 쫙쫙 찢어놀란다."

검버섯으로 온통 감겨 있고 시들어서 핏기라곤 전혀 없는 주름살이 여기저기 드리워진 할머니의 날카롭고 찢어지는 소리가 한숨과 섞여서 들려왔다. 할머니의 멍울이 잡힌 한스러움이나 원망스러움을 파리에게 투사시킴으로써 한과 원망을 풀어버리는 것이 아닐까 싶었다. 그리고 서러움과 애간장이 닳도록 끓이고 끓여진 만큼 눅진눅진하게 고아진 울화통들인지도 몰랐다. 할머니의 가슴 저 밑에서 치뻗어 올라오는 기가 찰 분함이기도 할 듯했다. 우리네 세상 구조를 야유하고, 아릿아릿한 가슴에 검은 숯덩이가 뭉텅이로 박혀 있는 서러운 가슴 속 매듭들을 활활 불붙여 태워버리는 언어 행위로 이해하려고 했다.

아니다. 연호는 자신의 추정이 잘못 해석됐다는 사실을 금방 깨달았다. 지금 시장 사람들의 노랫가락에 맞추어 타고 넘는 걸쭉한 입담은 시장 분위기를 왁자하게 만들고, 신명을 돋우어 장안을 찾은 분들에게 고마움을 표시하는 입심 좋은 술타령과 복숭아 타령이었다. 또한, 시장 사람들이 오늘 팔아야 할 모가치를 남부시장을 찾은 소비자들 손에 넘겨주려는 상술의 한 표현방식이리라 여겼다면서 그 시간이 그립고 다시 돌아갔으면 좋겠다고 했다.

연호는 남부시장 사람들과 대화를 나누면서 연화의 아버지와 어머니를 깊게 알 수 있는 귀한 시간이었다고 말했다. 그러면서 며칠 여행을 다녀오겠노라며 연화에게 기가 꺾인 작별 인사를 건넸다.

얄따란 구두 뒷굽에 밟힌 낙엽 한 장이 으스러졌고 천천히 걸어가는 연호의 등에는 석양이 내려앉고 있었다.

연호는 지난봄 화개 정류소에서 연화의 손에 건네주지 못했던 편지를 부쳤다. 그리고 어머니의 산소를 찾았다.

좀체 물러나지 않던 늦더위가 누그러지고 아침저녁으로 서늘한 바람이 불었다. 벌써 대학 시절 네 번째 가을이 오고 있었다. 연화와 졸업 논문 관계로 시내 제과점에서 음료수를 한 잔씩 나눈 다음 서노송동 집으로 가는 길이었다. 풍남국민학교를 막 지나가려는데 저만치 떨어진 곳에서 행색이 낡은 두 사내가 누군가에게 무릎이 꿇린 채 와들와들 떨고 있었다. 이들의 형편 없는 차림으로 보아서 거리나 집집을 다니며 빌어먹는 사람으로 보였다. 가까이 다가가서 보니 길거리에서 몇 차례 보았던 두 사내였다.

아버지는 붉그락푸르락 달아오른 얼굴에다 노기등등하여 비렁뱅이 새끼들이라는 말을 연거푸 발작하듯 토해냈다. 차기조는 차에서 꺼내온 지팡이를 아버지에게 건넸고 추계녀는 한 사내의 밥그릇으로 보이는 깡통을 낚아채더니 발로 짓이기며 쭈그러뜨렸다.

아버지는 두 사내에게 다가섰다. 지팡이로 두 사내의 여기저기를 집적거리던 아버지가 얼굴에 침을 퉤퉤 뱉은 다음 쌍욕을 퍼부으면서 매타작을 놓더니 뾰족한 구둣발 끝으로 발길질까지 하였다. 두 사내는 본래 차림이 부실했던데다가 차기조와 추계녀가 합세하여 난타를 가하자 몰골은 그렇다 하더라도 온몸이 터져 나오는 피로 인하여 흥건하게 젖었다.

어느 정도의 잘못을 했는지는 모르지만, 사람들이 오가는 벌건 대낮에 거리의 낭인들에게 이제 육십이 된 노인이 할 짓은 아니었다. 아버지가 벌이는 패악질은 망측하거나 볼썽사납다는 생각보다 목을 타고 올라오는 치욕감으로 구역질이 나왔고 불기둥 같은 분노가 머리끝으로 치뻗었다.

무슨 영문인지 어떤 경위인지 긴급하게 알아야 할 만큼 중요한 사안은 아닌 듯했다. 사람들의 차갑고 따가운 눈총을 받으면서 빌어서라도 먹고 살기 위해서 쪽박과 깡통을 들고 다니는 사내들에게 할 짓은 못되었다. 두 사내는 허름하던 옷마저 갈기갈기 찢어져 알몸이나 다를 바가 없었다. 길 위에 아무렇게나 널브러져 버린 두 사내는 땅바닥의 흙과 몸에서 흘러나온 피로 범벅이 되어 이만저만 흉측한 게 아니었다. 두 사내는 움직임이 거의 없었다.

"차가야, 추녀야 요런 거렁뱅이덜 헌티넌 개밥도 아깝다. 이잉, 쩌그 개똥허고 소똥이 뵈덜 안 허냐. 개똥허고 소똥을 쩌넘 쪽박으다 채우그라."

차기조는 짜식이가 매질과 발질에도 품에 꼭 안고 있던 바가지에다 개똥을 담았고 추계녀는 길 가장자리에 갈겨져 있던 쇠똥을 퍼 담았다. 차기조는 아버지의 지시로 개똥을 짜식이의 몸통 여기저기에 듬뿍 발랐고 추계녀는 창복이의 몸에 쇠똥을 잔뜩 떠서 칠했다. 아버지는 쓰러진 두 사내에게 자기조로 하여금 오줌을 싸라고 했다. 그리하고는 가래침을 끌어 올려 두 사내에게 뱉어버리고 차기조가 운전하는 차에 올라타더니 여인 촌 방향으로 떠나 버렸다.

할머니가 한차례 벌어진 소란을 뒤늦게 알았는지 골목에서 나왔다. 깜짝 놀란 할머니는 쯧쯧 혀를 차며 피 걸레가 된 두 사내에게 물을 퍼 날랐다. 어떤 고얀 놈들이 백주에 이런 짓거리를 저질렀는지 모르겠다며 깊은 한숨을 몰아쉬었다. 두 사내는 할머니 집에도 번갈아 가며 뜨문뜨문하게 쪽박이나 깡통을 들고 왔었다고 했다. 할머니는 그때마다 보리밥일망정 몇 술 주곤 했다며 동냥은 못 줘도 쪽박은 깨지 말라고 했는데 마른하늘에 날벼락 맞고 죽을 놈들이라는 말을 중얼중얼 놓렸다.

두 사내는 할머니의 정성을 들인 간호로 어느 정도 회복되었다. 할머니는 보리죽을 쑤어 두 사내에게 내밀었다. 두 사내는 한사코 사양했지만, 할머니는 고집을 꺾지 않고 김치까지 올려 주면서 죽을 먹게 했다.

연호가 보기에 그중 한 사내는 할머니에게 거듭 고맙다는 말을 하면서도 심하게 마음의 상처를 입은 듯이 보였다. 길거리에서 관심없이 슬쩍 넘겨 보아왔던 터라 낮은 익었지만, 얼굴을 자세하게 살펴볼 수 없었는데 오늘 보니 꽤나 억세게 보였다. 사내의 생김새를 찬찬히 훑어보고 뜯어볼수록 강퍅하게 생긴데 다가 비록 걸인 생활은 하지만 차돌같은 고집에다 성깔이 무척 사납고 매서워 보였다.

할머니에게 고맙다는 인사를 머리가 땅에 닿도록 조아리더니 그것만으로는 부족하다고 생각했는지 땅바닥 그 자리에서 넙죽 절을 했다. 너덜너덜 찢어진 옷은 두 사내를 더욱 서럽게 느껴지 도록 했고, 축 늘어진 어깨를 서로서로 의지하며 남노송동 짜식 이 집으로 터벅터벅 걸어가는 등에는 원통하고 억울한 감정이 짙 게 새겨져 있었다. 해는 서쪽 여인 촌 쪽으로 거의 기울었다. 연 호는 두 사내의 뒤를 조용히 따랐다.

짜식이가 집에 도착하여 거적문을 열자 역한 냄새가 튀어 나 왔다. 짜식이는 벽에다 몸을 아무렇게나 부렸다.

"몸은 좀 어떠신지요?"

짜식이는 눈빛만 날카롭게 함석 천장만 쳐다볼 뿐 대답이 없 었다. 짜식이의 지금까지 행동으로 보아서 연호가 누구인지 아는 듯했다. 벌써 상당한 시간을 함께했고 연호가 짜식이의 집까지 왔는데도 거부의 표시를 보이지 않는 것으로 미루어 짐작할 수 있었다.

초가을 해는 금방 서산을 넘었다. 해가 지자 소슬한 가을바람 이 일면서 짜식이의 집은 아까와는 다르게 서늘한 기운이 돌기 시작했다. 짜식이의 집을 지나는 노송천의 가느다란 물줄기가 쫄 쫄쫄 흘러갔다. 밤 기차가 지나가면서 짜식이의 집은 철로 위의 기차가 주는 진동을 그대로 받았다.

가을이 오는 소리는 철길 다리 밑에도 적적하고 스산하게 다 가왔다. 가을은 밤이 깊어지면서 외롭게 혼자 있을 한벽루와 오목대의 정취를 데리고 짜식이 집으로 다가왔다. 귀뚜라미 우는 소리가 노송천을 흐르는 물소리와 화음을 이루며 애잔하게 들려왔다. 가로수를 스치는 소슬한 가을바람에 나뭇잎끼리 부딪치는 사각사각 소리가 짜식이의 함석지붕 위로 떨어지면서 잔잔한 울림으로 다가왔다. 먼저 떨어져 길 위를 구르던 낙엽 한 잎이 짜식이 거적 문을 들추고 소리 없이 들어왔다.

어둠이 내리자 짜식이의 방은 어둠보다 더 어두웠다. 가끔 건널목을 넘으려는 자동차 불빛이 구멍이 송송 난 짜식이의 양철집을 비추며 지나갔다.

연호는 거적을 밀었다. 사방은 어두웠다. 캄캄한 저 멀리 희미한 불빛이 새어 나왔다. 구멍가게인 듯했다. 막걸리를 몇 병 사려고 어둠 속의 불빛을 바라보며 갔다.

짜식이가 광포한 폭행을 당한 이유 같지 않은 이유를 꼭 말해야 한다면 길을 천천히 걸어서 건넜다는 게 이유였다. 짜식이와 창복이는 오늘따라 동냥으로 얻은 밥과 반찬이 다른 날보다 많아서 기분이 좋았다. 마음이 달뜬 이들은 시시덕거리며 풍남국민학교 사거리의 길을 느릿느릿 건넜다. 이때 정교술이 타고 있던 자동차가 지나가려는데 이들의 느린 거동 때문에 거치적거려 차량 통행에 방해를 받았다면서 차에서 내린 정교술이 다짜고짜 발길질을 시작했다.

짜식이는 텁텁한 막걸리와 치솟는 울화를 섞어서 벌컥벌컥 들이켜고 나서 벌름거리는 심장을 퍽퍽 두드렸다. 짜식이는 몸에 난 상처의 고통보다 마음을 거세게 할퀴고 간 분노가 더 고통스러웠다. 가슴에서 올라오는 억울함과 울분을 달리 풀 방법이 없는 짜식이는 막걸리를 단숨에 목 안에 밀어 넣으면서 분통한 마음에 숨만 계속해서 씨근덕거렸다.

연호는 짜식의 험상궂게 보이는 본래 얼굴에다 정교술 일행에게 마구 짓밟혀서 뭉개져 버린 콧잔등을 미묘한 동류의식으로 바라보며 쭈그러진 술잔에 막걸리를 채웠다. 짜식이는 연호가 막걸리를 따라주는 족족 들이마셨다. 먹거리나 생활 여건으로 보아서 짜식이의 몸은 부실하고 살펴볼수록 신체가 허약해질 수밖에 없는 환경이었다. 그러니 자연스레 몸뚱이가 축나기 딱 좋았고 상하기 꼭 알맞았다. 짜식이의 체력으로 감당하기가 힘들다 싶을 만큼 세 병째의 막걸리 첫 잔을 입에 갖다 대려던 그가 애정 어린 눈길로 연호를 바라보았다. 짜식이의 눈에 농도가 짙은 눈물이 맺혔다.

짜식이는 이제 웬만큼 안정을 되찾아 가고 있었다.

짜식이의 아버지는 일본놈 앞잡이 짓을 하다가 정체를 확인하기 어려운 일단의 무리에게 난자당하여 죽었고 어머니는 알 수 없는 병에 걸려 약 한 첩 못 쓰고 저승길로 갔다. 형제들은 뿔뿔이 흩어졌고 그때가 짜식이 나이 여섯이었다. 짜식이는 그 이상 과거에 대해서는 일절 말하지 않았다.

짜식이는 정교술이 사익을 취하기 위한 직접적인 만행과 악행을 자행한 과거의 행적에 대해서 많이 알고 있었다. 자꾸 더듬거리며 떠듬떠듬 이야기를 이어가는 짜식이의 말은 연호의 상식 세계를 넘어설 만큼 잔인했다. 정상적인 사람이 의지를 가지고 저지른 행동이라고 믿어지지 않았다. 짜식이가 말하는 내용의 사실 여부를 가름해야 할 만큼 끔찍한 일들이라서 연호 혼자서 감당하기에는 극히 어려운 일이었다. 사람으로서 생각하는 인간이기 때문에 악랄하다는 연호의 지론이 머릿속에서 떠나지 않았다.

정교술은 지금 스무 살 인생을 출발하는 본격적인 시기인 만큼 사사키가 면장직에 있는 동안 튼튼하게 자기 기반을 잡아야겠다는 결의를 다졌다. 면장 사사키와 주재소장 요시다에게 가장 낮은 자세로 충실히 복종하고 기회가 주어지면 최대한으로 이용했다.

정교술은 사람 죽이는 일을 예사로 알았다. 연호는 사사키를 욕되게 했다고 정교술이 소년의 목을 일본 칼로 베어 버리자 무서움에 질려서 앉았던 무릎이 휘청거렸다. 정교술은 사사키의 움직임을 살피면서 청상을 노리갯감으로 삼다가 결국 청상이 목을 매자 청상이 사사키를 원망하다가 죽었다고 거짓으로 보고했다.

애향동지회를 바탕삼아 한집안의 남자가 독립운동을 한다는 의심할만한 첩보를 입수했다. 정교술은 주재소에 먼저 연락을 취하지 않고 일가족을 잡아들여 날을 세워 가며 매질을 했다. 매를 참다못한 일곱 살배기 아들이 아버지가 누구인지는 모르지만, 가끔 냇가 건넛마을의 아저씨와 만나왔다며 넋이 빠진 듯 토해냈다. 확실한 날짜는 모르지만, 어느 날 아버지가 감시가 삼엄하니 독자적인 행동을 하자는 말을 들었다고 했다. 고문에 의한 이 자백은 사실 여부를 떠나서 죽음이나 마찬가지였다. 정교술에게 반

258

죽음이 되어서 주재소로 넘겨진 일가족은 송장이 되어 밖으로 나왔다. 이 사건은 온 가족의 죽음과 상관없이 정교술이 독립군들을 잡았다는 공적으로 인정되었고 정교술이 저지르는 비행을 덮어주는 계기가 되었다.

정교술은 사사키와 일본 경찰의 묵인 아래 처녀나 부녀자들을 수시로 성폭행했다. 그와 더불어 부정하게 갈취한 돈과 물품은 사사키와 요시다에게 반절만 가고 반절은 정교술 주머니로 들어갔다.

해방을 맞아 일본이 달아나자 정교술은 맹렬한 우익 전사가 되었다. 정교술은 서슴없이 칼을 휘둘렀다. 좌익 진영에 있는 사람들의 등을 거리낌없이 찔렀다. 조직을 배반한 동료의 살점을 한 점 한 점 떼어내면서 죽였다.

전쟁이 터지자 정교술의 광분은 더해갔고 암거래 시장에서 흘러나온 권총과 실탄으로 원한 관계에 있는 자들을 밤길을 이용하여 총으로 제거했다. 쉬쉬하며 인민군 이야기를 했다는 사람에게 입에다 총알을 넣었다.

술기운이 가득하던 짜식이의 얼굴이 차차 원래 모습을 되찾고 있었다. 분하고 노여워서 일그러졌던 그의 표정도 제 자리를 잡았다. 출렁이던 감정의 기복도 고르게 다듬어졌다. 연호에게 모든 것을 털어낸 탓인지 속이 후련해 보였다. 다만 짜식이의 눈빛만큼은 멸시와 경멸로 매서웠다.

별집으로

연호가 차기조와 추계녀의 입을 통해서 알게 된 라진영의 사태는 살인에 준하는 가학 행위였다. 연호는 정교술의 성정으로 미루어서 인간의 도리를 저버린 일이기는 하지만 일회적인 기행으로 결론지었다. 그래서 정교술이 저지른 행위를 죄악으로 간주하고 죄를 대속하는 마음으로 라진영을 찾았다.

그러나 라진영을 에워싸고 있는 가시덤불을 제거하지 못하고 라진영이 처한 상황을 종료시키지 못하는 이상 자신이 누구라는 걸 말할 수가 없었다. 그건 고통의 수렁에 빠져 허우적거리는 라진영을 헤어날 수 없도록 짓이겨 버리는 것과 다를 바가 없다는 죄스러운 마음 때문이었다. 연호는 왜 하늘은 노하지 않느냐고 몸부림치며 원망했다.

그런데 이와 유사하거나 극악무도하고 더욱 악랄한 정교술의 의도적인 행동들은 연호를 실망케 했다. 라진영을 찾음으로써 절망의 늪에서 벗어나고자 했던 연호의 생각은 참혹하게 무너졌다.

옴짝달싹할 수가 없었다. 연호는 탈출구가 보이지 않는 캄캄하고 깊은 동굴에 갇혀서 황폐해진 자신을 발견했다.

　연호는 일 학기 봄에 연화와 쌍계사 여행을 갔다 왔던 길을 다녀온 후 한벽루에 올랐다. 피라미 뚝배기가 생각났다. 평소 술을 좋아하지 않았지만, 소주 한 병을 시켰다. 얼큰한 뚝배기의 매운탕에 소주 석 잔을 금방 털어 부었다. 짜부라진 짜식이의 코가 오늘 보고 싶었다. 찌빨놈, 찌빨놈 모질게 뇌까리던 두꺼운 입술도 다정하게 다가왔다. 짜식이는 한벽루가 좋다고 했다. 뚝배기집 아주머니에게 짜식이를 물었다. 잘 안다면서 요즈음은 보이질 않는다는 대답이 돌아왔다. 짜식이와 술 한잔을 하고 싶다는 생각이 갑자기 솟았다. 얼마 전 짜식이와 막걸릿잔을 부딪치던 일이 추억으로 다가왔다.

　짜식이는 열심히 살아가고 있었다. 짜식이는 백 원짜리 돈이 몇 장 있었으면 좋겠고 짜식이 집을 둘러 감고 있는 함석을 새것으로 싹 바꿨으면 좋겠다는 소망을 가졌다. 통행금지 시간이 가까워서 짜식이 방을 나오자 짜식이는 이 세상에 나와서 오늘 밤이 가장 기쁘고 즐거운 시간이었다면서 눈물 대신 뭉툭한 코를 잡더니 기세 좋게 팽팽 풀었다. 비록 거지 생활을 할망정 사람이 살아가야 할 도리는 안다고 했다. 훌륭한 사람이 되어달라고 거듭거듭 당부했다. 짜식이의 배웅을 받고 철길을 밟으며 걷는 초가을의 밤공기는 오늘 낮에 있었던 불량한 사건을 통해서 알게 된 저급한 인간과 그러한 인간을 추종하며 비열하게 살아가려는 인간 세계를 잠시 잊게 했다.

뚝배기집을 나온 연호는 각시바위 쪽으로 발걸음을 옮겼다. 승암산도 붉은 가을로 물들었다. 지글거리는 햇볕과 만났다가 헤어지고 다시 만나는 나뭇잎들은 이제 헤어질 시간임을 알고 준비하고 있었다. 바람이 불자 갈대의 물결 위에 낙엽이 우수수 떨어졌다. 갈대 한 움큼을 연화에게 보내고 싶었다. 연화와 손을 맞잡고 해변의 모래사장을 걸어 보았으면 좋겠다는 생각이 불현듯 다가왔다.

남부시장 사람들이 전하는 연화의 아버지와 어머니는 사람이 어떻게 살아가야 하는가에 대한 물음에 조그만 해답을 주었다. 연화는 말꼬리를 잘랐지만, 한평생을 맑은 정신과 올곧은 신념으로 살아온 부모에 대한 존경심과 자긍심이 강하고 단단한 표정이었다.

"나의 아버지 박완주와 나의 어머니 이혜경은……."

저 아래 한벽루와 말없이 흘러가는 전주천의 여린 물살이 남부시장을 바라보며 멈추지 않고 연호와 멀어져 갔다.

"나의 아버지 정교술은?"

인간이 저지르는 죄악은 만났다가 헤어지고 헤어졌다 만나지 않기를 바랐다.

나는 어떤 대상을 추앙해야 하는가의 문제는 연호에게 쉽게 다가오지 않았다.

연호는 제집으로 돌아가는 해를 가만히 바라보았다. 자신이 돌아가야 하는 집은 너무 멀리 있었다. 연호는 헤어졌다가 다시 만나야 할 길로 가려고 일어섰다. 천상 세계에서 지상 세계로 내려와 다시 만나는 세상은 인간의 욕망이 한쪽으로 쏠리지 않고 나와 네가 가진 욕망이 인간을 위해서 세상을 위해서 곱게 발현 되는 욕망이기를 바랐다.

하늘 별집으로 가야 할 시간이 다가왔다.

그 시간 연화는 연호에게서 온 편지를 받아 들었다.

사랑하는 연화!

연화에게 사랑이라는 단어를 아마 처음으로 표현해보는 것이라서 그럴까. 부자연스럽고 어색한 기분인 것을 솔직히 고백해.

하지만 나의 영혼에는 언제나 연화를 향한 사랑이라는 단어가 꽃을 오므린 청순한 수련처럼 깊숙이 숨어서 모습을 나타내 보이질 않았던 것뿐일 거야. 나의 연화에 대한 순결함이 사랑한다는 언어를 잠재적인 상태에서 움직이지 못하도록 억압했던 사실도 부인할 수 없고.

연화, 연꽃처럼 성스러운 사랑.

그 사랑이라는 순진무구한 단어가 삐죽이 고개를 내밀어 연화 에게 글을 보내는 지금. 홍매화 꽃잎 두 장이 두 손을 꼭 맞잡은 장면은 근접하기 어려운 숭고미를 느끼게 해 주고 있어.

그럴 즈음 쌍계사 대웅전의 부처님 미소가 나에게 용기를 주었지. 더하여 문밖에 벚꽃이 한두 장씩 낙화하는 심야의 잔잔한 객수감과 넉넉한 분위기가 연화에게 글을 쓰는데, 큰 도움을 주고 있어.

연화. 어젯밤 연화와 나의 육체가 온전히 하나가 되었을 때, 나는 잠시 동안 삶이 주는 고통을 온몸으로 느껴야 했어. 나의 출생에 관한 비감함을 생살에 칼질하듯 날카롭게 그어내려야 했고, 나의 실재적 존재성이 혼란스럽기만 했지.

그러면서 나는 오직 한 생명의 탄생을 기대하면서 상처가 깊은 내 영육에 반전을 가하려고 부처님께 기도하는 마음으로 가슴을 고르게 가다듬었지. 왜냐하면, 잡티가 하나도 묻지 않은 성결한 연화와의 시간이기를 바랐기 때문이었어. 그렇게 연화와의 사랑 속에서 순전하고 거룩한 생명이 탄생하였으면 좋겠다는 간곡한 바람이었거든.

연화. 나는 넘칠 듯한 환희와 기쁨의 탄성이 쏟아져 나왔어. 멀고 먼 줄만 알았던 열락의 하늘 세계가 손에 잡힐 정도로 가까이 다가와 보이기도 했고. 모양새를 정갈하게 갖추지 않은 출렁출렁한 크고 넓은 바다를 사분사분 걸어가는 비단 걸음 같았지. 달무리의 띠가 곱고 아름답게 그려져서 잔잔하게 쏘여 주는 월광은 연화의 고운 살결이듯 얼마나 부드러웠던지.

연화. 내가 연화의 몸속에 뿌린 옅은 황톳빛 정액은 단순히 나의 생식기를 거쳐서 나온 분비물로 솟구쳐 연화의 질을 통과했을 뿐이라고 생각하진 않을 것이리라 믿어. 그리고 연화와 나의 교합으로 만들어져서 응당 사출된 정자를 싣고 연화의 수란관까지 이동하는 데 도움을 주는 수액 정도로 여기고 있지 않다는 것도.

　연화의 자궁이라는 이 세상의 가장 존귀한 곳에서 한 생명체는 싹트게 되겠지. 그리고 틔워진 생명체의 싹은 축복과 영광 속에서 성장해 갈 거야.

　그래서 연화와 같은 칠월의 연꽃처럼 성스럽게 피어나는 완성된 생명체일 거라는 믿음을 갖게 되는가 봐.

　연화. 그러나 나는 신비한 태아 출생이라는 하나만의 고정된 감각의 착오 상태에 젖진 않을 거야.

　내가 연화의 몸에 뿌린 정액의 씨앗들은 삶과 죽음을 가진 생물학적인 생명체만을 잉태시키는 것은 아니겠지. 나의 정액을 받아들인 연화도 연화의 몸속에 들어앉은 생명체의 씨앗이 생명체로서 모습만 갖추고 정해진 시간에 탄생하는 때만 기다리는 것은 아닐 터이니.

　연화. 그 정액의 씨앗들이 만들어 낸 생명체는 끝도 없고 깊이도 모를 마음속 평온의 세계로 유영해 가지 않을까?

나는 이러한 양상들을 향락적이든 유희적이든 기울어지게 해석하기도 제한하기도 싫어. 그에 더하여 연화와의 사랑을 비뚤어진 어느 한 방향으로 생각하면 자칫 편협한 의식세계에 갇힐 위험이 매우 클 수도 있고.

그래서 정결한 연화와 성결한 마음에 차곡차곡 쌓여서 만난 그 씨앗들이 우리가 사는 세상에 어떤 생명체로 이루어진 새로운 모습으로 드러나야 하는지를 생각해 보게 돼.

연화와 나는 굴곡지고 타락하고 흉측한 인간 세상의 이런저런 일들을 보며 듣고 있지. 그것들이 전개되는 상황에 따라서 교묘하고 사악하게 재주를 부리는 다수의 사람과 자주 마주치잖아.

세차게 부는 바람에 물결이 사나울 때. 낙엽 하나가 거품을 물고 성을 내며 달리는 물결에 올라앉지. 험상궂게 너울대는 물결을 어루만지고 솜씨를 부려가며 두둥실 오르내리는 작은 낙엽 한 장. 오묘하고 신기한 기교 같은 그 낙엽을 닮아가려거나 똑같은 행위로 보여주려는 사람들이 많음을 연화나 나는 잘 알지.

우리 시대에 일시적으로 나타나는 부류가 아닐 것이야. 다양하고 격정적으로 바뀌는 세상을 미끈미끈 번지르르 타고 넘으며

266

휘돌아 사는 사람들. 이러한 사람들은 인간의 역사가 진행해 온 이래로 일정한 경향성을 가지고 집단이든 개인이든 강력한 힘의 과시를 앞세우며 달려온 사람들일 테지.

연화. 앞에서 말했듯이 생명의 씨앗들이 심연의 마음과 영혼으로 유영해 나간다는 것을 알았어.

그러한 유영이라는 단순한 듯하지만 형용키 어려운 신비 속에서 성전인 연화의 몸속에서 생명체가 세상으로 나올 때.

세상에 발을 딛는 어린 존재자가 갖게 될 사회적 적응성과 개체의 자아가 지향해 나아갈 방향성에 대한 것인데.

그 생명체는 연화처럼 단아하며 신성한 생명체임을 간구하며 기도할 거야.

청결하고 고귀한 칠월의 연꽃과 같은 연화를 사랑하며 줄이려 해.
안녕.

— 녹차향기가 가득한 쌍계사에서 연호가 연화에게

"짱복아 말다. 니 나가 빱동냥만 헌지 알았지야. 끈디 말다. 나가 꿰동냥도 혔다 말다. 어떤 때학상이 찌나감서 끄라더라. 까을은 이별의 꼐절이라고 말다. 어찌냐. 나가 고런 유식헌 말 헝께로니 우섭냐. 인자 말다. 짱복아 말다. 인자 우리도 헤어짔다가 따시 만나믄 말다. 요렇크롬 쌀지 말자 말다."

정교술은 아침을 먹고 대문을 열었다. 전에 보았던 거렁뱅이가 문 앞에서 버티고 서 있었다. 기분이 팍 상했다. 침을 탁 뱉고 짜식이를 향해서 발을 세차게 뻗었다. 그러나 짜식이의 번뜩이는 칼이 발보다 빨랐다. 칼은 정교술의 심장에 정확히 박혔다.

짜식이는 칼을 떨구었다. 일본놈 주구 노릇을 하다가 선혈이 낭자하던 어린 시절의 아버지가 정교술 위에 겹쳐졌다.

깊이 익어가는 가을 아침의 싱그러운 햇살이 때에 절은 정교술을 말끔히 씻어 주고 있었다.

욕망의 늪

초판 1쇄 인쇄일 • 2023년 8월 21일
초판 1쇄 발행일 • 2023년 8월 25일

지은이 • 안원근
펴낸이 • 임성규
펴낸곳 • 문이당

등록 • 1988. 11. 5. 제 1-832호
주소 • 서울시 성북구 동소문로 65-2 삼송빌딩 5층
전화 • 928-8741~3(영) 927-4990~2(편)
팩스 • 925-5406

ⓒ 안원근, 2023

전자우편 munidang88@naver.com

ISBN 978-89-7456-551-0 03810